Walter Foelske
Wahnsinn und Wut

MännerschwarmSkript

Walter Foelske
Wahnsinn und Wut
Schwarze Geschichten

MännerschwarmSkript,
Hamburg 1998

Für Reinhard,
der mir von Nevil erzählte
und mit dem zusammen ich John
im Rheinpark beobachtete.

*Ich bin ein künstliches Wesen.
Ich bin immer an fremden Brüsten
aufgewacht, erwärmt auf einem
Umweg.*

Fernando Pessoa

Menschenfleisch

Daß es im Rheinpark sonderlich aufregend zugeht, wird niemand behaupten, auch Kargk nicht. Weil er aber nicht weiß, womit er seine Zeit totschlagen soll, fährt er täglich dorthin. Schon seit Jahren studiert er in wechselnden Städten nur noch pro forma, seit kurzem in Köln. Weiter als jeden Mittag zur Mensa schafft er es schon lange nicht mehr. Immer nach dem Essen nimmt er die 9 ab Universitätsstraße und steigt auf der anderen Rheinseite, am Deutzer Bahnhof, wieder aus. Dort kauft er sich Cola und Fanta in Dosen, auch ein paar Müsliriegel oder ein Sandwich. Ein Buch, seinen Discman und ein paar CDs hat er immer in seinem Beutel. Im Rheinpark sucht er sich eine Bank im Schatten und hört erst einmal Musik.

Hier, im Freien, bevorzugt er Stücke, die Natur schildern oder Naturbilder in ihm wachrufen. Der Rhein, auf den er während seiner Exkursionen schaut, flimmert ihm, je nach Stand der Sonne, die verschiedenartigsten Botschaften in den Kopf. Was sie bedeuten, könnte er nicht sagen. Es sind Botschaften aus einem Zwischenreich, in dem er sich nur mangelhaft auskennt. So verbringt er seinen Urlaub oder das, was er dafür ausgibt. Wegfahren kann er nicht, dazu hat er kein Geld. Seine Eltern, die ihn mit seinen vierunddreißig Jahren endlich in einem Beruf sehen möchten, der ihn ernährt, finanzieren, was er als sein Studium ausgibt, nur noch mit Murren. Sie zahlen die Miete für sein Zimmer in einem ehemaligen Geräteschuppen, den der Hausbesitzer in eine schlichte Wohnzelle mit Klosett und fließendem Wasser umgebaut hat. Hier, in diesem dunklen Hinterhof, ist Kargk ganz für sich, und das mag er. Zeitweise jobbt er, auch diesen Sommer wird er jobben, doch erst einmal hat er sich Ruhe verordnet. Seine Nerven liegen blank. Auch in Köln ist er anfangs wieder Nacht für Nacht durch Straßen und Parks, immer auf der Jagd nach diesen braunen und schwarzen Leibern, die ihn seit Jahren in Atem halten, die ihm aber, sobald er zupackt, immer wieder aus den Händen rutschen. Die Sonne soll ihn auftanken, die Musik in Landschaften versetzen, von denen er nachts träumt, die Lektüre – er liest Jean Paul – soll seinen Kopf in ein anderes Wirrsal verstricken als in das, in dem er, von den eigenen Wünschen und Begierden verstört, hockt. Soeben hat er die Dritte von Vaughan Williams gehört, eines seiner Leib-und-Magen-Stücke in diesem Juli-Glast, jetzt wandert er kreuz und quer durch den Park auf der Suche nach einem Schattenplatz mit Tisch, auf den er seinen TITAN legen und in dem er, mit aufgestützten Armen und beschatteten Augen, lesen will. Auf einem Nebenweg, abseits vom Treiben der anderen, findet er, was er sucht. Der Tisch ist in den Boden eingelassen, der Drehstuhl intakt, nahebei gibt es eine Böschung, die hoch zum Terrassenrestaurant führt, an ihrem Fuß klappert die Bimmelbahn vorbei, die ihre bunte Fracht, meist Mütter mit Kindern, durch den Park schlört und alle zwanzig Minuten den Ort passiert, an dem er sich jetzt niedergelassen und eingerichtet hat. Die Uhr zeigt Viertel nach fünf. Er wird noch anderthalb Stunden lesen und, ehe er sich auf den Heimweg macht, Sibelius hören. Sibelius hört er gern im Freien. Lesen und Musikhören macht ihn seine Leere, seinen Hunger nach schwarzem Fleisch, seine zunehmende Orientierungslosigkeit für kurze Zeit vergessen.

Später, als er vom Buch aufschaut, sieht er den Mann mit dem Jungen. Der Mann, Mitte Vierzig, trägt einen blauglänzenden Jogginganzug, hockt auf einem Fahrrad und drückt an seiner Stoppuhr herum, die er in Abständen schüttelt. Der Junge, nicht älter als sechzehn, läuft neben ihm her und hängt mit den Augen an seinem Gesicht. Die Haut des Jungen ist schwarz, tiefschwarz, sie schimmert in diesem von Baumschatten gedämpften Licht wie Ebenholz. Kargk klappt das Buch zu und beobachtet ihn. Der Mann hat sein Rad gestoppt und den Jungen zu sich herangewunken. Der beugt den Kopf, der Mann zeigt auf die Böschung, und der Junge nickt, dann trampelt er auf der Stelle und schwingt die Arme vor und zurück. Er steckt, sieht Kargk, in Boxer-Shorts und T-Shirt. Die Brust unter dem Shirt ist zart durchmuskelt. Kargk schluckt. Dann beugt er sich vor und hält die Luft an. Denn jetzt hebt der Mann die Hand mit der Stoppuhr und schnalzt. Durch den Jungen geht ein Ruck, dann rennt er. Rennt die Böschung hoch und rückwärts wieder hinab. Fliegt hinauf und stolpert hinunter, steht dann beim Mann und schaut die Uhr an, die der ihm hinhält. Kargk atmet aus, stemmt die Ellenbogen auf den Tisch und legt sein Kinn in die Hände. Er braucht festen Halt, er will nicht zittern, und doch zittert er. Wieder schnalzt der Mann, und der Junge rennt. Kargk sieht ihn im Profil: Haar, Schläfe, Nase und Lippen als pralle Silhouette, den Leib als Sehne, Schenkel und Waden wie geschnitzt. Jetzt ruft der Mann Zahlen, der Junge wirft den Kopf wie ein bockendes Fohlen, muß aber weiter die Böschung rauf und runter, schneller und schneller, der Mann peitscht ihn mit Schreien, der Junge bettelt um Aufschub, doch der Mann reißt ihn herum, stößt ihn über die Schienen, pfeift auf den Fingern, und im Rhythmus der Pfiffe stapft der Junge hoch und stochert zurück. Dann, mit einem gellenden Ruf, kündigt die Bahn sich an. Als sie um die Sträucher biegt, stürzt der Junge dem Mann vor die Füße, und Kargk, indem er den Kopf hochreißt, steckt mit den Augen in denen des Schleifers.

Schleifer, denkt er und läßt die Augen nicht los. Der Mann ignoriert den Keuchenden zu seinen Füßen und starrt zurück. Die Bimmelbahn bimmelt, und Kinder winken aus den offenen Waggons. Kargk möchte dem Mann zunicken, ihm zurufen, daß ihm gefällt, was er da vorführt. Doch er hebt nur die Hand, wie um eine Fliege zu verscheuchen, dann sieht er den Mann sich hinunterbeugen und dem Jungen aufhelfen. Er dreht ihn herum und massiert ihm den Nacken, boxt ihn in den Rücken und knetet seine Schultern. Der Junge schwitzt. Sein Gesicht ist wie mit farblosem Lack überzogen, so glänzt es in sattem Schwarz. Die Finger des Mannes spielen mit den Muskeln des Jungen. Kargk spürt sie unter den eigenen

Fingern, walkt sie und hört den Gewalkten stöhnen. Er packt seinen Jean Paul und stößt ihn vom Tisch. Er hat ihn vom Tisch gestoßen, um den Jungen auf sich aufmerksam zu machen, vielleicht auch, um ihn herbeispringen und sich nach dem Buch bücken zu sehen. Doch der Junge windet sich unter den Händen des Mannes, läßt sich vornüber fallen und die Arme auspendeln. Der Mann packt ihn beim Hosenbund und schleift ihn zur Böschung, da richtet der Junge sich auf und reißt sich das T-Shirt vom Leib. Auch seine Brust ist mit Schweiß überzogen, auch unter den Achseln, weiß Kargk, ist es naß von dem köstlichen Saft, dessen Aroma er zu atmen meint. Die Muskeln unter der schwarzen Haut, die Rippen über der Bauchhöhle sind wie aus dem Leib herausmodelliert. Kargk kann sich nicht satt daran sehen. Der Junge, muß er denken, dreht sich wie eine Spindel, doch er weiß nicht, wie Spindeln aussehen und wie sie sich drehen. Der Junge, das sieht er, dreht sich nicht aus eigenem Antrieb, er dreht sich, weil sein Trainer ihn dazu treibt. Kargk sieht dessen Lippen zucken und den Schwarzen sich im Rhythmus der Zuckungen winden. Der Blätterschatten malt ihm die Haut. Die Haut auf der Brust und den flügelnden Schultern scheint zu bersten. Kargk hört den Jungen schreien, sieht den Schrei das Lippenfleisch spalten, will in die Spalte hinein und hinunter, fühlt sich bei den Augen gepackt und steckt mit den Pupillen erneut in denen des Mannes. Jetzt endlich nicken sie einander zu, während der Junge rennt und schreit und sein Schwarz funkeln läßt. Zuletzt tritt der Mann in die Pedale und rollt, den Schwarzen neben sich wie einen Hund an der Leine, auf Kargk zu und Auge in Auge an ihm vorbei. Kargk hört das Scharren der Reifen und die Schritte des Jungen in seinem Rücken, und mit gespitzten Ohren horcht er ihnen hinterher. So sitzt er lange und sieht seine Hand auf der Tischplatte zittern. Als er hochspringt und sich auf die Fährte schnürt, ist das Wild auf und davon.

Am nächsten Tag verzichtet Kargk auf den Schattenplatz am Fluß und den Vaughan Williams, dessen See-Symphonie er heute hier hören wollte. Auch den Jean Paul hat er zu Hause gelassen, sogar Getränke und Müsliriegel vergessen. Schon gegen halb drei bezieht er seinen Posten. Er legt die Armbanduhr auf den Tisch und beobachtet den Sekundenzeiger, wie er steigt und fällt und die Zeit hinter sich herschleift. Alles ist heute anders als sonst, die Luft schwerer, die Hitze drückender, die Schreie der seitlich beim Springbrunnen spielenden Kinder greller, und die Elstern, die nach Würmern hacken, sieht und hört er als Mordmaschinen, so zierlich wie tückisch wie schrill.

Schwarz, denkt er, alle denken, Elstern sind schwarz und weiß, doch Elstern sind blau und weiß. Wenn man nah genug an Elstern herangeht, sieht man das Blaue im Schwarzen, falsch, man sieht das vermeintlich Schwarze blau, dunkelblau, schwarzblau. Schwarz ist anders als Blau, denkt er, Tiefschwarz anders als Blauschwarz, Tiefschwarz ist Schwarz im Schwarzen und Blauschwarz Blau im Schwarzen, also nur halb so gewaltig. Schwarz und Weiß sind gewaltig, denkt er, Weiß ist die Leere und Schwarz die Fülle, oder umgekehrt, Schwarz und Weiß sind *eine* Farbe, nicht Farbe, denkt er, Schwarz und Weiß sind das Oben und Unten, das Schwarze unten, das Weiße oben, oder umgekehrt, das pure Weiß und das pure Schwarz sind das Absolute, das Entgrenzte, das Grenzenlose, Weiß will ins Schwarze und Schwarz ins Weiße, und wenn beide sich mischen, herrscht dunkelste Helle und hellstes Dunkel, das All im Nichts und das Nichts im All.

So sitzt und grübelt er, bis die Wege sich leeren und das Licht schwindet. Er hat weder Hunger noch Durst, ihm ist nicht heiß und nicht kalt. Als er endlich aufsteht und weggeht, muß er, kaum zweihundert Meter von seinem Tisch entfernt, wieder zurück und den Tisch anfassen und den Stuhl in seinem Gelenk drehen und die im Dämmer verblassende Böschung mit Augen streicheln. Dann tritt er ein paar Schritte zurück und nimmt, wie für ein Foto, Maß. Da ritzen sich Tisch und Stuhl und Böschung in seinen Kopf, und wenn er den Schwarzen nachts in seinem Zimmer, seinem Bett, seinem Hirn rennen und stillstehen und wieder rennen und sich drehen und biegen läßt, rennt und dreht und biegt er sich an diesem Ort, nach dem Kargk sich sehnt und den er täglich, oft schon vormittags, und bei jedem Wetter, aufsucht und an dem er ausharrt, bis die Nacht einfällt und er sich auf den Heimweg macht, um am nächsten Tag wieder da zu sitzen und zu warten, ohne Buch und ohne Musik, mit den Händen im Schoß und krank vor Ungeduld.

Einmal steckt er sich Kreide ein und grübelt, was er auf die Tischplatte schreiben könnte, um sich bemerkbar zu machen. Er grübelt bis in die Nacht, dann schreibt er: KARGK, und neben den Namen: BITTE!, mehr fällt ihm nicht ein.

Als er ein paar Tage später – schon dunkelt es ein – den Mann und den Jungen nahe beim Messeturm vor einem Auto stehen und gestikulieren sieht, rennt er auf sie zu und schreit, noch zwanzig oder dreißig Sprünge von ihnen entfernt, sein HALLO! WARTEN SIE! BITTE! zu ihnen hinüber. Die beiden aber – fast ist er bei ihnen angelangt, fast schon berührt er sie mit den Spitzen seiner Finger – drücken sich in den Wagen, drehen ab und kurven weg. Da läßt er sich, ihre Köpfe noch grell vor seinem Gesicht, zu Boden fallen und liegt nahe beim Rinnstein im Dreck. Er sieht ihre Schädel und Nacken und Schultern im Dunkel des Wagens rucken, jetzt rucken sie in seinem Kopf, und er bedeckt ihn mit beiden Armen.

Am nächsten Tag will er nicht hin. Den ganzen Nachmittag liegt er auf seinem Bett und schaut durchs Fenster auf die Efeuwand, in der Vögel sich balgen und seine Gedanken sich tummeln. Er denkt den Tisch und die Böschung und den Mann auf seinem Fahrrad und die beiden Drehstühle beim Tisch, den einen, auf dem er immer sitzt und die Böschung anschaut, und den anderen, dessen Sitz schief zur Seite hängt. Er denkt den ganzen Park mit seinen Blumen, Ziersträuchern, Fontänen und gewaltigen Bäumen, auch den Tanzbrunnen mit seinem Segeltuchdach, er denkt den Messeturm mit dem nah geparkten Auto und dem Mann im Auto und wie es abdreht, wegkurvt und um die Ecke biegt. Nur den Jungen will er nicht denken, und doch denkt er, indem er denkt, ich will ihn nicht denken, nur ihn.

Am Abend ist der Stuhl beim Tisch besetzt. Schon von weitem sieht er einen Mann über ein Zeitungsblatt gebeugt, der, lesend, seine Pfeife am Tischrand ausklopft. Kargk geht es nicht gut. Das Liegen und Grübeln und Um-die-Ecke-Denken hat ihm den Kopf verrenkt, er will jetzt hier sitzen und die Böschung anschauen und den Jungen denken, endlich in vollen Zügen.

Da sind Sie ja, sagt er zum Mann, nachdem er eine Weile beim Tisch gestanden und ihn angeschaut hat. Da bin ich, sagt der Mann und faltet das Zeitungsblatt zusammen.

An diesem Abend reden sie von nichts anderem als vom Training und wie es den Jungen aufbaut. Natürlich ist er der Beste in seinem Verein, natürlich will er hoch hinaus. Sein Ziel ist die Sommerolympiade um die Jahrtausendwende, noch ist er vierzehn – erst vierzehn? fragt Kargk –, noch steht alles auf der Kippe, doch sein Ehrgeiz ist groß, sein Körper – schwarz! ruft Kargk – zwar noch schmal und zart und gebrechlich – ZERbrechlich, berichtigt Kargk –, doch der schmale, zerbrechliche Körper ist, so der Mann, aufs Laufen und Springen und Turnen am Reck wie zugespitzt, noch bringt er nicht mehr als das, was man von einem Vierzehnjährigen erwarten kann, doch schon, so der Mann mit seiner Pfeife im Mund, regt sich der Stachel, der ihn zu Hoch-, ja Höchstleistungen antreibt, zur Vorbereitung auf das Außerordentliche. Der Körper des Jungen ist ein Körperkörper, man muß ihn seinen Qualitäten gemäß aus der Enge, die jeden Körper einzwängt, befreien, ihn heraustrainieren, ja herauszüchten – züchtigen, sagt Kargk – aus seiner Trägheit. Der Junge, wie jeder Junge, ist ein Faultier, allerdings eines mit einer brennenden Lunte im Arsch, die schon jetzt nah bei seinem Arschloch zischt und ihn auf Trab bringt. Und ihn auf Trab zu bringen und auf Trab zu halten, das ist eine Aufgabe, so der Mann, die sich lohnt, denn der Junge ist schon heute, schon als Vierzehnjähriger, im Visier gewisser Leute, die das Außerordentliche, das Vielversprechende, das Herausragende schon fördern und pflegen, wenn es noch in den Kinderschuhen steckt beziehungsweise in den Windeln liegt. – In den

Windeln liegt er längst nicht mehr, Gott sei Dank, sagt Kargk, der während des ganzen Gesprächs auf dem kippelnden Sitz fast zu Füßen des Mannes gehockt hat, und dann trennen sie sich. Für einen der nächsten Abende sind sie hier wieder verabredet. Mehr wollte der Mann nicht versprechen, den genauen Tag nicht nennen.

Am nächsten Nachmittag repariert Kargk den Drehstuhl. Er hat Werkzeug gekauft, hat Schrauben, Nägel und Stahlstifte in einem Nebenraum seines Schuppens gefunden, jetzt kniet er beim Stuhl, dreht den Sitz aus seiner Halterung, ölt das Gewinde, hämmert die Dellen glatt, paßt den Stab wieder ein und schraubt ihn fest. Dann poliert er den Sitz, putzt auch den Tisch und den zweiten Stuhl, sammelt Papier und Dosen ein, leert den Plastiksack des nahen Papierkorbs in einen weiter entfernt stehenden aus, harkt den Sand um Tisch und Stühle mit den Fingern glatt und rupft Unkraut. Dann setzt er sich hin und wartet.

Zwei Tage vergehen, drei. Am vierten fegt ein Gewitter mit Sturm und Hagelschlag den Rheinpark leer. Nur Kargk, an Tisch und Stuhl wie festgeschnallt, läßt die haselnußgroßen Körner auf seinen Kopf platzen und den Wind an seinem T-Shirt zerren. Er hat in der letzten Zeit an Gewicht verloren, sein Appetit ist gleich Null, sein Schlaf dünn wie Seide. Nach einer Woche versucht er es wieder mit dem TITAN und den drei letzten Sinfonien von Mozart. Doch die Worte und Sätze rutschen ihm, kaum hat er sie intus, wieder aus dem Kopf, und die Töne vagabundieren durch sein Gehör wie leeres Gezirp. Am achten Tag – Kargk ist spät dran, die Sonne taucht schon weg – sitzt der Mann wieder beim Tisch und reicht ihm die Hand. Kargk möchte sie küssen, doch er hält sich zurück.

Auch der Junge ist hier, sagt der Mann. Er trainiert allein. Er hängt am Reck hinten beim Thermalbad, er will da hängen und pendeln und sich hochziehen und langsam wieder herablassen, ganze halbe Stunden lang berührt er mit den Füßen nicht den Boden, er will sich anstrengen und schwitzen und das Gefühl haben, besser zu sein als die andern, die auf dem Boden herumtappen, während er durch die Luft geht. Er bewegt, so der Mann, beim Hängen und Pendeln die Beine, als ob er liefe, er läuft in der Luft, er wird, je länger er Luft tritt, immer leichter, er wird zu Luft in der Luft, er hängt nicht, er schwebt, seine Muskeln sind kleine Maschinen, sie heben ihn hoch, sie heben sein Kinn, seinen Kopf über die Stange, sein Kopf scheint auf der Stange zu balancieren, die Muskeln im Jungen sind kleine Kraftwerke, die, ohne von seinen Kräften zu zehren, eigene Kraftreserven verschleudern, der Junge ist ein einziger Muskel, Sie sollten ihn mal betasten, seine Arme, seinen Rücken, seine Brust, seine Schenkel, Ihre Finger würden wie in Stahlkugeln wühlen, sie würden unter der schwarzen Haut in Muskelfleisch waten, ich werde, so der Mann, das Muskelsystem des Jungen aus dem Jungen herauszüchten, es auf der Haut, auf dem schwarzen Fleisch zur Schau stellen, ich werde den Jungen – was? fragt Kargk, als der Mann plötzlich schweigt, wo bleibt er? es wird dunkel –, ich werde ihn zum Bersten bringen, in die Gesichter der Zuschauer, in die Augen der mit ihm konkurrierenden Athleten hinein, der Junge wird explodieren aus seinen Muskeln heraus: die Muskelmaschine, das Muskelskelett, das Muskeltier.

Tier, sagt Kargk, steht auf und geht weg. Er geht ins Dunkel hinein aufs Thermalbad zu, und der Mann folgt ihm nicht. Kargk geht zurück und zerrt am Mann. Der Mann läßt sich wegzerren vom einzementierten Tisch, von der Böschung, vom Schienenstrang. Er trottet hinter Kargk her wie angeleint, dann, plötzlich, reißt er sich los und ruft: Da!

Was, da? fragt Kargk.

Da, nicht da! ruft der Mann.

Aber, ruft Kargk, das Thermalbad liegt da, nicht da!

Der Junge ist aber da, ruft der Mann und zeigt hinter sich, nicht da!

Aber, ruft Kargk, *da* ist der Minigolfplatz, nicht das Reck beim Thermalbad!

Da ist der Junge, nicht da! ruft der Mann und dreht sich und geht Richtung Rhein, nicht zum Thermalbad, nicht auf den Golfplatz zu, und Kargk, kopflos, stolpert hinter ihm her.

Der Rhein fließt schwarz und still.

Kargk ist dem Mann bis hart ans Ufer gefolgt. Sie sind die Stufen hinunter, dann über die Pflastersteine, zuletzt über Sand und Kiesel bis nah ans Wasser, das ihnen fast die Füße leckt. Kargk hockt sich hin, schöpft die stinkende Brühe mit beiden Händen, taucht sein Gesicht hinein und prustet. Dem Mann brennen die Füße, und Kargk, jetzt kniend, knüpft ihm die Schnürsenkel auf, streift ihm die Schuhe von den Füßen, befreit sie von den Socken und drängt ihn noch einen Schritt näher ans Ufer heran. Dann, noch immer kniend, beschöpft er die nackten Füße mit Wasser, fängt die kleinen Wellen, die heranrollen, mit geschüsselten Händen auf und salbt, denkt er, ich salbe, sagt er leise vor sich hin, ich lecke, wenn es sein muß, flüstert er, die Füße des Mannes, der schwarzes Muskelfleisch mir, Kargk, vor dem Maul, dem gefräßigen, hin und her dreht. Und er belauert sein Denken und denkt, endlich denke ich, was ich immer hab denken wollen und nie mich zu denken getraut habe, ich denke Menschenfleisch, schwarzes Menschenfleisch, nach dem ich hungere, an dem ich fast schon verhungert bin vor lauter Denken, ohne je bis ans Ende zu denken, ohne je gedacht zu haben: Ich schlage die Zähne ins Schwarze und sättige mich.

Dann machen sie sich auf die Suche. Die Nacht ist schwarz, die Bäume saften, die Gräser dampfen, der Mond blutet gelb.

Kargk stolpert hinter dem Mann her. Er läßt sich von ihm hierhin und dorthin zerren, er fällt, von ihm zu Boden gestoßen, aufs Knie und schnüffelt unter Bänken, in Abfallkörben, zwischen Sträuchern und Hecken nach dem, von dem er den Mann flüstern hört, oder ist es das Wasser, das flüstert, der Wind, der ihm das Ohr leckt, der Rosenduft, der ihm das Hirn verdreht und ihn Worte, Geräusche, Schreie hören läßt, die es nur in seinem Kopf, nicht außerhalb seines Kopfes, nicht im Maul und in den Nüstern des Mannes gibt? Nüstern, muß er denken. Mit geblähten Nüstern die Fährte erschnüffeln und das Erschnüffelte schlagen und knacken und leertrinken. Dann reißt er sich vom Mann los und stürzt sich in alle vier Himmelsrichtungen zugleich, wälzt sich über Wiesen in

Büsche hinein, über Blumenrabatten hinweg durch Teiche ins Schwarze draußen und drinnen in seinem Kopf. Als er am nächsten Morgen aufwacht, in seinem Bett, in seinem Schuppen, weiß er nicht, hat er das alles geträumt, oder hat er tatsächlich Blut geleckt. Der Mann ist weg, muß er denken, wieder einmal habe ich die Fährte verloren.

Dann liegt er und schaut sein Zimmer an. Das Zimmer, denkt er, ist ein x-beliebiges Zimmer, es geht mich nichts an, es könnte jedermanns Zimmer sein.

Zuerst schiebt er die Möbel gegen die Wand. Alle Möbel, mit denen das Zimmer vollgestellt ist, schiebt er gegen die dem Fenster gegenüberliegende Wand und bedeckt sie mit Teppichfetzen, behängt sie mit Decken und Bettlaken, knüllt Zeitungsbögen in die Zwischenräume und schmeißt seine Klamotten – Jeans Hemden Pullover Lederjacken – auf den Klumpatsch. Dann schaut er die Dielenbretter an. Die Bretter sind mit Fugen, und zwischen den Fugen quillt Sand hoch, Dreck, Kohlenstaub, Müll und Mutt. Er kniet sich hin und reißt den Dielenboden in Fetzen und schmeißt die Bretter gegen den Klumpatsch und wühlt im Dreck. Dreck, denkt er, mich im Dreck wälzen, im Staub, im Wüstensand, im Schlamm, und er reißt sich sein Nachtzeug vom Leib und rollt sich ins Loch, ins Afrikanische, muß er denken, und denkt sich das Afrikanische sandig, staubig, schlammig, mit Wasserlöchern und mageren Baumskeletten und Geiern oben im Astgekrüppel und weiß nicht, ob es Geier in Afrika gibt. Was aber gibt es in Afrika tatsächlich, fragt er sich, was an Tieren, was an Bäumen, was an Steinen, aber all das Tierische und Pflanzliche und Steinige geht mich nichts an, all die Savannen und Elefantenherden und Löwenrudel und Antilopenkadaver will ich nicht in meinem Kopf, in meinem Kopf will ich Menschen, schwarze Menschen, nackte schwarze Menschenleiber, das Schwarze und Weiße, muß er denken, indem er sich wälzt und in den Mutt hineinwühlt und grau wird und braun und schwarz von Dreck und Kohlenstaub, und dann denkt er: Feuer. Ein Feuer anzünden, eine Grube graben und Feuer in der Grube machen und einen Kessel über das Feuer hängen und Wasser in den Kessel schütten und das Wasser im Kessel über dem Feuer kochen und in das kochende Wasser Fleisch kippen und das Fleisch garkochen und das Fleisch aufessen, das Fleisch von den Knochen nagen und verdauen und ausscheißen ins Afrikanische hinein, in die Wüsten und Savannen und Wasserlöcher und über die Tierkadaver im Schlamm. Und Kargk wühlt. Er reißt mit Zähnen und Klauen das Erdgekröse unter den Dielenbrettern, das Steinige und Wurzlige und Metallische, in Fetzen und gräbt die Grube und hechelt beim Grubegraben und beißt in das Ausgegrabene hinein und schmeißt es gegen den Klumpatsch, und dann macht er Feuer. Tief unten in der Grube flackert es auf und flammt empor und lodert über den Grubenrand hinaus, und alles, was Holz ist und Stoff und Papier, alles, was brennt oder nur glüht und dann schmilzt, alles, was kohlt und verkokelt, gibt er dem Feuer zum Fraß und hockt am Rand der Grube und riecht die Beize vom Holz und hört den Lack platzen und sieht ihn vom Holz blättern und sieht das Plastik sich biegen und riecht das Gift und das Gas, das freikommt, und dann riecht er das Fleisch und sieht es triefen von Fett und sieht es bräunen und schlägt die Zähne hinein und reißt das Fleisch von den Knochen, und der Saft, der Fleischsaft, tropft ihm von den Lefzen über die Gurgel in den Schoß.

Später dann räumt er auf. Er schiebt den Dreck zurück ins Loch, richtet die Dielenbretter, breitet den Teppich über die Feuerstelle und rückt die Möbel zurecht. Von nun an geht er auf Zehenspitzen über den Wüstenfleck, immer fühlt er den Boden schwanken, immer fürchtet er einzubrechen und abzustürzen, immer träumt er das Loch tiefer, das Feuer greller, das Fleisch am Spieß mürber und süßer. Am nächsten Tag kann er nur noch liegen und die Lider über die Augäpfel pressen und am Speichel würgen, der ihm die Mundhöhle füllt. Erst Tage später, mühsam, mit Schüttelfrost oben im Kopf und unten an den Gliedern, kann er seine Höhle verlassen und in einem Imbiß eine Suppe löffeln und BITTE sagen und DANKE. Nach einer Woche legt er seinen TITAN wieder auf den Tisch beim Fenster, sichtet die wild durcheinandergewühlten CDs und ordnet sie. Dann schlägt er das Buch auf und findet den Text, der ihm seit Tagen im Kopf ist.

Schaudernd, liest er, lief er draußen um die Stelle vorbei, wo in der vorigen Nacht die Leichen-Seherin gestanden hatte, um ihre in schwarze Menschen verwandelten Träume langsam von der Bergstraße herunterziehen zu sehen. Es war ein stiller, warmer, blauer Nachsommer-Nachmittag, liest er, das Abendrot des Jahres, das rotglühende Laub, zog von Berg zu Berg, auf toten Auen standen die giftigen Zeitlosen unverletzt beisammen, auf den übersponnenen Stoppeln arbeiteten noch Spinnen am fliegenden Sommer und richteten einige Fäden als die Taue und Segel auf, womit er entfloh, der weite Luft- und Erdkreis war still, liest er, der ganze Himmel wolkenlos, die Seele des Menschen schwer bewölkt.

Er schließt die Augen, atmet flach und grübelt über das, was er soeben gelesen hat, und versteht es nicht: Schaudernd lief er draußen um die Stelle vorbei, setzt er wieder an, und die Worte, fremd bleich verrenkt in seinem Kopf: wo in der vorigen Nacht die Leichen-Seherin gestanden hatte: die unbegreiflichen Worte spalten ihm den Schädel und säen Schimmelpilze in ihn hinein: auf toten Auen standen die giftigen Zeitlosen unverletzt beisammen: der ganze Jean Paulsche Wort- und Klangrausch, in den er sich wochenlang hineingelesen hatte: auf den übersponnenen Stoppeln arbeiteten noch Spinnen am fliegenden Sommer: alles ist ihm weggesunken, nichts mehr kann er vor seinem Ohr aufschichten und Schicht um Schicht in sich hineinschlürfen, alles scheint ihm sinnlos, nichts mehr der Mühe wert, Nacht dunkelt ihn ein, oder ist es der gleißende Tag, der ihm die Augen mit Licht verstopft? Er rüttelt am Buch, dann wirft er sich auf die Musik.

Doch auch sie läßt ihn kalt. Worin ich noch gestern, denkt er, nicht gestern: damals, bevor ich die schwarze Küste sah, geschwommen bin: in der Flut aus schattigen Tinten und schillernden Tönen, in Bach und Mozart und Brahms und Ravel: plötzlich ist alles nur noch ein Klappern und Klatschen, ein Trommeln und Stampfen, ein Keuchen und Gurgeln aus schwarzen Kehlen: nichts mehr erstickt mir die Schreie im Kopf, die ich längst nicht mehr erstickt haben will, auch ich schreie, auch ich, endlich – in Afrika!

Und der Schwarze Kontinent bedrängt ihn auf Schritt und Tritt.

Noch am gleichen Nachmittag, immer auf der Suche nach dem Jungen beim Mann, gerät er auf dem Kölner Hauptbahnhof in Afrikas Wüsten, Steppen und Savannen, an seine Wasserlöcher und Seen, unter seine Elefantenrudel und Antilopenherden. Der Bahnhof ist voll mit Imbißständen, Zeitungskiosken und Zigarettenläden. Zwischen den Ständen pendeln mit Wagen und Karren die Stand-Auffüller, die Buden-Bediener, die Läden-Betreuer. Und alle, sieht Kargk, sind schwarz, alle, denkt er, sind aus dem Dschungel in den Dschungel, aus der wüsten Gegend dort in die wüste Gegend hier, aus dem afrikanischen Elend ins deutsche. Kein einziger *weißer* Leib ist vor die Karren gespannt, kein weißes Gesicht über die Ladeflächen gebeugt, keine weiße Hand in die Zeitungspacken, die Zigarettenkörbe, die Mettwurstbündel gekrallt, alles ist von Negern hierhin und dorthin gekarrt, alles fliegt von Negerhand zu Negerhand, alles, was auf dem Kölner Hauptbahnhof in Rauch aufgeht, als Wurstbrei durch Kehlen rutscht, von Zeitungsblättern per Wort und Bild in weiße Köpfe schwirrt, ist von Schwarzen herbeigeschleppt und in Regale gewuchtet und an Fleischerhaken gehievt, und er züchtigt sich, in seinen eigenen Leib hineinkneifend und hineintretend, für alles, was er, indem er hinter ihnen herhetzt und ihre Lade- und Entladekünste belauert und in ihre Gesichter hineingrimassiert, per Kopf mit ihnen treibt, doch je mehr er sich kneift und tritt, um so gnadenloser hetzt er den Jungen über die Schienen, die Böschung hoch und wieder hinab, um so verzerrter läßt er ihn am Reck baumeln, um so gieriger schlägt er die weißen Zähne ins schwarze Fleisch. Der Bahnhof, sieht er, kocht von Wilden. Der Bahnhof wird von Wilden für Weiße in Schwung gehalten. Und er läßt das Wort WILDE auf seinen

Lippen platzen, und das Wort WILDE macht die dürren zu fetten, sein Mündchen zum Maul, seinen tauben Leib prallvoll mit Saft. Und er drängt sich an die Schwarzen heran und rempelt sie und schnalzt ihnen ins Ohr und steigt über die Karren und Körbe mit Broten und Illustrierten hinweg und wirft die Packen durcheinander und deutet auf die Türen zu den Lagerräumen und zeigt ihnen pantomimisch, wie sie ihn dort bedienen sollen, und dann fährt er heim und schaut durchs offene Fenster die Efeuwand an und sieht und hört die Spatzen toben und tobt mit ihnen die Wand hoch und wieder hinab.

Im Rheinpark wuchtet der Sommer sich von Hitzetag zu Hitzetag. Alle Caféterrassen sind besetzt, alle Eisstände nicht nur von Kindern umlagert, alle Schattenplätze rund um die Uhr okkupiert. Kargk wandert von Baum zu Baum, von Busch zu Busch, von Brunnen zu Brunnen. Längst hat er alle Hoffnung aufgegeben, den Mann mit dem Jungen noch einmal, und sei es von weitem, zu sehen. Meist trottet er mit gesenktem Kopf und halb geschlossenen Augen. Als der Mann ihn eines Abends bei der Schulter berührt und CHORWEILER sagt und sich, als Kargk ihn mit leeren Augen anschaut, herumdreht und auf den Messeturm zuhält, steht er mit hängenden Armen und schreckt erst hoch, als der Mann schon an seinem Wagen hantiert und winkt. Da rennt Kargk wie um sein Leben.

In Chorweiler parken sie den Wagen nahe beim Sportcenter. Hier, so der Mann, wohnt er. Wo? fragt Kargk, und wer? Na hier, sagt der Mann und wendet sich gegen die ragende Silhouette der Satellitenstadt, John. John? fragt Kargk. Ja, sagt der Mann, John, hier wohnt John.

Das Sportcenter ist mit verdreckten Scheiben und vergitterter Tür, die Imbißstube gleich nebenan schmutzig und mit einer Frau hinter der Theke, von der Kargk hört, daß John scharf auf sie ist. Der Mann bestellt zwei Kaffee, die Kargk bezahlt. Scharf auf die da? fragt er, und der Mann nickt, dann muß er weg. Morgen abend gegen sechs dort drüben, und er zeigt auf ein Hochhaus mit Zementsockel, da wohn ich, oben, unterm Dach, da können Sie, wenn Sie wollen, zuschaun. – Wobei? fragt Kargk. – Beim Training, sagt der Mann und zeigt auf das Haus und nickt zur gleichen Zeit gegen den Sportclub, dann geht er aus der Tür.

Wer war das? fragt Kargk die Frau. Ach der, sagt die Frau, zündet sich eine Zigarette an, hält ihm die Packung hin, und Kargk, obwohl er nicht raucht, greift zu.

Die Frau ist um die Vierzig und fett. Sie trägt ein enges schwarzes Kleid mit einem weißen Schürzchen vor dem Leib und einem weißen gestärkten Häubchen auf den blonden Locken, die bis auf die Schultern fallen. Ihr Gesicht ist bleich und gedunsen, doch lieblich, denkt Kargk, es hat, denkt er, etwas von einem Trompete blasenden Engel: Man hört, sagt er, wenn man Ihre Wangen anschaut und Ihre Lippen, die Posaunen von Jericho, und er schaut ihre Brust an, oben, beim Hals, wo sie hochquillt. Die Frau stößt Rauch aus und lacht. Wenn ich, sagt Kargk, für John, den Schwarzen, zahle – was zahlen? fragt die Frau und pafft – alles, sagt Kargk, das Bier, die Fritten, die Currywurst, wenn ich alles zahle und mehr – was noch? fragt sie – darf ich dann mit dabeisein – wobei? fragt die Frau – bei allem? – okay, lacht die Frau und hebt ein Glas zum Mund, und das Glas ist leer, und sie kippt es und schluckt, als ob sie trinke, und setzt es zurück auf die Theke: wer ist John? fragt sie – der Nigger, sagt Kargk – ach der, sagt die Frau.

Am nächsten Abend sind beide Türen vergittert, die zur Imbißstube und auch wieder die zum Sportcenter. Kargk steht beim Zementsockel und schaut die Gitter an. Nah beim Zementsockel, auf dem Bürgersteig, parkt ein Polizeiwagen mit blau kreisender Lichtsirene. Der Ton ist abgestellt, das Blaulicht vom schräg einfallenden Sonnenglast geschluckt. Kargk hält es nicht beim Sockel, er muß daran entlang von einer Ecke des Hauses zur anderen. Plötzlich sieht er den Mann, den Trainer des Jungen, mit zwei Polizisten aus der Haustür treten, sieht die Handschelle, an der er hängt, sieht ihn, bevor er, von rückwärts gestoßen, im Wagen verschwindet, den Kopf drehen und hört ihn JOHN! KÜMMER DICH

UM JOHN! rufen. Kargk rennt auf den Wagen zu, doch der rollt vom Bürgersteig und kurvt, plötzlich mit heulender Sirene, rum und weg.

Kargk schaut ihm hinterher, dann dreht er sich um und läuft aufs Haus zu. Die Tür steht offen, der Aufzug ist gleich neben dem Eingang, er drückt auf den Knopf und wartet. Oben unterm Dach, denkt Kargk, da wohnt er, dann betritt er die Kabine, tippt auf die 14, spürt sich abheben und hochschweben, spürt sein Innenohr anwachsen und überquellen, spürt die Kabine stocken, sieht die Tür aufplatzen, betritt den lichtlosen Flur und findet sich vier Wohnungstüren gegenüber, alle mit einem Namensschild, eine so abweisend wie die andere. Dann entdeckt er, am Ende des Flurs, die Feuertreppe. Er steigt sie hoch und steht, jetzt tatsächlich unterm Dach, vor einer Stahltür mit Klinke, die er drückt. Gleichzeitig tastet er die Höhlung über der Tür ab, findet den Schlüssel, paßt ihn ein, drückt die Tür auf, tritt über die Schwelle und zieht die Tür hinter sich ins Schloß.

Der Raum ist groß und hell, die der Tür gegenüberliegende Wand eine Fensterwand. Auf den nackten Dielen Bettzeug, Kleidung und Geschirr. Nirgends ein Schrank oder Tisch, alles am Boden wild durcheinandergewühlt und schmutzig, die Luft zum Schneiden. Schweiß, denkt Kargk, Menschenschweiß, dann sieht er das Bild an der Wand.

Es ist ein Foto scheinbar ohne Motiv, ein stumpfes, schwarz-in-schwarzes Stück Fleisch oder Haut, ein Arm oder Bein oder Rücken ganz aus der Nähe fotografiert, eine zart gerundete Muskelpartie oder einfach ein weiches Gewächs, ein schwarzes Stück Mensch aus dem Nichts. Kargk steht und schaut und sinkt hinein und atmet den Ruch. Dann legt er sich aufs Bett und knöpft sich auf.

Später fährt er mit dem Aufzug hinunter, betritt die Straße und lehnt sich gegen den Zementsockel. Schräg gegenüber die Imbißstube und das Sportcenter sind hell erleuchtet. Er sieht die Frau hinter der Theke hantieren, heute trägt sie eine weiße Bluse mit einer gelben Rose zwischen den Brüsten, ihren Unterleib, obwohl vom Tresen verdeckt, weiß er mit einem hauchdünnen Schlüpfer und naß. Sie wartet, denkt er, mit fast nacktem nassem Unterleib auf Johns schwarzen, auch naß, auch nackt, und er rennt über die Straße und stützt sich auf die Klinke, doch die Tür zum Sportcenter ist verschlossen, also klopft er gegen die Milchglasscheibe und schreit nach John, und als die Tür aufklappt, sieht er die seitliche Partie eines schwarzen Körpers den Türspalt füllen: ein Ohr, eine Wange, eine Schulter, eine Hüfte, ein Bein, und er schiebt den rechten Zeigefinger durch den Spalt und betastet das schwarze Fleisch. Dann nimmt er John in Empfang, der, ohne sich weiter um ihn zu kümmern, die Imbißstube stürmt und die blonde Frau ins Hinterzimmer treibt, aus dem Kargk Kampfgeräusche, auch Schüsse, sogar das Knacken von Knochen und das Reißen von Fleisch zu hören meint. Zuletzt, mit blutrotem Mund, zerrt der Kannibale Kargk über die Straße in den Aufzug, drückt auf die 14, und die Kabine beginnt zu schweben. Als sie mit einem Ruck hält, sieht er den blutroten Mund platzen und die blutrote Zunge im blutroten Mund züngeln und die Zahnkeile blitzen, und als Kargk in den Schwarzen hineinbeißt, reißt es ihn aus dem Traum, und er sieht sich aufgeknöpft auf einer fremden Matratze liegen, und erst langsam erkennt er das Zimmer und das Fleischbild an der Wand, und er läßt sich zurückfallen und zieht das Laken über sich und starrt gegen die Decke, auf der nichts sich malt, weder Licht noch Schatten.

Am nächsten Morgen schaut er das Fleischbild an. Schwarz, muß er denken, Fragment seiner Wade oder seines Arms, Teil seiner Schulter oder seiner Wange, warum nicht, denkt er, sein Ohrläppchen oder sein Schwanz? Jedes Fetzchen Haut über einer Fingerkuppe oder einem Lippenpolster kann man zu einer Haut- oder Fleischlandschaft mit Hügeln und Tälern, mit Haarbäumen und Schorffelsen aufblähen und hochwuchten. Alles Vertraute wird fremd, wenn man es näher unter die Lupe nimmt, wenn man sich das Kleine groß, das Unsichtbare sichtbar und das Harmlose bedrohlich denkt. Aber ich denke das alles nicht nur, denkt er, ich sehe das schwarze Fleisch an der Wand, die schwarze Haut über dem roten Fleisch, denn Fleisch, muß er denken, ist niemals schwarz oder weiß, sondern rot unter schwarzer oder weißer Haut, und er schaut die schwarze Haut über dem roten Fleisch an, über dem Lippen- oder Brust- oder Schenkelfleisch, und er denkt an die Fußsohlen und Achselhöhlen und Kniekehlen des Jungen, die er im Juliglast nah bei der Böschung hat aufflammen sehen, er denkt an die Schultern und Schenkel und Schenkelinnenseiten, die tiefschwarz und samtweich seine Augen bedrängt haben, und das Fleischbild an der Wand, die schwarze Haut über dem roten Fleisch wird ihm zu all der Jungen- und Burschen- und Männerhaut, von der er sein Leben lang geträumt hat, und dann bringt er mit den Pfeilen und Lanzen seiner Augen das Hautbild an der Zimmerwand zum Platzen und Reißen, zum Blühen und Bluten, bis ihn, mitten im Taumeln und Toben, das Telefon aus dem Rausch reißt. Er packt den Hörer und horcht in die Muschel. Da atmet wer, dann reißt der Atem ab.

Am nächsten Tag paßt der Schlüssel, den er sich eingesteckt hatte, nicht mehr ins Schloß. Er kniet hin, er stochert im Schlüsselloch, er wirft sich gegen die Tür, er hämmert mit Fäusten dagegen, doch nichts rührt sich.

Der Hausmeister stellt sich dumm. Von einer Verhaftung will er nichts wissen, der Rolf – wer ist Rolf? fragt Kargk – sei oft für längere Zeit unterwegs; als Trainer von einiger Berühmtheit besuche er heute diesen, morgen jenen Verein, um neue Talente, oft Kinder im zartesten Alter, auszukundschaften und dann, manchmal über Jahre, aufzubauen und ans Ziel zu führen; einen Schlüssel zu Rolfs Wohnung besitze er nicht; wer, fragt der Mann, sind Sie überhaupt und was wollen Sie von ihm? – Kargk redet mit Engelszungen. Wenn schon nicht Rolf, so müsse er wenigstens den Jungen – welchen Jungen? fragt der Hausmeister – den Schwarzen, John, dieses Supertalent, finden und mit ihm reden und sich, falls Rolf verschwunden bleibe, weiter um ihn kümmern. Der Hausmeister winkt ab. Einen Schwarzen habe er nie gesehen; verschwunden bleibe Rolf nie länger als für ein paar Tage; im übrigen sei er nicht mehr bereit, Auskünfte an jemanden zu erteilen, der sich ihm nicht vorstelle beziehungsweise sich ausweise. Karg nennt seinen Namen und bittet um den von Rolf. Sie wissen, ruft der Hausmeister, noch nicht einmal seinen Namen? Das alles, murmelt er im Abgehen, riecht mir nach Sabotage, Sie wollen dem Rolf ein Talent abjagen und stellen sich hier dümmer, als Sie sind: Hauen Sie ab! – Kargk streckt die Arme aus und macht Anstalten, aufs Knie zu fallen, doch der Hausmeister läßt ihn stehen und schlägt die Tür hinter sich zu.

Kargk fährt noch einmal in den vierzehnten Stock, steigt die Eisentreppe hoch und betastet die Tür. Ein Namensschild fehlt, eine Klingel auch, die Tür ist aus Stahl und, anders als gestern, ohne Klinke. Er sucht die Klinkenkerbe und findet sie nicht. Man hat, denkt er, die Tür ausgewechselt, dann fällt sein Blick in die Ecke neben der Tür, in eine Art Höhle unter einem Trägervorsprung. Wie eine Hundehütte, muß er denken, dann läuft er durchs Treppenhaus und hinaus auf die Straße.

Im Polizeirevier behauptet man, nichts zu wissen. Im übrigen dürfe man Auskünfte nur Verwandten erteilen; ob er ein Verwandter oder wenigstens Bekannter des in Rede stehenden Mannes sei. Kargk wiegelt ab. Er sei weder dies noch das; er betreue den Jungen, den Neger, dieses Supertalent – Talent zu welchem Behufe? fragt der Beamte und grinst bei dem Wort BEHUFE – als zweiter Trainer, als Koproduzent von olympischem Gold, und der Beamte stutzt. Ob Kargk sich nicht wohl fühle, ob er sich einen Moment hinsetzen und ausruhen und einen Schluck Wasser trinken wolle. Kargk winkt ab und rennt los. Draußen nimmt er eine Bahn und steigt um in eine andere und landet vor der Pforte des städtischen Gefängnisses, des sogenannten KLINGELPÜTZ. Der Pförtner schüttelt den Kopf. Gestern, wie jeden Tag, seien zig Leute durch diese Tür hinein- und hinausgeführt worden, ob jemand mit Namen Rolf, könne und dürfe er nicht sagen; wie denn der Familienname des Mannes laute? Der Junge sei schwarz, gerade erst vierzehn und ohne Betreuung den größten Gefahren ausgesetzt, sagt Kargk, und als der Beamte einem anderen winkt und dieser auf Kargk zutritt und ihn stützend beim Arm packt und ihn fragt, was das für ein Junge sei, den er plötzlich ins Spiel bringe, reißt Kargk sich zusammen, murmelt ein Danke, dreht sich weg und geht langsam zur Tür, die mit einem Summton aufschwingt. Auf der Straße schaut er das Gebäude an. Es sieht aus wie ein ganz normales Haus.

Von nun an dringt er noch tiefer ein. Die Vormittage verbringt er in Chorweiler vor Schulen und auf Schulhöfen, in Klassenräumen und Turnhallen, in Fahrradschuppen und Pinkelbuden, vor Imbißhallen und bei McDonald's. Später fährt er hinauf in den vierzehnten Stock, kriecht, oft auf allen Vieren, die Eisentreppe hoch und kratzt an der Tür ohne Klinke. Nachmittags durchstreift er den Rheinpark, abends die Rock- und Pop-Abteilungen bei SATURN, spät abends die Bahnhöfe überall in der Stadt, nachts die Kneipen und Diskotheken mit Schwarzen, früh am Morgen die Parks um den Aachener Weiher mit den leeren Büschen und dunstigen Senken. Herbst ist eingefallen. Schlaf findet er nur noch für magere Viertelstunden mal hier in einem Wartesaal, mal dort auf einer Parkbank. Aufs Bett legt er sich selten, *ins* Bett unter seine Decken nie mehr. Einmal war er, mit einem Laken über seinem Leib, eingeschlafen und in einem Alptraum von diesem Laken, das sich in einen Deckel aus Marmor verwandelt hatte, erstickt und zerquetscht worden. Seitdem meidet er nicht nur das Bett, sogar den Schuppen. Hastig schlingt er sein Essen hinunter, hastig wäscht er sich, kleidet sich um und schreibt Bettelbriefe an seine Eltern, an Tanten, Cousinen und Freunde. Dann rennt er wieder los und starrt den Leuten ins Gesicht und rempelt Männer und packt schwarze Burschen beim Genick, doch nie sind die Angerempelten und Beim-Hals-Gewürgten die, die er sucht, immer läßt er die Arme sinken und trollt sich.

Eines Mittags – er hatte den vierzehnten Stock schon inspiziert, hatte schon in der Nische unter dem Trägervorsprung gehockt und diesmal nicht gebellt, nur geknurrt – sieht er John, wie er beim Zementsockel steht, zur Imbißstube hinüberschaut, sich umdreht, das Haus betritt und im Flur verschwindet. Kargk, über den Teller mit Linsensuppe gebeugt, läßt den Löffel fallen, stößt seinen Hocker zu Boden und rennt, von der blonden Frau mit Rufen und Pfiffen verfolgt, über die Straße ins Haus, dem Jungen hinterher.

Der Aufzug ist weg und womöglich auf Fahrt, der Etagenanzeiger über der Fahrstuhltür außer Betrieb. Wo, denkt er, in welchem Stockwerk, steigt er aus; im vierzehnten natürlich, wo sonst; und er rennt die Treppen hoch von einer Etage zur nächsten, er reißt sich die Finger am Geländer blutig und schleudert sich in die Kurven und stolpert über die eigenen Füße und hört die Fahrstuhltür klappen und Leute rufen, dann läßt er sich auf den Boden fallen, sein Herz rast wie gepeitscht, und der Atem poltert ihm aus Nase und Mund.

Poltern, muß er denken, als er die Eisentreppe hochkriecht: Es poltert in meinem Kopf, und ich poltere, denkt er, indem er mit Fäusten gegen die Eisentür schlägt, gegen die Brust, die Rippen, die Knochen von John. John! ruft er und liegt mit dem Gesicht auf der Matte. Plötzlich ist eine Matte da, muß er denken, noch vorhin, als ich hier hockte, im Eck, im Loch, in der Hütte, gab es keine Fußmatte, war der Boden nackt. Und er beißt in die Matte hinein und schleudert sie vor seinem Gesicht hin und her, und Speichelflocken fliegen ihm aus dem Maul, und er jault wie ein Hund, ein schwarzer, muß er denken, ich jaule, denkt er, wie ein schwarzes Vieh.

Dann zwingt er sich zur Ruhe.

John! ruft er, mit dem Gesicht auf der Matte, durch den Türspalt am Boden: John, laß mich bitte, flüstert er, an dich ran. Ran, flüstert er, ran ran ran. Dann fährt es ihm durch den Kopf. Wenn John, denkt er, hier im Hause wohnt, wenn er einfach so von Stockwerk zu Stockwerk, von Tür zu Tür spaziert, von unten nach oben, von oben nach unten, von seiner Mami, Negermami, muß er denken, zu seinem Trainer, aus dem Negerkral unten in den Negerkral oben, von Kontinent zu Kontinent. Alles ist schwarz, muß er denken, ich will, daß alles schwarz ist, das Weiße schwarz und das Schwarze schwarz und die Häute über dem roten blutigen Fleisch, Menschenfleisch, muß er denken, schwarz von innen und außen.

Dann jagt er im Kral auf und ab, kreuz und quer, vor und zurück. Mit dem Aufzug hoch und wieder hinab, hinter Leuten her die Treppen rauf und runter, von Leuten weg in tote Ecken hinein, im Sprung über Treppengeländer gegen Müllcontainer, die Kellertreppen hinab und durch Kellergänge zurück ins Treppenhaus. Während ich, denkt er, unten schnüffele, und er schnüffelt unten, liegt John oben bei Rolf auf der Matratze, und er stößt sich von unten nach oben vor die Eisentür und schnüffelt oben. Ich muß, denkt er, mein Lager, meine Hütte hier aufschlagen, überall im Haus, unten beim Zementsockel und oben über der Eisentreppe neben der Stahltür.

Dann, zum letzten Mal, fährt er zu seinem Schuppen. Er stopft den Schlafsack und eine Decke, er stopft Hemden und Unterwäsche, zuletzt den TITAN und den Discman mit ein paar CDs, auch eine Taschenlampe stopft er in seine Umhängetasche, er beklopft die wieder zugeschüttete Grube mit den per Kopf abgenagten Knochen, er schaut die Efeuwand an und hört die Spatzen schreien und toben, dann schließt er den Schuppen ab und schmeißt den Schlüssel in die Regentonne neben der Tür. Den Rheinpark findet er menschenleer; Regenschleier hüllen die Böschung mit den Schienen und der Sitzgruppe, auch ihn selbst, den Beobachter ferner fremder Szenen, den Belauscher halblaut geführter Gespräche, in ein dichtes, grau perlendes Schillern; dann sieht er den Schwarzen, nackt, überfunkelt von zahllosen Tropfen und Schlieren, die Böschung hochstürmen und rückwärts wieder hinabstochern, er sieht seine Knochen und Muskeln und Sehnen unter der Haut splittern und reißen, und er muß sich am Riemen seiner Schultertasche festkrampfen, um nicht mit seinem Gesicht, seinen Zähnen, seinen blutiggebissenen Lippen über ihn herzufallen und ihn in sich hineinzureißen. In der Imbißstube bezahlt er die Linsensuppe und bestellt ein Bier. Ja, sagt die Frau und schüttelt die Locken und drückt sich das Häubchen zurecht – was ja? fragt Kargk – ich hab ihn gestern, nicht gestern, heute, vorhin, soeben – wen? fragt Kargk – gesehen, sagt die Frau und streicht ihren

Rock glatt, gehabt. – Gehabt, sagt Kargk und knackt Fünfmark auf die Theke, dann steht er vor dem Sportcenter und legt seine Augen ans Glas und sieht durch die winzigen Löcher im Milchglasbelag das nackte schwarze Fleisch schäumen, bis ein Kerl ihn beiseite schiebt und wegscheucht. Da! sagt Kargk und zeigt gegen die Scheibe, alles schwarz, auch das Weiße. Verpiß dich, sagt der Kerl.

Später lehnt er am Zementsockel vor der zugesperrten Tür und wartet auf einen, mit dem er ins Haus schlüpfen kann. Ich schlüpfe, denkt er, aus dem Hellen ins Dunkle, aus der weißen Welt in die schwarze, aus meiner Haut in seine. Mit einer Frau drängt er sich ins Haus, die Frau protestiert, wo wollen Sie hin, was treiben Sie hier? ruft sie ihm hinterher, als er schon die Treppe hinaufläuft. Oben, neben der Stahltür, unter dem Trägervorsprung, breitet er seinen Schlafsack aus, verstaut die Tasche im hintersten Eck und tastet die Tür mit dem Kegel der Taschenlampe ab. Da ist sie ja wieder, die Klinkenkerbe, muß er denken, als sie ihm ins Auge springt und er sie mit Fingern befühlt, dann sucht er nach der Fußmatte und findet sie nicht. Hinter der Tür glaubt er Musik zu hören. Oder, denkt er, ist das Gesang, sind das Trommeln, ein Tamtam? Dann reißt er sich hoch und in den Eingeweiden des Hauses hierhin und dorthin.

Das Haus birgt ihn wie ein Mantel den nackten Leib. Nie mehr betritt er die Straße, nie mehr die Imbißstube oder das Sportcenter. Aus Biotonnen, die den hinteren Hausflur blockieren, klaubt er das Wenige an Nahrung, das er zum Überleben braucht. Einmal scheucht ihn der Hausmeister von den Tonnen weg gegen die Außentür, doch im letzten Moment springt er in den offenstehenden Aufzug und bringt sich, emporratternd, in Sicherheit. Allmählich wird ihm das Haus zum Leib des Jungen, und planvoll vagabundiert er durch seine Eingeweide. Was immer er anschaut oder berührt, in allem sieht er Spuren, die der Junge hinterlassen, oder Fährten, die er gelegt hat, oder Reste, die von ihm übriggeblieben sind. Ein Haufen Kot, eine Urinpfütze, ein Büschel schwarzer gekrauster Haare: Alles beschnüffelt, beleckt und beäugt er, alles, wie ein Röntgenarzt ein Röntgenbild, weiß er zu deuten und einzuordnen. Oben, unter dem Trägervorsprung neben der Stahltür, ruht er sich aus. Nur schwache Echos vom Leibgetümmel dringen bis hier herauf. Hinter der Tür weiß er den Kopf mit der schwarz überhaarten Stirn, den gehöhlten Wangen und den prallen Lippen vor strotzenden Zähnen. Lippen und Zähne, das Lippenfleisch und die Zahnknochen, füllen seine Träume. Mit dem Wenigen, das er an sich trägt: den mageren Lippen und brüchigen Zähnen, wühlt und gräbt und beißt er sich in die Überfülle, das Lippenschmalz, das Zungengeschlinge, das Gurgelgeknorpel hinein und verdaut es. Mit geschlossenen Augen, wie Tiere an Tieren saugen und schmatzen, saugt und schmatzt er an John. Sein Schwarz umhüllt ihn wie Samt. Tiefer und tiefer lutscht er sich in ihn hinein und metzelt sein Herz und stülpt ihn von außen nach innen und würgt an seinem Geschlecht. Alles ist schwarz und prall und geschmeidig, alles bäumt sich in ihn hinein und er sich in alles, was sich da bäumt. Der Schlafsack wird ihm zur zweiten Haut, und er strampelt darin, wie er innen im Haus, im Skelett von John, hierhin und dorthin strampelt und springt. Niemand steigt bis zu ihm empor. Die Höhle unter dem Trägervorsprung wird ihm zum Nest, in dem er mit seinem mageren Weiß das üppige Schwarz bebrütet, bis eines im anderen vergeht.

Eines Abends, er war den ganzen Tag von oben nach unten, zu Fuß und per Aufzug, auf Hintertreppen und in Heizungskellern unterwegs gewesen, fällt ihm der TITAN in die Hand. JEAN PAUL, liest er und erinnert sich nicht, wer das sein könnte. Er blättert das Buch auf und liest darin herum, ohne, wie früher, flüssig lesen und das Gelesene flüssig in seinem Kopf verarbeiten zu können. Die junge Nachtigall, liest er, wetzte den abgefütterten Schnabel am Zweige und schüttelte sich lustig, die alte sang ein kurzes Wiegenlied und hüpfte mit Tönen nach neuer Kost. Die Schmetterlinge, fliegende Blumen, und die Blumen, angekettete Schmetterlinge, liest er, suchten und überdeckten einander und legten ihre bunten Flügel an Flügel. Nachtigall, denkt er, fliegende Blumen, angekettete Schmetterlinge, und er denkt an den Rheinpark und ahnt, was all dies ihm einmal bedeutet haben könnte, und er will, daß alles vergangen, vergessen, vernichtet wird und bleibt, und er packt den TITAN und fetzt den TITAN aus dem Leim, aus dem Leder, aus der Heftung und zerreißt und zerbeißt das Papier und spuckt und wirft es aus und weg, und er sieht das Grinsen im Gesicht von John, sieht den Pfeil, der seine Oberlippe durchbohrt und die Messer, die in seinen Fingern spielen, und er packt eine der CDs und liest KLARINETTE und KONZERT und MOZART und denkt: Mozarts Klarinettenkonzert, und er hört das Instrument perlen und das Orchester fluten und biegt das Metall und verbiegt den Mozart und stößt ihn aus seinem Kopf, und er hört die Trommeln tönen, die Füße stampfen, den Lippenspeck schmatzen, und er will von den schwarzen Lippen das Schmatzen, nicht von den weißen Lippen das Perlen, und er zerhackt und zerbeißt auch die anderen Silberscheiben und zerstampft den Apparat, der sie zum Tönen hätte bringen können, und er sieht den Mund, den Lippenmund von John, und denkt: Von weißen Lippen perlt und von schwarzen schmatzt es, und er bestraft sich längst nicht mehr für solche Gedanken, denn er will, daß es in seiner Höhle, in seinem Haus, in seiner Welt schmatzt, nicht perlt.

Zuletzt rührt er sich kaum mehr vom Fleck.

Er liegt unter dem Trägervorsprung neben der Stahltür und bewacht sein Terrain. Sein Terrain ist die Höhle, der enge Raum zwischen Stahltür und Wand, sind die wenigen Stufen der Eisentreppe, die er von seinem Lager aus sieht. Sein Terrain ist die Gegend in seinem Kopf, und die ist gefärbt vom Gelb der Wüste, vom Schlamm der Wasserlöcher, vom Grau der Geier in den Bäumen und der Bäume selbst. Die Gegend in seinem Kopf ist der schwarze Leib von John, seine Schenkel, Hüften, Brustwarzen, Schultern und Lippen, ist Johns Brust mit den Rippen unter der Brusthaut und dem schlagenden Herzen unter den Rippen. Da liegt er unter der Sonne Afrikas in Schweiß und Gestank, in Blut und

Samen, in Wollust und Ekel, und allmählich fällt er vom Fleisch und wird wächsern und dünn.

Einmal packt ihn die Freßgier.

Einmal rafft er sich auf und schleift und schlört sich von oben nach unten, aus seinem Schlafsack in die Tonnen hinten im Hausflur, und er wühlt sich hinein und röchelt drin rum und findet den fettigen Packen Papier mit dem noch warm dünstenden Fleisch, und er rattert in der Fahrstuhlzelle von unten nach oben und kriecht die letzten paar Meter im Eisen und wühlt sich in sein Loch und atmet den Dunst vom Fleisch im fettigen Pack, und er reißt ihn in Fetzen, und die Rippen, die Rippchen vom Tier – von welchem Tier? muß er denken – platzen ihm in den Schoß. Dann beugt er Rücken und Nacken und stößt den Kopf in die Knochen, ins Fleisch an den Knochen, in die Rippen unter der schwarzen Haut. Nagen, denkt er, fressen. Und er packt den Fetzen mit Zähnen und schlenkert ihn vor seinem Gesicht hin und her. Jetzt hört er es grollen. Die Trommeln, denkt er, das Schwarze tief unten im Weißen, mein paukendes Herz. Dann schnappt er noch einmal zu und würgt und würgt bis zuletzt.

Kauri

Anfangs nur an Samstagen, später freitags und samstags, zuletzt regelmäßig auch in den Nächten von Mittwoch auf Donnerstag, war Kischnitz hin und her gerannt, rein und raus, runter und rauf und wieder runter. Oben war die Garderobe, unten der Jazzkeller, noch tiefer unten der Toilettentrakt. Monatelang war freier Eintritt gewesen, kaum jemand hatte ihn damals beachtet, er selbst hatte höchstens mal die Hand zum Gruß gehoben, und man hatte zurückgenickt, mehr nicht. Auch in der Garderobe saßen Schwarze, manchmal Frauen, öfter Männer, wochentags meist nur ein einzelner Mann. Wenn der ihm schmeckte, blieb Kischnitz stehen, schaute ihm auf den Mund, dann in die Augen, sagte aber kein Wort, lächelte auch nicht. Problems? fragte der Typ dann etwa. No problems, sagte Kischnitz, hing noch für Sekunden an diesen Lippenpolstern und stieg dann die Treppe hinunter.

Auch unten waren Schwarze, mehr Männer als Frauen, von den Frauen waren einige schwarz, die meisten weiß, weiße Männer gab es so gut wie keine, in manchen Nächten war Kischnitz über Stunden der einzige Weiße, trotzdem drehte auch hier kaum jemand den Kopf nach ihm. Während der ersten Wochen hielt er sich zurück, schaute hin und gleich wieder weg, machte noch keine Zeichen. Trotzdem hätte er mit seinem käsigen Gesicht auch da schon auffallen müssen, doch was hier rumsaß, wollte weiße Frauen, keine weißen Männer, und leider, so Kischnitz zu sich selbst, bin ich ein Kerl, keine von diesen Schönen, Bleichen, Blonden.

Immer holte er sich sein Pils von der Theke – Kölsch mochte er nicht –, setzte sich in eine Ecke und trank. Er trank langsam, er hatte keinen Durst auf Bier, nur auf Männer, auf schwarze Männer, Neger, sagte es in seinem Kopf, manchmal Nigger.

Pils gab es nur in Flaschen. Anfangs nahm er sich ein Glas mit in seine Ecke. Obwohl niemand ihm beim Einschenken zusah, zitterten seine Hände meist so stark, daß ein Schwall danebenging oder Schaum überkleckerte, oft auf seine Hose. Dann triefte und stank er und fühlte sich wie eingepißt. Später trank er nur noch aus der Flasche.

Je weiter die Nacht vorankam, um so schneller trank er. Dauernd mußte er dann vom Hocker runter, an die Theke ran, mit der vollen Flasche zum Hocker zurück und mit dem Flaschenhals an den Mund. Das Knirschen der Zähne am Glas und das Gluckern der Flüssigkeit in seiner Kehle lenkten für kurze Zeit alle möglichen Blicke auf ihn. Ja, dachte er beim Schlucken, schaut mich an, wacht endlich auf! Doch schon Sekunden später war er wieder für sich.

Dann, eines Nachts, verlangten sie Eintritt. Zehn Mark, sagte die Frau an der Garderobe. Wieso zehn Mark? fragte Kischnitz, dann zog er sein Portemonnaie und zahlte. In dieser Nacht konnte er nicht mehr immerzu die Treppe rauf und runter; nicht mehr den Typen mit den muskulösesten Körpern und den dicksten Lippen hinterher, um sie auf der Straße zu umtänzeln; nicht wieder die Stufen hinunter und an andere Leiber ran und mit den Augen über immer neue Typen her. Zehn Mark, sagte die Frau, als er wieder zurück wollte. Nee, sagte Kischnitz und zeigte sein Billett. Unten blieb er dann hocken und trank sich die Hucke voll.

Immer war es das Licht, das ihn, mehr noch als der Alkohol, in eine Art Rauschzustand versetzte, das Licht aus den an der Decke kreisenden Scheinwerfern auf die Tanzfläche. Die meisten, dachte er, tragen Weiß. Weiß, dachte er, ist die Farbe des Tanzes, und augenblicklich verwarf er den Gedanken wieder. Er haßte Weiß. Er haßte seinen eigenen weißen Körper mit dem weißen Gesicht oben und den weißen Armen links und rechts. Er haßte die weißen Kleider und T-Shirts der tanzenden Frauen, sogar die weißen Hemden und Hosen der Männer, an die sie sich klammerten. Doch das Licht aus den Scheinwerfern schminkte dem Weiß diesen blauen, grünen und roten Lackton auf, der, kaum verdichtete er sich, gleich wieder zerging und sich mit anderen Tönen, Phosphor, mußte er denken, mischte und wieder zerfiel. Dann war da noch die Musik. Ihm kreisten die Silben schwar-ze-Mu-sik im Kopf. Das war schwarze Musik, was hier aus den Boxen dröhnte, doch Kischnitz war, was Musik betraf, von jung an auf einem anderen Trip, Jazz hatte ihn nie gejuckt, Jazz, so dachte er, juckt mich auch hier nicht, Jazz, hatte er gehört, echter Jazz wird nicht getanzt, das ist, dachte er, keine echte schwarze Musik – was ist das aber, das an mir zerrt?

Er starrte den Schwarzen in die gelb und rot überzuckten Gesichter, die er lieber schwarz und nackt gesehen hätte, und dann riß all das Laute und Grelle, riß auch das Weibsgezottel, das an ihnen hing, ab, und er sah und hörte nichts als das durchmuskelte schwarze Fleisch, sah es sich winden, nackt, und hörte es atmen, nackt, und endlich war er da, wo er hin wollte, war an den Schwarzen dran und drin in ihnen, atmete sie mit geblähten Nüstern, war ganz Nase und Auge und Fleisch an ihrem Fleisch, war schwarz wie sie und rieb sich wund an ihnen.

Wund war er, wund am ganzen Leib, wenn er sich auf den Heimweg machte. Er hatte sich nur per Kopf, per Hirn an ihnen gerieben, doch der Schweiß, der ihm unter den Achseln und zwischen den Schenkeln ausgebrochen war und gebrannt hatte wie eine Ätztinktur in offenen Wunden, der Körper- und Hirnschweiß beim Anblick der sich windenden schwarzen Leiber und das gedachte Reiben an ihnen hatte seine weiße Haut rot und rauh gemacht, und o-beinig, mit gespreizten Schenkeln und abgewinkelten Armen, lief er am Rhein entlang in alte und junge Weiße hinein, die ihn packten und aufrissen und betasteten, und er stöhnte vor Ekel und Schmerz, doch er ließ sich den schwarzen Rausch aus Leib und Kopf pumpen, riß dann die Reißverschlüsse hoch und stolperte, kaltgewichst, in die Nacht und heim.

Dann, an einem Samstag Ende August, sah er den mit den Lippen nach langer Zeit wieder am Rand der Tanzfläche sitzen und den Tanzenden zuschauen. Lippen, üppige Lippen, hatten viele, doch der, auf den er seit Wochen vergeblich gespannt hatte und der plötzlich wieder da war, hatte die üppigsten. Das sind keine Lippen, hatte er damals, als er ihn zum ersten Mal entdeckt hatte, gedacht, das sind Fleischwülste aus den Tiefen des Geschlechts, das sind, hatte er denken müssen, offen zur Schau getragene Geschlechtswerkzeuge, die, was unten ist, oben anpreisen. Außer den Lippen hatte er diesen Nacken, wie man ihn nur bei Schwarzen sieht, einen Nacken wie ein Pfahl, der ihm aus den Schultern herauswuchs, als könnte er, mit dem Kopf als Rammbock, jedes Hindernis damit wegsprengen.

Kischnitz wußte, der Mann heißt Linus. Hey, Linus! hatten Freunde ihm, falls er überhaupt Freunde hatte, zugerufen, oder sie hatten ihn im Vorübergehen getätschelt – wie ein Rassepferd, hatte Kischnitz denken müssen –, doch kaum einer war länger als ein paar Sekunden stehengeblieben, alle hatten die Sicht auf die Tanzfläche rasch wieder freigegeben, auf die Linus über Stunden, mit einem immer wieder neu gefüllten Cognacschwenker in der Hand, starrte. Wen oder was starrte er an? Warum regte sich nichts in diesen gemeißelten Zügen mit den bis zum Platzen mit Blut oder Samen gefüllten Lippen? Wo waren die Frauen, die diesem Mann in den Schoß hätten fallen müssen, Schoß, dachte Kischnitz, immer wieder Schoß, Schoß, Schoß.

Linus, das sah er, starrte die in ihre weißen geschlitzten Kleider oder engen T-Shirts gezwängten weißen Frauen an, und die Frauen, in den Armen und im Schenkelschluß ihrer schwarzen Tänzer, musterten Linus, wie er da saß und starrte, musterten ihn aus halb geschlossenen, von langen, oft künstlichen Wimpern bedeckten Augen. Doch weder er noch sie rührten sich. In trägem Unberührbarkeitstanz wischten sie an ihm vorbei, Kischnitz sah das Glitzern in seinen weit aufgerissenen Augen, und das Licht blühte auf und zerfiel, und ein Elektroblitz – immer mußte er Elektroblitz denken und schließlich im Rhythmus der Musik sagen – blitzte das Lacklicht in Fetzen, und der Mann der Männer saß da und salbte die Lippen mit Cognac und ließ seine Zunge wie ein blutiges Stück Eingeweide im Mundloch kreisen und die

Lippen belecken, und Kischnitz schwanden – er mußte sich an seinem Hocker festklammern, um nicht zu Boden zu stürzen – die Sinne.

Alle wollten Linus, und alle fürchteten ihn.

Alle, dachte Kischnitz, wollen in seinen Arm, seinen Schenkelschluß, in die Höhlung seines mageren rippigen Leibs, und auch Linus will alle. All diese weißen weichen Mädchen und Frauen wollen ins Schwarze, ins Nächtige, in den Schlund und Abgrund Afrikas, den Linus, der Prächtigste in diesem Keller, uns allen vor Augen führt. Warum aber Schlund und Abgrund, dachte er. Weil diese Pracht etwas von Zerstörung hat und Tod. Weil, wer sich mit einem solchen einläßt, nicht heil davonkommt, wenn aber heil, dann für immer gebrannt und gezeichnet.

Alle wollten Linus, und alle fürchteten ihn, auch Kischnitz. Er aber wollte ihn mehr als alle, und die Furcht war sein Stachel.

In dieser Augustnacht hatte Kischnitz Linus wieder im Visier. Diesmal war es anders als früher. Bislang hatte Linus auf nichts und niemanden reagiert, nicht nur Kischnitz hatte er übersehen, auch seine möglichen Freunde hatte er links liegengelassen, sogar die Frauen, an denen er mit den Augen hing, waren ihm immer dann, wenn sich doch einmal ein Kontakt anzubahnen schien, aus den Händen gerutscht, die er locker um ihre Hüften gelegt hatte. Er wie sie schienen dann froh, doch noch einmal einander entkommen zu sein.

Heute schaute Linus zurück. Kischnitz hatte ihm zugenickt, und der Mann hatte das Nicken entgegengenommen, ohne es allerdings zu erwidern. Doch immer wieder drehte er den Kopf und schaute Kischnitz ins Gesicht, der immer wieder die Augen aufriß und mit den Schultern zuckte, einmal sogar sein Glas hob und dem Schwarzen zuprostete. Der grinste, nahm den Kopf aber gleich wieder weg und starrte, wie schon den ganzen Abend, auf die Tanzfläche.

Mehr passierte nicht. Nach Stunden tauchten zwei Schwarze auf, die Kischnitz noch nie hier gesehen hatte. Sie setzten sich neben Linus und redeten mit ihm. Nie zuvor hatte

Kischnitz Linus bei einem Gespräch beobachten können, jetzt sah er ihn die Lippen bewegen, diese unglaublichen, ungeheuerlichen Lippen, sah ihn den Kopf in den Nacken werfen und lachen, sah seine Hände mit den überlangen Fingern hochfliegen und sich dann im Schoß drehen, sah die ganze Gestalt emporwachsen und auf Zehenspitzen wippen und wieder zusammenknicken – doch nie mehr drehte er den Kopf, nie wieder trafen sich ihre Blicke, und Kischnitz geriet in Panik. Ihn und keinen anderen hatte er haben wollen, er und nur er hatte ihn in Gedanken und Träumen, bei Tag und bei Nacht, verfolgt, gejagt und gehetzt. Nächtelang hatte er ihn beobachtet, sich ihm angetragen mit Gesten und Blicken, und heute, zum ersten und einzigen Mal, hatte der Mann ihn bemerkt, hatte den Kopf gedreht, einmal sogar gegrinst, doch jetzt war wieder Ebbe, diese mickrigen Typen quasselten ihn zu, und Kischnitz war aus dem Rennen.

Das waren aber keine mickrigen Typen, mußte er sich schließlich sagen. Keiner von denen reichte an Linus heran, keiner hatte diese Lippen, diese Hände, diesen spitzen, aggressiven Arsch, mit dem er zustach, Kischnitz mitten ins Auge – doch auch die Neuen waren nicht ohne, Brüder im Fleisch und im Blut, lippig und rippig und mit Hüften wie Ballettänzer, und auch ihre Stimmen, die er, das Ohr zu ihnen hinbiegend, zu sich herüberholte, hatten diesen kehligen Kick, dieses samtige Schmachten, das er schon von Linus kannte, das er mit Ohrmuschel und Trommelfell geschluckt hatte, wenn er ihn doch einmal hatte reden oder rufen hören.

Kischnitz musterte die drei, wie ein Taxator auf Viehmärkten Hengste mustert. Die Lippen, die Nacken, die Brüste, die Schenkel, das geträumte Geschlecht staken in seinem Kopf wie Meißel in Köpfen von Statuen, die man modelt und schleift. HENGST dachte er nicht, doch auch nicht MENSCH. Wenn er aber etwas gedacht hätte, dann eher HENGST als MENSCH.

Und noch etwas Unerwartetes geschah: Linus tanzte. Plötzlich stand er auf, reckte sich, schüttelte die Beine, stieg zur Tanzfläche hinab und mischte sich unter die Paare. Keine

Frau war ihm zur Seite, er tanzte für sich, er lauschte auf die Musik, legte den Kopf schräg und gab sich ihr hin. Auch Kischnitz lauschte. Zum ersten Mal, den geschmeidigen Körper des Schwarzen im Blick, hörte er mehr und anderes als Schlagzeuggeknatter und Saxophongekreisch. Was monatelang seinen Ohren weh getan hatte, machte ihn, von Linus in Bewegung gesetzt, plötzlich hellwach. Er *hörte* die Musik nicht nur, er sah sie in Linus Gestalt annehmen. Ein Gitarrenakkord: das Heben seiner Braue; eine fallende Baßfigur: das Beugen seines Rumpfs; ein Tremolo des Klaviers: das Flattern seiner Finger. Linus tanzte allein und mit allen. Er tanzte Frauen an, die sich aus den Armen ihrer Partner lösten und *ihn* antanzten. Er tanzte Männer an, und die Männer warfen sich in die Luft und brachen vor Linus ins Knie oder rammten ihn mit Schultern und Ellenbogen. Die Musik schien kein Ende zu finden. Kischnitz saß vornübergebeugt, mit zwischen den Knien gefalteten Händen, und sah sie in Linus wachsen und eindunkeln und den schwarzen Leib mästen und von seinen Fingerspitzen tropfen und auf seinen Lippen wuchern. Kischnitz starrte. Er wollte die Augen, den Blick, das Wiedererkennen in den zuckenden Pupillen, doch Linus kannte ihn nicht, er wand sich an Frauen hinauf, um Männer herum, er tanzte den Blitz, die Farben, den Phosphor, den Lack und die Nacht, wenn die Musik schließlich abbrach und der Keller im Dunkel versank.

Dann saß er wieder bei seinen Freunden und raunte. Er raunt, dachte Kischnitz und schmeckte das Wort auf der Zunge und schmeckte es mit dem Ohr ab und fand es gut. Er sitzt da, dachte er, und buchstabiert sich. Er legt den Mund ans Ohr des einen und sagt FUSS, ans Ohr des anderen und sagt NABEL, dann packt er beide Köpfe und preßt beider Ohren gegen seinen Mund und sagt SCHWANZ. Doch er *sagt* das nicht, er formt die Worte nicht mit Lippen und Zunge und Gaumen, er holt sie aus seinem Brustkorb, seinen Lungen, seiner Leber, seinen Därmen und raunt die Geheimnisse seines Leibs in Ohren wie Elefantenlappen. Er sah die Ohren der beiden Schwarzen zu Elefantenohren anschwellen und hörte Linus seine Schenkel und seine Brustwarzen in sie hineinraunen. Dann sah er ihn aufstehen und in den Toilettenschacht hinabsteigen.

Kischnitz riß sich hoch. Sein Glas zerplatzte auf dem Boden, und Köpfe drehten sich zu ihm hin und gleich wieder weg. Linus war unten, tief unten, tief im Tiefen. Linus hatte nicht hergeschaut, blicklos hatte er sich zum Treppenschacht durchgedrängt und war in die Tiefe gestiegen, ins Loch, in den Schlund. Er hatte nicht hergeschaut, doch er hatte sich abgesondert und schutzlos, angreifbar, berührbar gemacht, er war einzeln an einem abgeschiedenen Ort, er gab sich preis, und Kischnitz, in seinem Wahn, stieß sich ihm hinterher.

Unten war es heiß und grell, schon der Waschraum mit den Spiegeln und Seifenspendern tat Kischnitz in den Augen weh, wie erst das Viereck mit den Pinkelbecken und den in Schleiflack funkelnden Türen zu den Kabinen! Linus stand da und pißte. Er hatte beide Hände hinter dem Kopf verschränkt und pißte freihändig. Kischnitz lehnte sich gegen die Kachelwand und schaute den Nacken, den Arsch und die Schenkel an. Er hörte den Strahl ins Becken plirren und sah den Unterleib, von den Hüften abwärts bis zu den Kniekehlen, in schnellen Stößen Druck und Richtung des Strahls regulieren. Den Strahl sah er nicht; wie das freihändig klappte, konnte er sich nicht vorstellen; er schloß die Augen und sah, was er immer sah, wenn er sich, allein in seinem Bett, in Linus hineinsteigerte: Gewaltiges. Als er die Augen wieder aufriß, stand der Schwarze am gleichen Platz, doch mit hängenden Armen. Dann drehte er sich rum, und Kischnitz schrammte von den Augen abwärts zu den Lippenpolstern zum Hals mit dem ruckenden Adamsapfel. Tiefer kam er nicht. Aus der Schramme quillt Blut, mußte er denken, ich habe ihn mit meinem Blick blutig geschrammt, doch er sah kein Blut, er sah Linus – ob auf- oder zugeknöpft, wußte er nicht, denn seine Augen hingen am Halsknorpel fest –, er sah ihn auf sich zu- und an sich vorbeitreiben, sah den Halsknorpel unter der schwarzen Haut wie ein kleines Tier auf und nieder flitzen, rutschte mit dem Rücken an der

Kachelwand abwärts und saß mit verdrehten Beinen und verrenktem Oberleib am Boden, als Linus die Tür aufstieß und im Waschraum verschwand. Von dort hörte er ihn husten und spucken und hörte den Wasserstrahl ins Waschbecken platzen. Dann fiel eine Tür ins Schloß, und Kischnitz ließ sich zur Seite kippen und lag auf den kalten Fliesen wie gelähmt.

Doch die Lähmung hielt nicht an.

Oben war es jetzt voll, die Luft dick von Rauch und Schweiß, der Lärm aus den Lautsprecherboxen wie Gewehrsalven. Kischnitz dröhnte nicht nur der Kopf. Sein ganzer Körper war wie mit platzenden Patronen gefüllt. Als er jetzt vor den dreien stand und sein Portemonnaie aus der Gesäßtasche zerrte und es aufklappte und die fünf oder sechs blauen Scheine nahm und sie durchzählte, glattstrich und zurück in die Fächer schob, war er beides: hellwach und wie von Sinnen. Er wußte, was er tat und warum er es tat, hatte aber jedes Gefühl für den Ort und die Zeit und die Männer, um die es hier ging, verloren. Er lockte mit Geld, doch ob, die er lockte, mit Geld zu locken waren, darüber wußte er nichts. Er war trunken von Linus, und wie jeder Trunkene schoß er weit über sein Ziel hinaus.

Dann sah er sie flüstern. Er sah, wie sie ihn mit Blicken taxierten, hörte Linus zischen, sah ihn hochspringen und, von den anderen bei den Armen gepackt, auf den Hocker zurückfallen. Dann führten sie ihn raus, und einer drehte den Kopf und schüttelte ihn oder nickte. Kischnitz schloß die Augen und riß sie gleich wieder auf. Dann lief er den dreien hinterher.

Oben in der Garderobe saß eine Frau. Billett, sagte sie, als er an ihr vorbei wollte.

Nix Billett, sagte Kischnitz und streckte die Hand nach dem Türknauf aus.

Wenn nix Billett, dann nix mehr hier runter, rief sie ihm nach.

Fotze, sagte Kischnitz.

Wer ist hier die Fotze, fragte ein baumlanger Kerl und packte Kischnitz beim Arm.

Ich nicht, sagte Kischnitz und schüttelte ihn ab, leider.

Draußen war es dunkel und leer. Der Himmel dunkel, die Straßen leer. Doch dann entdeckte er sie in der Toreinfahrt seitlich beim Antiquitätengeschäft, dort lehnten sie an der Mauer und schauten vor sich hin. Keiner hob den Kopf, als er auf sie zuging, auch Linus nicht, Linus erst recht nicht. Er malte mit der Schuhspitze Muster aufs Pflaster. Kischnitz ging an ihm vorbei in den Innenhof des Hauses, kehrte wieder um und blieb vor ihm stehen. Du ich, sagte er.

Was ich du? fragte der Schwarze.

Vergiß es, sagte Kischnitz, ließ ihn stehen, ging zum Kauri zurück und ins Kauri hinein. Die Frau an der Garderobe hob den Kopf.

Was heißt das, KAURI? fragte Kischnitz.

Zehn Mark, sagte die Frau und riß ein Billett von der Billettrolle.

Merken Sie sich mein Gesicht, sagte Kischnitz und hielt es ihr hin. Wenn ich ein Messer im Bauch hab und die Bullen fragen, ob ich heute hier war, dann sagen Sie nein. Nein, sagen Sie, der war nicht hier, den hab ich nie gesehn.

Wieso Messer? fragte die Frau.

Wieso Kauri? wollte Kischnitz wissen, dann stand er wieder auf der Straße.

Er setzte sich auf die Stufen zum Lokal; plötzlich war es nicht mehr dunkel; die Neonreklame über dem Eingang flackerte und summte; das Saxophon neben der Tür strahlte auf und verlosch; die Schaukästen mit den Fotos von meist fetten Schwarzen waren von grünen Lämpchen umrahmt; die Typen auf den Fotos stießen ihre Instrumente Kischnitz ins Ohr; er hörte sie dröhnen und klimpern. Dann stand er auf und ging zu Linus. Ich hab Geld, sagte er. Linus schaute ihm ins Gesicht.

Wieviel? fragte einer seiner Freunde.

Nicht für dich, sagte Kischnitz, für Linus.

Und wie heißt *du*? fragte der andere.

Witold, sagte Kischnitz zu Linus, ein polnischer Name, ich bin aber kein Pole, ich bin Kölner, komm!

Wohin? fragte der andere wieder.

Nicht mit dir, sagte Kischnitz, nur mit Linus. Witold ist nicht mein Taufname, ich hab mich selbst so getauft, mein Taufname gefällt mir nicht.

Ich studier hier in Köln, sagte Linus.

Was? fragte Kischnitz und hob die Hand zum Gesicht des Schwarzen und ließ sie vor seinen Lippen stehen, und die Hand zitterte. Darf ich deine Lippen anfassen?

Ja, sagte Linus. Da bedeckte Kischnitz sein Gesicht und schluchzte. Er schluchzte in die Hände hinein, dann ließ er sie fallen und schaute Linus in die Augen.

Wir haben ein Auto da drüben, sagte der, der bis jetzt geschwiegen hatte.

Ich will nur mit Linus ins Auto, sagte Kischnitz und schaute Linus noch immer ins Gesicht.

Alle drei oder keiner, sagte der andere.

Fünfhundert sechshundert, sagte Kischnitz zu Linus und hob den Arm und berührte die Lippen mit den Fingerspitzen und zuckte wie unter Strom.

Ich bin aber Student, sagte Linus mit den Fingern auf seinen Lippen, und Kischnitz spürte die Lippen beben.

Auch Studenten brauchen Geld, sagte er und duckte sich, weil Linus sich gerührt hatte.

Da drüben das Auto! sagte einer der beiden, dann nahmen sie Linus in die Mitte und führten ihn weg. Kischnitz lehnte sich gegen die Mauer und schaute ihnen hinterher. Dann wühlte er das Portemonnaie aus seiner Gesäßtasche, zerrte die Scheine heraus und knüllte sie in seine Hand. Dann flammte ein Scheinwerfer auf und verlosch wieder. Kischnitz, mit der Geldhand vor dem Mund, lief darauf zu.

Das Wagenverdeck war zurückgeklappt. Der Fahrtwind wühlte Witold durchs Haar. Ich bin sechsunddreißig, sagte er zu Linus, und du?

Zweiundzwanzig.

Witold drehte den Kopf und sah den Schwarzen im Profil. Na los, sagte der Fahrer des Wagens und schaute über die Schulter den beiden in den Schoß. – Langsam, sagte der,

der neben ihm saß und Erdnüsse knackte, alles der Reihe nach, wir sind noch nicht da.

Wohin fahren wir? fragte Kischnitz und stopfte das Geld in die Hosentasche.

Wo wir dich ganz für uns haben, sagte der Fahrer, lüftete seine Kappe, drehte den Schirm nach hinten und schlug sich auf den Kopf. Musik?

Keine Musik, sagte Linus.

Kischnitz hing mit den Augen noch immer an Linus und wurde nicht satt von ihm. Jetzt fuhren sie über die Deutzer Brücke, und als er den Blick an dem Schwarzen vorbei auf den Fluß lenkte, sah er das Wasser rot. Er drückte die Augen zu, riß sie gleich wieder auf, und das Wasser war schwarz mit gelben Lichtern. Rot wie Blut, sagte er und ließ sich gegen Linus fallen, als der Wagen rechts abbog und Kurs auf die Poller Wiesen nahm. Linus rührte sich nicht. Witold hatte sich gleich wieder hochgerafft, den Blick aber nicht von den Lippenpolstern loshaken können. Rot wie dein Mund, sagte er, und Linus starrte geradeaus, dem Fahrer auf den Hinterkopf.

Dann fuhren sie die baumbestandene Allee entlang, plötzlich riß der Fahrer das Lenkrad herum und rollte die Böschung hinab über die Wiese nah an den Fluß. Die Nacht war mit Mond und schwül.

Das Geld, sagte der mit der Kappe.

Haut ab, sagte Kischnitz, das Geld ist für Linus.

Das Geld! und der mit der Kappe hielt die Hand auf.

Wie vereinbart, sagte der andere und zerrte an seinem Halstuch, geteilt durch drei.

Nichts ist vereinbart, sagte Kischnitz, steigt aus, und Linus kriegt, was er will.

Freundchen, sagte der mit der Kappe, kniete sich auf den Sitz, packte Kischnitz beim Hals und würgte ihn nicht, Freundchen, ich an deiner Stelle würde keine Ziegen machen.

Zicken, sagte Witold.

Wieso Zicken? fragte der andere und drückte zu.

Hilf mir, keuchte Kischnitz und packte Linus beim Arm.

Der saß mit in den Nacken gelegtem Kopf und schaute den Mond an.

Komm, sagte der mit dem Halstuch, schwang sich aus dem Wagen und zerrte am Fahrer, wir suchen uns einen Platz, wo wir ihn ersäufen können, und der Fahrer ließ von Witolds Hals ab und rollte sich aus dem Wagen ins Gras. Kommst du allein klar? fragte er Linus und packte ihm ins Haar, doch Linus saß reglos und stumm.

Die beiden gingen zum Fluß, dort standen sie und rührten sich nicht, dann bückten sie sich nach Steinen und ließen sie hüpfen. Witold sah ihre Arme ausschwingen und flach zurückschnellen, sah den Stein fliegen und hörte ihn auf dem Wasser plirren und platschen. Der Mond war mit Schleiern, das Wasser wie Silber und flink.

Was willst du? fragte Linus.

Dich, sagte Witold, rührte sich aber nicht. Neger, flüsterte er, dann Hengst.

Das Wort HENGST hing wie ein Dunst über dem Wagen, in dem sie saßen und schnupperten und horchten. Sie horchten und schnupperten dem Wort hinterher, und Witold schloß die Augen und sah Linus sich bäumen, und er spürte sich verknorpeln, aber nicht nur sein Schoß strotzte, sein ganzer Leib war eine einzige Erektion, die zu Linus hindrängte.

Linus hatte den Kopf wieder in den Nacken gelegt und die Hände locker im Schoß gefaltet. Tier, sagte er, schwarze Tiere, dann war nur noch das Springen der Steine zu hören und das Lachen der beiden Schwarzen unten am Fluß.

Tier, wiederholte Kischnitz und schluckte. Das Schlucken war deutlicher zu hören gewesen als das Wort TIER, er hatte es hinuntergewürgt und strangulierte es in seiner Luft- und Speiseröhre, im Magen und in den Därmen. Dann beugte er sich über den Schwarzen und sagte Nigger.

Linus saß mit geschlossenen Augen. Du willst mich? fragte er und richtete sich auf und schaute Witold ins Gesicht.

Ja, sagte der und begann zu zittern.

Den Hengst, fragte Linus, den Nigger?

Ja, sagte Linus, das Tier. Darf ich dich küssen?

Versuch's, sagte Linus und bog den Kopf in den Nacken und legte ihn auf die Rückenlehne.

Witold riß seine Hose auf. Dann stemmte er sich hoch und ließ sich auf den Schwarzen fallen und hob die Hände zu seinen Lippen und quetschte und würgte sie. Er rammte die Zähne mit seinen Fingern und wollte sie sprengen, doch sie waren wie ein Wall, der sich nicht sprengen ließ. Dann fiel er mit dem Kopf auf den Kopf und nahm die Lippen zwischen die Lippen und riß den Mund auf und biß in sie hinein. Die Lippen waren weich und warm, doch wie tot. Ein weiches warmes Totes. Ein wie künstlich von innen beheiztes Totes ohne Regung und Bewegung.

Zeig ihn mir, sagte Kischnitz.

Was zeigen?

Zeig mir deinen Schwanz.

Nimm ihn dir doch, sagte Linus und nahm die Hände aus dem Schoß und saß mit ausgebreiteten Armen und in den Nacken gelegtem Kopf wie zur Schau gestellt.

Kischnitz streckte den Arm aus. Das Mondlicht setzte das weiße T-Shirt und die weiße Hose des Schwarzen in Flammen. Weiß loderte der hingelagerte Leib mit den weit auseinandergespreizten Schenkeln Kischnitz ins Gesicht. Er ließ die Hand fallen, da lag sie weiß in den weißen Hügeln. Von drüben klang das Lachen der Schwarzen wie das Keckern von Elstern. Schwanz, sagte Kischnitz und rührte sich nicht. Die Hand im Schoß war nicht mehr seine Hand. Er spürte sie, wie man Hände spüren mag, wenn sie amputiert sind und zucken und doch nicht zucken, weil es sie nicht mehr gibt. Dann sog Linus Luft ein und schnaufte sie wieder aus. Da krampfte die Hand sich zusammen, ohne daß Witolds Kopf ihr den Befehl dazu gegeben hätte. Dann war er wieder bei Sinnen und fingerte nach der Öse vom Reißverschluß und packte sie und riß ihn auf.

Der Schlitz klaffte wie das Maul eines glatten weißen Tiers, so friedlich, so tückisch. Er hob den Blick zum Gesicht des Schwarzen und sah es flattern. Dann stieß er die Finger in den Schlitz und grub nach dem Fleisch. Das Fleisch war unter dem Slip und zahm. Ein zahmer Fetzen Fleisch, der die Hand füllte. Er schob den Stoff beiseite, packte das Fleisch und grub es aus dem Schlitz. Da quoll es aus seiner Hand und war mehr als alles. Dann ließ er es los und tat die Hand beiseite. Da lagen sie nebeneinander, die Hand, das Fleisch, das Weiße beim Schwarzen, und Kischnitz stemmte den Nacken gegen die Lehne, bäumte sich auf und stand Kopf. Dann packte er wieder zu und spürte das Fleisch in seiner Hand atmen und gab ihm Raum, und es wuchs in den Raum hinein und füllte ihn aus. So saßen sie schweigend, der Schwarze, der Weiße, und der Mond war nah und falb wie ein Knochen.

Kauri, sagte Witold plötzlich und zuckte.

Na klar, sagte Linus.

Was heißt das: Kauri?

Du gehst seit Jahren ins Kauri und weißt nicht, was Kauri ist? In jedem Lexikon kannst du's finden, wenn du's finden willst.

Ich will ja.

Kaurischnecken, sagte Linus, Pustularia moneta, kleine Porzellan- oder Tigerschnecken.

Wo? fragte Kischnitz und hielt den Schwanz ganz sanft in der Hand.

Im Indischen Ozean. In Indien hat man die Schalen als Schmuck genommen, in Afrika, damals, als Zahlungsmittel.

Damals, fragte Kischnitz, heute nicht mehr?

Heute? sagte Linus und ließ die Lippen platzen. Was weißt du von Afrika?

Deine Kumpel kommen zurück, sagte Kischnitz, schick sie weg.

Auch bei uns, heute noch, nähen wir sie auf Mützen und Gürtel. Die weißen Muscheln an den schwarzen Leibern. Wie gefällt dir das?

Schick sie weg, flüsterte Kischnitz und knickte vornüber und riß den Mund auf. Da zerrten Arme ihn aus dem Fond und drückten ihn zu Boden, und ein schwarzer Kopf rammte Witolds Stirn und keuchte nach Geld.

Loslassen! röchelte Kischnitz.

Das Geld! Wird's bald!

Linus! schrie Kischnitz und riß sich hoch und wurde bei den Schultern gepackt, zu Boden gestoßen und mit Füßen getreten.

Linus! keuchte er und sah den Schwarzen über die Wiese auf die Böschung zutreiben.

Das Geld, du Schwein!, und Hände rissen an seinen Gesäßtaschen und gruben das Portemonnaie heraus, dann stieß man ihn wieder mit Händen und Füßen und trat ihm ins Gesicht.

Hier! heulte Kischnitz und wühlte die Scheine aus der Tasche und warf sie in die Luft. Da ließen die beiden von ihm ab und knieten am Boden, strichen die Scheine glatt und stopften sie weg. Okay, sagte der mit der Kappe, alles in Butter.

Pack! keuchte Witold, rieb sich das Gesicht und schaute Linus hinterher, der am Rand der Böschung kaum noch zu ahnen war.

Weg, dein Linus, sagte einer von denen, futsch, der fette Happen.

Futsch, sagte der andere und packte Witold bei den Schultern und zwang ihn ins Knie und drückte das weiße Gesicht gegen seinen Schlitz. Aber fette Happen gibt's genug, und er riß den Reißverschluß runter und stopfte Linus das Maul. Der würgte. Er würgte und spuckte und schnappte zu und spuckte wieder aus und rollte beiseite und kotzte ins Gras.

Das willst du doch, flüsterte der Schwarze dicht an seinem Ohr, Niggerschwänze, schwarzes Fleisch, auslutschen und dann einen Tritt in den Arsch.

Und er drehte Kischnitz auf den Rücken, kniete sich über seinen Kopf, riß ihm mit beiden Händen den Mund auf und knebelte ihn. Kischnitz warf den Kopf hin und her, doch der Schwarze hielt ihn mit eisernen Fäusten und schwemmte sich leer. Da traf Witold ein warmer Strahl aus der Luft. Von oben pißte der andere in sein Gesicht. Dann knöpften beide sich zu und rollten ihn mit den Füßen beiseite. Als der Motor aufheulte, biß Kischnitz in den Dreck vor seinem Mund.

So lag er lange und heulte Rotz. Als er sich aufrichtete, sah er wen auf sich zukommen. Er hob den Kopf und schaute Linus ins Gesicht. Dann wandte er sich ab und sah den Fluß vom Mond überschimmelt. Er hörte Linus ins Gras sacken, dann sah er ein weißes Boot in der Mitte des Flusses geräuschlos wenden und stromabwärts treiben. Wie eine Eisscholle, mußte er denken.

Linus saß weiter von ihm entfernt, als er, noch das Geräusch seines Hinsackens im Ohr, vermutet hatte. Zwischen ihnen die Wiese war mit schwarzem Schaum. Wiesenschaumkraut, dachte er, hob den Kopf und sah den Mond welken. Komm, hörte er Linus sagen, wir nehmen dich mit zurück.

Okay, sagte Witold, rührte sich aber nicht vom Fleck.

Und was machst du so? fragte Linus in die Stille hinein.

Machen, sagte Witold, wieso machen?

Arbeiten, dein Brot verdienen, womit?

Büro, sagte Witold. Und du? Demnächst?

Medizin.

Mir tut der Kopf immer so weh, sagte Witold. Der Kopf und der Nacken und die Schultern.

Komm, sagte der Schwarze, stand auf, streckte den Arm aus und zog ihn wieder zurück. Der Mond, sagte er noch, der drückt dir aufs Kreuz, und er beugte die Schultern und senkte den Kopf.

Ja, sagte Kischnitz und stemmte sich hoch, seh ich dich wieder?

Sorry, sagte Linus und lief schon auf die Böschung zu.

Kischnitz hielt drei Schritte Abstand. Pfui! rief er, dein T-Shirt, weiß wie ein Laken!

Da riß Linus die Arme hoch und mit ihnen das T-Shirt von seinem Leib. Im gleichen Moment flammten die Autoscheinwerfer auf. Der Rücken des Schwarzen glomm wie Schiefer. Dann gellte die Hupe, einmal lang, einmal kurz, und Witold blieb stehen, schirmte die Augen mit der rechten Hand und ahnte das Spiel der Muskeln im schwarzen Fleisch. Jetzt blinkten die Scheinwerfer ihn blind. Da machte er kehrt, stolperte zum Ufer und suchte den Mond über dem Fluß. Doch der war weg.

Nevil

Ich protestiere, schreibt Kramp.

Sie als Heimleiter haben mich in dieses Zimmer an diesen Schreibtisch mit diesem Packen Papier geführt und mich aufgefordert, mein Geständnis, so Sie, den Beweis meiner Unschuld, so ich, niederzuschreiben beziehungsweise anzutreten, andernfalls Sie sich gezwungen sähen, ohne meinen klärenden Kommentar aktiv zu werden, also Anklage wegen des Verdachts auf sexuellen Mißbrauch eines Kindes, schreibt Kramp und streicht KINDES aus und schreibt SCHWARZEN hin, eines schwarzen Kindes, schreibt er, zu erheben, also die Polizei zu verständigen und mich auf der Stelle verhaften und von diesem Gelände, Heimgelände, schreibt er, entfernen zu lassen. Sie haben mich in dieses Barackenzimmer gesperrt, ich sitze am Fenster mit Blick auf den Hof, Spielhof, und sehe die Kinder Ball spielen, Versteck spielen, Mann und Frau spielen, vor allem aber sehe ich sie rennen und höre sie schreien und sehe sie sich gegenseitig schlagen und treten, nur Nevil, schreibt Kramp, den, um den es hier geht, den, wegen dem ich hier sitze und schreibe und aus dem Fenster schaue und mir den Kopf beziehungsweise das Hirn zermartere, den schwarzen, halb verhungerten Äthiopierknaben, so er von sich selbst, das miese kleine Stück Dreck, so ich – und er schaut DAS MIESE KLEINE STÜCK DRECK an und macht DAS MIESE KLEINE STÜCK DRECK auf dem weißen Papier unkenntlich –, nur Nevil, schreibt er, sehe ich nicht, man hat ihn mir aus den Augen geschafft beziehungsweise von den Fingern gepflückt und will, daß ich seine Anschuldigungen, also Beweise, so Sie, mein Herr, seine Lügen, so ich, widerlege beziehungsweise in den Staub trete, dorthin, wohin Falschaussagen, Verdrehungen und Verleumdungen, gemeine Rachefeldzüge, schreibt Kramp, und er schaut

RACHEFELDZÜGE an und streicht das Wort nicht aus, gehören.

Ich weiß, Sie befragen auch ihn. Ich weiß, er sitzt in einem ähnlichen Zimmer wie ich und schreibt, mit Blick in einen ähnlichen Hof wie diesen, möglicherweise in den gleichen, *seine* Version der Katastrophe, so Sie, der Intrige, so ich, aus dem Kopf aufs Papier, ich aus dem weißen, er aus dem schwarzen, dem Äthiopier-, dem schwarzen äthiopischen Kinderkopf, nicht Kinderkopf: Kindskopf!, mein Herr, dem vierzehnjährigen tückischen beziehungsweise heimtückischen Kindskopf ungesiebt auf Papier, und er unterstreicht UNGESIEBT und schaut UNGESIEBT an. Sie kennen Kinder, schreibt Kramp. Sie als Heimleiter verkehren, beneidenswerterweise, mit solchen wie Nevil rund um die Uhr. Ich, mein Herr, verkehre mit niemandem als mit mir selbst. Bevor ich diesen Schwarzen zweimal pro Woche vom Heim zum Reithof, aus der Heimhölle, so er, ins Pferdeparadies, so wiederum er, geschafft habe, bin ich mit niemandem außer mit meinen studentischen Leidensgenossen in Kontakt gewesen, also mit keinem, denn ich hasse, schreibt Kramp, alles Studentische, also alle Studenten, sogar mich selbst, will Kramp schreiben, hasse ich, doch er zügelt sich. Sie kennen Kinder, und trotzdem, mein Herr, lassen Sie ein Kind wider mich zeugen? Sie wissen, was man diesem Jungen, Äthiopierjungen, angetan hat, wie man ihn aus dem Äthiopischen ins Deutsche, aus der Äthiopierhölle in die deutsch-katholische Heimeligkeit, so oder so ähnlich Sie selbst, verpflanzt und ihn dabei nicht nur an Leib, auch und vor allem an der Seele verletzt beziehungsweise geschunden hat, und einen solchen Verletzten und Geschundenen lassen Sie den Stab brechen über einen wie mich, der ich über diesen Krüppel, Heimkrüppel, mit nichts als Mitleid und Erbarmen und Liebe, ja, Liebe, mein Herr, her bin wie Regen über eine Wüste, denn Wüste, mein Herr, Dürre und Dörre *ist* dieser Mensch, dieses Kind, diese schwarze Wüstennatter, die nichts als zischen und züngeln und zubeißen will und zubeißt, mein Herr, sobald eine Gelegenheit sich bietet, und ich, Karl Kramp, *bin* für ihn, den ich geliebt habe und immer noch liebe, eine solche Gelegenheit gewesen. Denn ich habe Nevil geliebt. Geliebt, wie man Kinder und Krüppel und Neger, also Hilf- und Heimatlose, wie man die Geschundenen und Zukurzgekommenen liebt und zu lieben hat überall in der Welt, so Sie selbst. Nie war ich glücklicher, als wenn ich ihn zu Pferd sah. Nie war ein Leib, Knabenleib, mit einem Pferd, Pferderücken, tiefer verwachsen, nie ein Knabenschenkel an eine Pferdeflanke inniger geschmiegt als Nevils an die von Lisa. Lisa, die Schimmelstute, und Nevil, der Wüstensohn – welch eine Vision, mein Herr, welch ein Rausch!

Sie als Heimleiter haben mich gewarnt. Gleich in der ersten Viertelstunde, da wir uns in Ihrem Zimmer, Amtszimmer, gegenübersaßen, haben Sie mir Nevil als einen geschildert, an dem Sie alle, Sie als Heimleiter dieses Kinder- beziehungsweise Waisenheims, und Ihre Kollegen als Sozialarbeiter in eben diesem, gescheitert sind. Bringen Sie, höre ich Sie noch heute sagen, diesen Nevil, diesen Schwarzen, bringen Sie dieses Kind, das alles, nur kein Kind mehr ist, so Sie selbst, bringen Sie ihn zweimal wöchentlich von hier nach dort, vom Heim zum Reiterhof, und Sie werden Ihr blaues Wunder erleben!

Warum, habe ich Sie damals gefragt, bringen nicht Sie, bringt nicht einer aus Ihrer Mischpoke, Heim-Mischpoke, mein Herr, den Jungen aus der Kirche in den Stall, aus dem Weihrauch in den Mist, Pferdemist, und Sie haben gelacht. Gelacht, mein Herr, schreibt Kramp, mir ins Gesicht gelacht, der Heimleiter dem Handlanger, mir! Denn *ich* bin, gemessen an Ihnen, gemessen an Ihren hochqualifizierten hochmotivierten Mitarbeitern, ein Nichts, ein für heikle Fälle hochwillkommener Prügelknabe, denn alle Felder, die von euch, den Examinierten und Überqualifizierten, nicht beackert werden, weil sie zu steinig, zu dornig, zu nervenaufreibend beziehungsweise menschenschinderisch sind, all diese Distel- und Brennesselfelder werden an solche wie mich verschachert, falsch, solche wie ich werden vom Jugendamt an euch und von euch an einen wie Nevil verschachert, alles falsch, und doch, mein Herr, klage ich Sie an, mich, ein unbeschriebenes Blatt in Sachen Kindsterror beziehungsweise Kindesmißbrauch, böswillig getäuscht zu haben, und Kindesmißbrauch meint hier nicht, was Kindesmißbrauch für gewöhnlich meint, Kindesmißbrauch meint hier das *Kind,* das mißbraucht, seine Pfleger und Schirmer und Schützer, meint Nevil als Mißbraucher meiner Person, meint das Kind als Wolf. Denn ein Wolf, mein Herr, ein Wolf im Schafspelz, *ist* dieses Kind, dieser Schwarze, dieser äthiopische Kriegskrüppel, dieses im Wüstendreck beinahe verdurstete und verhungerte Unglücksgeschöpf, und wenn ich, schreibt Kramp, SCHAFS-PELZ schreibe, beschreibe ich SCHAFSPELZ als etwas Weiches Warmes Gutes, das ihn, Nevil, ziert und tarnt und schützt und liebenswert, liebenswürdig, mein Herr, erscheinen läßt, denn wenn er, endlich, zuletzt, die Maske, also den Schafspelz, fallen läßt und die weißen Zähne im schwarzen Gesicht bleckt und den Daumen, so, nach unten, kehrt – und Kramp, an seinem Schreibtisch beim Fenster zum Hof mit Blick auf die im Hof tobenden Kinder *kehrt* den Daumen seiner rechten Hand nach unten – wenn er sein wahres Gesicht, sein äthiopisches Wolfsgesicht zeigt, dann, mein Herr, schreibt Kramp, wehe mir! wehe uns allen! wehe uns Fronarbeitern am Kind!

Doch der Reihe nach.

Der Junge behauptet, ich hätte von Anfang an zu erkennen gegeben, daß ich ihm ans Fell, an die schwarze, zugegeben glatte, zugegeben samtweiche und blutjunge Haut will – und Kramp umschlängelt SAMTWEICH und BLUTJUNG und fühlt sich unbehaglich und zerknüllt das Blatt und wirft es in den Papierkorb und nimmt sich ein neues und setzt die Feder aufs Papier. Der Junge hat die Stirn, zu Protokoll zu geben, ich sei auf sein Schwarz geflogen und hätte alles getan, sein Schwarz näher zu erforschen. Er hingegen habe meine Absicht gewittert, sich zutraulich beziehungsweise zugänglich gestellt, mich in die Falle, die Schwarzfleisch- beziehungsweise Schwarzhautfalle gelockt und, als ich hineingetappt sei, die Fallentür zu- und mich, so er, auf den Kopf geschlagen beziehungsweise mir den Kopf abgeschlagen, so, mein Herr, der

Inhalt des mir von Ihnen vorgelesenen Protokolls. Ich widerspreche! Natürlich ist schwarze Haut eine Versuchung, so wie schwarze Schokolade, Herrenschokolade, und schwarzes Bier, Guinness, schreibt Kramp, eine Versuchung sind, für mich, schreibt er und unterstreicht FÜR MICH, möglicherweise nicht für Sie, mein Herr, doch für mich, Karl Kramp, ist alles Schwarze, Schwarzhaarige und Schwarzhäutige und Schwarzkehlige – die Kehllaute von Schwarzen in lauen Sommernächten – eine Versuchung, deren ich mich nur schwer erwehren, der ich mich kaum entziehen kann. Die schwarze Haut Vierzehnjähriger ist, habe ich irgendwo gelesen, wie ein Stück süßes Lakritz in Whiskey pur. Ich gebe zu, ich habe die Haut angeschaut. Ich gebe zu, ich habe die Haut berührt, aber ich habe sie nicht betastet. Ich habe mit den weißen Fingern meiner rechten Hand Nevils schwarze Hand, um es überspitzt auszudrücken: gestreichelt. Natürlich habe ich sie nicht gestreichelt, wie man Menschenhaut streichelt, wenn man Menschen mit Streicheln kirre machen will. Ich habe mit meiner weißen Hand Nevils schwarze Hand gestreichelt, wie ich schwarze Katzen und schwarze Hunde oder schwarze Mäuse streicheln würde, wenn es schwarze Mäuse gäbe. Die Hände schwarzer Vierzehnjähriger sind die empfindlichsten. Berührt man sie mit dem kleinen Finger, wollen sie die ganze Hand. Natürlich habe ich seine schwarze mit meiner weißen nur kurz, nur augenblicksweise berührt. Obwohl er mir, schreibt Kramp mit spritzender Feder, seine Hand förmlich aufgedrängt, sie mir geradezu in die Hand geknüllt hat, habe ich seine zarte schwarze Haut mit meiner nicht minder zarten weißen – ich habe, behaupten Kenner, Frauenhände! – selten anders berührt, als wie Männer Jungenhände beziehungsweise Jungenhaut für gewöhnlich berühren, nämlich mit kurzem männlichem Druck oder Drall, wenn Sie, mein Herr, unter Drall nichts anderes verstehen wollen als einen zum Drall verstärkten Druck, sozusagen. Schwarze Jungenhände, um das Thema fürs erste abzuhaken, sind heikle Hände, die Hände Ihres Schutzbefohlenen Nevil scheinen elektrisch geladen. Doch ich schweife ab.

Tatsache ist, die Fahrten von hier nach dort, die Straßenbahnfahrten vom St.-Josephs-Heim zu dieser von Stollwerck betriebenen beziehungsweise gesponserten Halle, zur Stollwerck-Reithalle, waren die nervenaufreibendsten. Der Ekel in seinem Gesicht, als er hörte, ich bin ohne Wagen! Sie, mein Herr, waren Zeuge, als er den Kopf wegdrehte und nicht spuckte, das nicht gerade, denn wir saßen in Ihrem Büro, aber, mit diesem Schürzen der Lippen und dem Speichelzusammenraffen in der Kehle (entschuldigen Sie die umständliche Formulierung) *so gut wie gespuckt hat.* Ein Neger! Ein Äthiopier! Ein Wüstenbalg! Kommt aus der Hungerfalle ins Schlaraffenland, aus dem Nichts, dem Weniger-als-nichts, in die Fülle, und empört sich, daß nicht ein Auto, nur eine Straßenbahn, nicht eine Privatlimousine, nur ein öffentliches Verkehrsmittel zur Verfügung steht. Kennen Sie Äthiopien, mein Herr? Wissen Sie, schreibt Kramp, wie es sich in Äthiopien lebt beziehungsweise vegetiert? *Ich* weiß es, *ich* habe Äthiopien, das Äthiopische studiert! Der Sumpf, der Urwald, die Wüste, die durch Erosion der zweitausend bis dreitausend Meter starken Sandstein- und Basaltdecke entstandenen, oft festungsähnlich unzugänglichen Bergplateaus! Und das Fieber: Sumpffieber, Fleckfieber, Durstfieber! Aus einer solchen Hölle – zugrunde gerichtet erst von diesem Schmarotzer-Kaiser Haile Selassi, dann mit Mord und Tod überzogen von einer Militärjunta unvorstellbaren Kalibers –, aus einem solchen Dreck kommt ein Kind, schwarz, ins heilige Köln, sozusagen, wächst vom Kind zum Knaben zum Bengel mit allem dran, was Spaß macht – und er kratzt die letzten sechs Worte weg –, und anstatt dankbar zu sein für einen Hort wie diesen, einen Mann wie mich, eine Straßenbahn wie die stadtkölnische, verzieht er das Maul – zu seinem Maul später mehr – und verlangt einen Ferrari statt dieser kölschen Klapperkisten, KÖLSCHE KLAPPERKISTEN Originalton Nevil.

Sie, mein Herr, wissen nicht, was das heißt, mit einem auffällig schwarzen, auffällig schönen Kind wie diesem Nevil abendelang, nächtelang im dicksten Straßenverkehr unterwegs zu sein. Hatten Sie jemals Kontakt mit Kölner Frauen, Hausfrauen, wenn sie abends, beladen mit Taschen und Beuteln voll Schokolade, Nougat und Marzipan, selbst voll mit Sahnetörtchen und Buttercremehäppchen, heimschwappen? Ich, mein Herr, hatte, ich bin, mit meinem Zögling Nevil, diesen Damen in die offenen Arme beziehungsweise ins Messer. Sie kennen den Sarotti-Mohren. Noch heute verrichtet er dienernd und dämelnd seinen unguten, falsch, unseriösen, falsch, seinen peinlich-pompösen, alles falsch, Dienst. Das Kind als Diener, das schwarze Kind als exotisch-erotisches Häppchen, das Negerkind Nevil als Lockvogel par excellence! Haben Sie jemals Frauen, Hausfrauen, in Taschen wühlen und aus den Taschen Gold- oder Silberglänzendes herauskrempeln sehen und mit dem Gold- oder Silberglänzenden knistern hören? Alles Süße ist nicht nur süß, es ist auch noch in Edelmetallen und schrill! Der Goldglanz in den Pupillen des Mohren, das Knistern und Wispern des Marzipanriegels, falsch, des den Marzipanriegel umhüllenden Goldstanniols in seinen zum Fressen knusprigen Ohren, so eine der Damen nach der Fütterung des Raubtiers Nevil wörtlich! *Er* aß, und *ich* saß wie auf Kohlen. Er schlang, und ich rang, innerlich, mein Herr, die Hände. Das Kind als Kloake. Der Neger als das von kölnischen Damen und Dämchen mit schädlichen beziehungsweise mörderischen Fett- und Zuckermitteln gestopfte Hungerbalg. Und *wie* er da saß und fraß! Brav, mein Herr. Nevil, das Ungeheuer, saß brav, mit gefalteten Händen und aufgesperrtem Maul, Mäulchen, und ließ sich von der Damenwelt Kölns nudeln und mästen, nickte und schlug die Augen auf wie die Putten auf den blau- und rosafarbenen Schutzengel-Schinken über den Bettengruften eben dieser fütternden Fotzen, pardon – PARDON, schreibt Kramp und umschlängelt FOTZEN und sieht im Umschlängeln ein Ding wachsen, das, hochgestellt, einem solchen Organ, mutmaßt er, ähnlich sein könnte, und er merzt das Wort und das Ding kratzend und schrappend aus.

Das, schreibt er, war das eine. Das andere war dann das Gezerre unten in den U-Bahn-Schächten und oben auf den

Umsteigeperrons der nächtlichen Straßen, denn um ihn von hier nach dort, vom St.-Josephs-Heim zum Reitstall zu schlören, mußten wir zigmal aus der einen Bahn raus und in die andere rein und von Bahnen in Busse und umgekehrt. Kaum aber hatte er mich für sich allein, drehte er durch. Sie sehen tatenlos zu, wie diese Weiber mich zu Tode füttern, so er, du rührst keinen Finger, wenn sie mich mästen wie eine Sau. Ich weiß, mein Herr, Sie staunen. Einmal SIE, einmal DU, im gleichen Satz Abstand und Nähe, Liebe und Haß. Ich beichte, mein Herr. Ich hatte die Schwäche, dem Neger, sehr früh schon, am zweiten Abend schon, beim ersten Glas Sekt schon, das DU anzutragen.

Sie staunen über das Wort SEKT? Sie fragen mich, schreibt Kramp und stößt die Feder in das Wort SEKT und umgibt es mit einem Kranz von Tintenbläschen, Sie fragen mich, wo und wieso ich mit dem mir anvertrauten Schützling Sekt getrunken, ihn also unter Alkohol gesetzt und ihn mir dann, möglicherweise, dienstbar gemacht habe? Falsch! Alles falsch, mein Herr. Bitte erlauben Sie, daß ich aushole, weit.

Da stehen wir also in Regen und Schnee, in Kälte und Sturm, und das von Ihnen so genannte Kind beschimpft mich. Nicht nur sei er von mir durch Nacht und Nebel vom Katholischen in die Pferdeäpfel gezerrt, nicht nur sei seine zarte Haut dem Ansturm von Kälte und Nässe, von Abwässern und Abgasen ausgesetzt, auch noch ließe ich es zu, daß sein Leib, Knabenleib, sein an Wuchs und Wix – Wix Originalton Nevil – jeden Mädchenleib in den Schatten stellender Idealleib mit Zucker und Fett, mit seine Schlankheit ruinierenden Schad- und Schandstoffen, so er wörtlich, gestopft und verstümmelt werde.

Sie selbst, mein Herr, haben mich schon am Tag unseres ersten, damals noch geheimen, von keinem Ihrer Mitarbeiter und schon gar nicht von Nevil belauschten, Gesprächs ins Vertrauen gezogen, Sie erinnern sich. Dieser Junge, so Sie damals, dieses äthiopische Unglücksgeschöpf, so ich heute, sei ein zwiegepoltes, und was Sie damit gemeint haben könnten, war mir damals ein Buch mit sieben Siegeln. Ich gebe zu, Sie haben mich gewarnt. Ich gebe zu, Sie haben mich auf das Weichliche, um nicht zu sagen Weibliche dieses Jungen früh, aber nicht deutlich genug, gestoßen. Er tanzt und tänzelt von morgens bis abends bei Radiomusik am liebsten in Schleiern und Schlöppchen – das, mein Herr, waren Ihre Worte, und Sie haben dabei gegrinst, fett gegrinst. Schlöppchen! Was heißt hier Schlöppchen! Schlöppchen ist Kölsch und meint, wenn ich recht unterrichtet bin, Schleifchen, Schleifchen in den Haaren von kleinen zöpfetragenden Mädchen. Ich, mein Herr, denke mir bei SCHLÖPPCHEN nichts Böses! Ein Negerjunge ziert seinen Krauskopf mit einem Schlöppchen und hüpft mit dem Schlöppchen zu welcher Musik auch immer durchs Katholische! Ja, kannte ich denn diesen Nevil, ruft Kramp und schreibt: Ja, kannte ich denn diesen Nevil, damals, bei unserem ersten vertraulichen Gespräch in Ihrem Dienst- beziehungsweise Direktionszimmer? Habe ich Ihren Worten entnehmen können, daß eine transvestitische Abnormität hier durchs Katholische tuckt? Sie haben mich, mein Herr, hinters Licht geführt, Sie haben mir die kriminellen beziehungsweise mich ins Kriminelle stoßenden Umstände verschwiegen, Sie haben mich in dem Glauben gewiegt, ein nervöses schlöppchentragendes Kind sei von mir zu den Pferden in die Pferdetherapie beziehungsweise die Therapie mit Pferden zu begleiten mit dem Ziel, es, das Kind, in die Normalität zurückzuzwingen. Das Pferd als Therapeut! Der Reitstall als Irrenhaus! Mit keinem Wort, mein Herr, haben sie mich auf das mädchen- beziehungsweise damenhaft Verdrehte dieses Niggers auch nur gestupst! Mit keiner Silbe mir vom Anormalen, Amoralischen, Atypischen dieses Bengels, und sei es in vorsichtigen Andeutungen, auch nur geflüstert. SCHLÖPPCHEN haben Sie gerufen und fett dabei gegrinst! RADIOMUSIK haben Sie lügnerischerweise aus sich herausposaunt und mir verschwiegen, daß Ihr Äthiopisches mit diesen Kopfhörerbömmeln im Ohr alle stadtkölnischen Umsteigeperrons rap- und hiphoptanzend okkupiert und die Aufmerksamkeit einer sowohl genervten wie auch begeisterten Zuschauerschaft auf sich, auf mich, auf *uns* als peinliches Zwiegespann lenkt und uns zu Affen, zu Zirkusclowns macht!

Er beschuldigt mich also, seine Figur zu ruinieren, wenn ich es zulasse, daß die Kölner Damenwelt ihn stopft. Er beschuldigt mich, ihn die Röckchen und Blüschen, in denen er sich hier im Heim, hier vor seinen Spielkameraden mehrmals wöchentlich präsentiert, für die Katz nähen zu lassen, wenn er, mit diesem Marzipanbauch und dieser Nougatbrust die hauchfeinen seidendünnen Stoffe infolge Fettleibigkeit zum Platzen bringt. Röckchen! Blüschen! Mein Herr, ich bin sprachlos. Sie haben mir die transvestitische Ader dieses Negers bösartig verschwiegen. Und andererseits: Hätten *Sie*, an meiner Stelle, nicht auch zugepackt, wenn ein strammes Vierzehnjähriges, ob Junge ob Mädchen, Ihnen die von ihm oder ihr so genannte Nougatbrust zum Betasten hingestreckt hätte? Ich habe, schreibt Kramp und beobachtet einen Jungen, weiß, der einem anderen Jungen, weiß, draußen im Hof den Reißverschluß runterzerrt, seinen Schwanz herausgräbt und ihn den Umstehenden, Mädchen wie Jungen, präsentiert: Ich habe, schreibt er und schaut den Jungenschwanz an, den alle, Jungen wie Mädchen, in die Hand nehmen und betasten: Ich habe, schreibt er und will gegen die Scheibe klopfen, doch die Scheibe ist zu weit weg und das Betastete, der Schwanz, zu virtuos von den diversen Händen gehandhabt, also versteckt: Ich habe, schreibt Kramp und wischt sich den Schweiß von der Stirn, den Bauch und die Brust dieses Nevil, Nougatbrust, schreibt er, natürlich *nicht* betastet – wo denken Sie hin! Ich habe sie, zugegeben, mit der Spitze meines rechten Zeigefingers berührt, das streite ich nicht ab. Hätte ich sie nicht betastet beziehungsweise berührt, das Kind – und Sie kennen dieses Kind nicht halb so gut wie mittlerweile ich – hätte mich erwürgt! Wissen Sie, woran ein vierzehnjähriges Äthiopisches Tag und Nacht denkt? Haben Sie auch nur den Schimmer eines Schimmers von dem, was auf Sie zukommt, wenn Sie zweimal wöchentlich einen pubertierenden Neger, und zwar nachts, aus dem Katholischen auf irgendwelche Pferdeleiber zu schleudern haben? Wissen Sie, was einem aus allen Nähten platzenden Schwarzen einfällt, um von dem Druck, unter dem er Tag und Nacht steht, endlich doch erlöst zu werden, und zwar in den oben beschriebenen stadtkölnischen Wartehäuschen durch mich? Ja, stehe ich denn, schreit Kramp und schreibt den Schrei aus dem Kopf aufs Papier, mit meinem Wissen, Fachwissen um die Pubertätsnöte eines Afrikaners allein auf weiter Flur? Alles Afrikanische, mein Herr, alles Jungafrikanische, ist das Lodernde! Weiße Knaben sind heiß. Afrikanische Knaben sind heißer. Der äthiopische Nevil im katholischen Köln ist der Heißeste! Ja, glauben Sie denn, ihm mit der Schwarzen Madonna oder den Knochen der Heiligen Drei Könige das Wasser beziehungsweise den Saft abgraben zu können, oben im Kopf und unten zwischen den Beinen? Das Afrikanische steht, es steht nicht, es strotzt, und ich, Karl Kramp, soll das Strotzende verwalten wie eine Samenbank in einem Klinikum, wie die Spermaassistentin das Sperma in einem Reagenzglas? Nevil, mein Herr, schäumt! Sie machen mich an diesem Nevil zum Schaumschläger und wollen, daß ich seinen Schaum ausspucke? Daß ich nicht lache! Ich bin, wie Sie, kein Heiliger. Doch ich irre ab.

Wo waren wir stehengeblieben, schreibt Kramp nach einer Denkpause und beobachtet den Jungen draußen im Hof, der den Reißverschluß seiner Hose wieder hochzerrt und nach Spuren auf dem Hofpflaster sucht. Selbst weiße Jungs, schreibt er, suchen auf dem Pflaster ihrer Schulhöfe nach den Spuren der Handarbeit, die an ihnen verrichtet wurde, wie dann erst schwarze! Zur Handarbeit, so das afrikanische Kind, Handarbeit an seinem Leib sei einer wie ich, der ihn von den Nonnen zu den Stallburschen zu transportieren habe, nebenberuflich verpflichtet. O ja, das Kind Nevil kann Witze reißen. Das Kind Nevil ist, wenn es um die Befriedigung seiner elementarsten Bedürfnisse beziehungsweise Gelüste geht, das witzigste, sogar das Äthiopische hat Pfiff nicht nur im Beinkleid, auch hinter der schwarzen Stirn und auf den geschwellten beziehungsweise geschwollenen Lippen, sozusagen.

Stichwort Lippen, mein Herr. Ich weiß nicht, ob Sie wissen, was *ich* weiß. Ich weiß nicht, ob Sie, wie ich, das Afrikanische von den Lippen, den sprichwörtlichen Negerlippen her zu analysieren beziehungsweise zu knacken sich die Mühe gemacht haben. *Ich* habe! Seit Nevil ist für mich das Lippige das Afrikanische und das Afrikanische zwangsläufig das mit den Lippen Zusammenhängende. Ich will mich hier nicht ins Ethnologische beziehungsweise Rassistische, falsch, Rassische, falsch, in die Spekulationen über das Negroide im Lippenbereich verirren – und er schaut DAS NEGROIDE IM LIPPENBEREICH mißtrauisch an – ich will nicht ganze Kontinente beziehungsweise die Völker ganzer Kontinente an den Lippen aufhängen, ich beschränke mich hier und heute auf den Neger Nevil, basta. Nevil hat, wie Sie wissen, mein Herr, schreibt Kramp, einen Mund. Nevils Mund ist, was Sie nicht werden leugnen wollen, ein mit Lippen, Kußlippen, so ich, Prunklippen, so möglicherweise Sie, bestücktes anderes Geschlechtsteil, oben, nicht unten. Schaue ich, schreibt Kramp, das Geschlecht oben an, ist mir, als schaute ich das Geschlecht unten, als schaute ich das endlich von unten nach oben getriebene, das die Blöße endlich entblößende *wahre* Geschlecht, das oben ins Gesicht verirrte Unten, an. Haben Sie Nevil die Lippen spitzen sehen? Hat Nevil Sie jemals mit gespitzten Lippen in die von mir so genannte Lippenfalle gelockt? *Mich* hat er! Kaum sah er mich seine Lippen bestaunen, schon hat er mit seinen Pfunden gewuchert. Ein Nevil spitzt seine Lippen nicht, schreibt Kramp, wie Sie und ich unsere Lippen spitzen. Nevil *kann* seine Lippen nicht spitzen wie wir. Wir, Sie und ich, drücken beim Spitzen der Lippen das Dürftige von innen nach außen, Nevil stülpt beim Versuch, das Gewölbte zu spitzen, seine Fleischesprachт direkt über unsere Gesichter und schlingt uns in sich hinein. Von Anfang an hat das Kind meine Wollust mit seinem Lippenspiel gestachelt, hat es meine Finger nach seinem Lippenfleisch zucken, meine Strichlippen nach seinen Prunklippen zittern gemacht, und er schaut GEMACHT an und setzt zwei Punkte auf das A von GEMACHT und streicht GEMÄCHT weg und schreibt LIPPEN und schaut LIPPEN an.

Die Lippen und der Sekt, schreibt Kramp. Schon am ersten Tag, nach dem ersten Ritt auf Lisa, der Schimmelstute, hat das Kind Nevil meinen ersten Blick beziehungsweise Griff nach seinen Lippen mit dem Wort SEKT pariert. Ich, mein Herr, wie Sie, hatte als Kind meine Gipfelworte, hatte die auf meinen Gipfelworten unerreichbar aufgegipfelten Gipfelwünsche. Nevil hat, wie Sie wissen, viele für ihn unerreichbare Gipfel vor Augen, zum Beispiel mich, schreibt Kramp, und er streicht ZUM BEISPIEL MICH trotz der Heikligkeit dieser Enthüllung nicht aus: Doch sein höchster, sein am schwersten zu stürmender Gipfel war das Wort, falsch, das Glas, falsch, die *Flüssigkeit* Sekt, in welchem Glas oder Pott auch immer.

Ich weiß nicht, schreibt Kramp, was ihn an Sekt so gereizt hat. Ich selbst habe für Sekt, habe für alles im Glas Prickelnde und Schäumende nicht nur nichts übrig, ich hasse dieses Sekt- und Champagnergezücht – und er versieht GEZÜCHT mit einem Kranz von Fragezeichen – aus tiefster Seele beziehungsweise aus rebellierendem Magen. Anders Nevil. Kaum strecke ich meine Hand nach seinem Mund aus, kaum streife ich seine Lippen mit meinem Finger, ruft er SEKT! Sie dürfen, ruft er, mit meinen Lippen machen, was Sie wollen, wenn Sie mir Sekt herbeischaffen. Mein Herr, ich bekenne. Ich gebe zu, daß die Gier, die Lippen dieses Knaben mit meinen Fingern beziehungsweise Lippen zu berühren, wie ein Dorn in meinem Kopf saß. Ich weiß, mit dem Wort GIER drehe ich mir einen Strick, und doch muß ich es an dieser Stelle meiner Aufzeichnungen aus mir herausschreiben. Lippen sind mein Waterloo, mit solchen Lippen vor Augen kippe ich um. Schon in der zweiten Nacht, nach dem zweiten Schimmelritt, hat mich das von Ihnen so genannte Kind Nevil mit seinen unkindlichen Lippen zum Kippen gebracht, und zwar im BESEN.

Das Wirtshaus ZUM BESEN befindet sich irgendwo zwischen hier und da, die Besen-Wirtin, mein Herr, schreibt Kramp, hat mich, der ich mit Frauen durchaus auf gutem beziehungsweise friedlichem Fuß zu stehen mich täglich bemühe, wieder einmal, und zwar *gegen* meinen Willen, zum Frauenhasser gemacht. Natürlich bestelle ich einen Sekt, eine Cola. Natürlich stellt die Besen-Wirtin den Sekt auf meinen, die Cola auf seinen Platz und verschwindet dann hinter dem Tresen. Doch ihre Augen, mein Herr, die Augen von Frauen auf der Jagd nach dem Unzüchtigen beziehungsweise Zuchtlosen! Nie ist ein Glas Sekt mißtrauischer, nie die Bewegung einer Hand auf einem Tischtuch inquisitorischer bespäht beziehungsweise ausgespäht worden als *mein* Glas und *meine* Hand damals dort. Damals dort, im BESEN, unter den Augen der Besen-Wirtin, sind Gläser – Sekt- und Colagläser – von mir nicht nur vertauscht und verdreht, sie sind, mein Herr, den sogenannten Jugendschutzgesetzen zum Trotz, unter den Empörungsrufen des Besens tatsächlich geleert worden, und zwar der Sekt in Nevils, die Cola in meinen Hals – basta! *Er* schlürft in dieser Nacht zum ersten Mal in seinem Leben Sekt aus einem Sektkelch, *ich*, draußen im Dunkeln, zum ersten Mal Küsse von solchen Lippen!

Natürlich, mein Herr, schreibt Kramp, war das erst der Anfang. Natürlich ist, nach solchen Orgien – Sekt- und Kußorgien – das Folgende nur noch schwer unter Kontrolle zu halten gewesen. Das außer Kontrolle Geratene zeigt, wie Sie wissen, die Tendenz, aus dem Ruder zu laufen. Das aus dem Ruder Gelaufene aber ist, mein Herr, das Chaos.

Ich überlese die letzte Seite und muß mich korrigieren. Natürlich habe ich mich nach diesem ersten Sekt- beziehungsweise Colabesäufnis nicht gleich über ihn hergemacht, natürlich war, draußen im Dunkeln, bei Nacht und Nebel, alles ganz anders als hier in groben Strichen von mir zu Papier gebracht. Immer wieder schreibe ich, wie Sie nachlesen können, NACHT statt ABEND, immer scheint meiner Feder die Übertreibung, das Grobgeschnitzte, der Paukenschlag statt des Glockenspiels zu entrutschen, und er schaut ENTRUTSCHEN kopfschüttelnd an. Hinzu kommt: Ich winde mich. Nicht nur sitze ich auf diesem Stuhl vor diesem Fenster zum Hof gekrümmt wie ein Wurm, auch dieser Bericht, diese von mir aus dem Kopf aufs Papier gezerrte Verteidigungsrede, fließt mir nicht glatt aus der Feder, im Gegenteil. Ich stocke und stolpere, ich komme, statt zur Sache, vom Hundertsten ins Tausendste, ich mauere. Doch Geduld, mein Herr, ruft Kramp und schreibt DOCH GEDULD, MEIN HERR aufs Papier: Ich reiße die Mauer ein und komme, jetzt schnurstracks, zum Kern.

Wie Sie wissen, war nicht nur Sekt im Spiel. *Vor* dem Sektgenuß gab es die endlose Fahrt von meiner Studentenbude zum Heim, vom Heim zur Stollwerck-Halle, gab es, in der Arena, den Ritt des Wüstenknaben auf Lisa, der Schimmelstute.

Ich will mich nicht wieder in Details verlieren. Daß er mich zwang, ihm beim Betreten der Reithalle den Vortritt zu lassen, ihm seinen Fellmantel dienernd von der Schulter zu nehmen, ihm den Sand in der Arena mit schnellen Fußschlenkern zu glätten, ihm beim Verlassen der Reitbahn die letzte Reverenz zu erweisen, das alles, mein Herr, ist nicht der Rede wert, ist Kinderspiel, auf das ich mich leider eingelassen und über das ich mich nachträglich nicht zu beschweren habe. All diese Verrenkungen sind mir glatt von der Seele gerutscht, und wenn ich SEELE sage und GLATT und GERUTSCHT, weiß ich, was ich da von mir gebe. In tiefster Seele hat mich geschmerzt, was dem Jungen in frühester Kindheit, wenn nicht schon im Mutterleib, angetan worden ist. Er kam, das wissen Sie besser als ich, nicht freiwillig von drüben nach hüben, aus dem Sonnenland in den deutschen Quark. Seine Mutter, als sie noch trächtig mit ihm ging, er selbst, als er endlich aus dem schwarzen Leib in den Wüstenschlamassel gerutscht ist, beide haben, und das Kind noch hilfloser als die Frau, das Elend, die Armut, den Dreck und die Knute vom ersten Atemzug bis zum letzten hautnah erfahren – die Mutter ist, wie Sie mir anvertraut haben, in einem Wüstenloch an Auszehrung krepiert – und all diese Verbrechen an seinem jungen Leben haben, schreibt Kramp, Spuren, nicht nur Spuren: Wunden und Narben hinterlassen, derart, daß das Kind sich noch heute kratzen und schaben und blutig reißen und, mein Herr, Sie wie mich auf den Kopf schlagen muß.

Ja, der Äthiopier Nevil scheint böse. Tatsächlich hat er mich zu seinem Bedienten, um nicht zu sagen: Sklaven gemacht, doch dazu gehören zwei. Und ich, mein Herr, bin der willige zweite gewesen und bin es noch heute und hier an diesem Tisch mit Blick in diesen Gefängnishof. Der Knabe Nevil ist der Getretene und tritt zurück. Er ist der Gedemütigte und demütigt Sie wie mich wie all das Lehrer- und Nonnen- und Priestergeschmeiß, das ihn, indem es das Deutsche, das Europäische, das Abendländische in ihn hineinstopft, auch heute und hier wieder verbiegt und mißbraucht.

Doch zurück zur Arena! Natürlich war er an diesen Abenden nicht der einzige, der auf dem Rücken eines Pferds seine kranke Seele wieder ins Gleichgewicht schaukelte. Halb Köln schien in diesem Reitstall versammelt, die Knaben und Burschen einer ganzen Stadt ritten sich, unter der Obhut von Therapeuten jeden Kalibers, ihre Neurosen und Psychosen vom Leib. Wie das auf den Pferden hing und schlenkerte beziehungsweise schlackerte! Kein deutsches Kind, und erst recht kein gestörtes, weiß auf dem Rücken von Rössern Figur zu machen. Kein Stolz, keine Anmut, nicht die Spur einer Ahnung von jener verkappten Erotik, schreibt Kramp, die Mensch und Pferd zu Partnern von blendender Harmonie und berauschender Schönheit macht, und er unterstreicht VERKAPPTE EROTIK und BLENDENDE HARMONIE und BERAUSCHENDE SCHÖNHEIT und reibt sich die Stirn.

Welch ein Augenschmaus dagegen der Schwarze! Schwarze, mein Herr, sind dem Tier, dem Tierischen, näher als Weiße, und er verbietet es sich, diesen Satz schärfer zu durchleuchten. Schwarze sind der Natur, der Mutter Erde, dem Ursprung des Lebens, tiefer eingewurzelt als unsereins, Schwarze sind das Salz der Erde, die Ackerkrume, aus der es fett und strotzend blüht.

Fett und strotzend, schreibt Kramp: Nevil fett und strotzend einerseits, andererseits die Geschmeidigkeit in Person! Denn kaum hat der Therapeut als Reitknecht ihm Lisa, die Schimmelstute, ins Blickfeld gerückt, schwingt er sich, federt er, kaum daß er die Steigbügel berührt, auf ihren Rücken und tänzelt, nein: schwebt auf und davon. Denn wie sich sein Leib an den Leib des Pferds schmiegt, wie sich das Schwarze und Weiße im Flug vermählt und im Flug ejakuliert, wie sich der Schaum von den Nüstern des Tiers und ein anderer Schaum vom Leib des Knaben nicht wirklich, doch in jedermanns Phantasie zu einem zwitschernden Mahlstrom der Lust vereint und himmelwärts quillt, das, mein Herr, ist Brunst von anderem Planeten, ist süße Suppe pur!

Natürlich, schreibt Kramp und schaut ZWITSCHERNDER MAHLSTROM DER LUST an, natürlich ist Lisa eine Stute, leider, und Nevil nicht nackt, also schwarz, auf der Weißen geritten. Natürlich geschieht vieles, fast alles, in den KÖPFEN der Zuschauer beziehungsweise auf dem Papier, nicht im sogenannten wirklichen Leben. Doch wie die Mütter und Väter der anderen Kinder nicht ihre eigenen, sondern das Kind Nevil mit Blicken verfolgten beziehungsweise verschlangen, wie sie die eigene Brut der Reitmamsell überließen, den Neger aber per Auge packten und mit ihm ritten und robbten, rammten und rasten, das, mein Herr, war mehr als Freude am Exotischen, mehr als die Faszination des Fernen und Fremden, das war die Vermählung des Mickrigblonden mit der strotzenden Fülle des Schwarzen, das war Köln mit Afrika unterfüttert, das war wie die Faust im Pudding!

Danach, schreibt Kramp, hatte ich, mein Herr, den Halbgott wieder in Empfang zu nehmen und im Schlamm und Schlick des Novembers zurück ins Vernonnte und Verpriesterte zu stopfen, buchstäblich. Was, Herr Direktor, liegt beziehungsweise lag da näher als ein Aufschäumen des Trüben und Tristen mit einem Fingerhut Sekt, sozusagen.

Der Sekt, mein Herr, hat mir das Genick gebrochen, und wenn ich schreibe SEKT, meine ich nicht den Sekt im Glas, sondern den Sekt im Leib des Negers Nevil, die Wirkung beziehungsweise Nachwirkung desselben auf sein junges beziehungsweise ungeschütztes System. Natürlich ist Alkohol ein Mutmacher, natürlich hat Nevil, habe sogar ich mir Mut angetrunken, um das Selbstverständliche, das in der Luft Liegende, das von mir wie von ihm als normal Empfundene, auf der Stelle und ohne jede Scheu beziehungsweise ohne schlechtes Gewissen zu tun. Denn was wir, er und ich, miteinander tun wollten, schreibt Kramp und springt endlich über den eigenen Schatten: wozu wir uns gedrängt beziehungsweise getrieben fühlten – und er wischt alle Bedenken vom Tisch und will endlich die Wahrheit: was von Anfang an unausgesprochen mit im Spiel war und dann aus dem Spiel in die Tat umgesetzt zu werden dringlich drängte, das war beziehungsweise ist das in der Natur Liegende, in der europäischen wie der afrikanischen, ist der Urtrieb, ist das von mir so genannte Unausweichliche.

Warum aber Alkohol, Herr Direktor, warum Sekt im BESEN und nicht nur im BESEN? Ich habe, Sie erinnern sich, weiter oben von den unerreichbaren Gipfeln des Knaben Nevil geschrieben und mich selbst, Karl Kramp, als einen seiner höchsten und lockendsten bezeichnet. Reden wir, mein Herr, Klartext, lassen wir die Katze endlich aus dem Sack.

Als wir, er und ich, uns in Ihrem Amtszimmer unter Ihren Augen zum ersten Mal sahen, geschah, in der ersten Sekunde, das Normale beziehungsweise Natürliche, das vor Ihnen, sogar vor uns selbst unnatürlich ängstlich zu verstecken wir vom ersten Augenblick an gezwungen waren. Mein Herr, der Funke sprang über. Kaum schauten wir uns in die Augen, kaum berührte meine Hand die seine, schon standen wir in Flammen und loderten uns entgegen. Wir kamen, sahen und besiegten einander, wir fanden uns schön in des Wortes traulichster Bedeutung, schreibt Kramp, ich ihn und er mich, und er schaut die zuletzt beschriebene Seite an und streicht die zuletzt beschriebene Seite durch und will die zuletzt beschriebene Seite zusammenfalten und in die Jackentasche schieben, doch dann läßt er sie, wo sie ist.

Mein Herr, schreibt Kramp und überblickt den jetzt leeren Pausenhof mit den mageren, im Novemberwind zitternden Bäumchen: Sie beziehungsweise das Gesetz haben Nevil, sogar mich, nicht nur zu Säufern, Sektsäufern, Sie haben uns zu solchen Monstern gemacht, wie ich sie auf diesen Blättern zu beschreiben mir die verzweifelte Mühe gebe. Natürlich haben wir uns auf die oben geschilderte Art und Weise benommen beziehungsweise danebenbenommen, natürlich waren wir, er wie ich, Gefangene Ihres Systems, Herr Direktor, und haben uns wie Gefangene, nämlich verschlagen und verbrecherisch – verbrecherisch laut Gesetzen, die das Normale und Natürliche ins Anormale und Unnatürliche verdrehen – benommen. Was sich da vor Ihren Augen als Monstren tummelt, haben Sie und Ihresgleichen zu Monstren gemacht, also setzen Sie sich, mein Herr, in Tränen nieder und verhüllen Sie Ihr Haupt!

Wo waren wir stehengeblieben? Beim Reitstall, beim Verlassen der Stollwerck-Halle, beim Eintauchen in die Novembernacht, also bei dem, was in dieser Nacht, diesen Nächten, mein Herr, geschah.

Leider geschah fast nichts. Natürlich war es mein Bestreben, ihn so rasch und reibungslos wie möglich wieder loszuwerden. Ich bin, wie Sie wissen, eine Art Student.

Ich studiere dies und das im soundsovielten Semester, und zwar seit Jahren, mein Herr, um nicht zu sagen: seit Jahrzehnten. Dieses jahrzehntelange Studium hat mich, wie Sie sich denken können, an den Rand des finanziellen Ruins gebracht, mit anderen Worten: Ich bin, und das nicht erst seit heute, pleite. Also bin ich angewiesen auf diese Nebenjobs, diese mir vom hiesigen Jugendamt untergejubelten Hunger- und Selbstmordkommandos, denn was mir da seit Jahren angetragen beziehungsweise zugemutet wird, ist das Ungeheuerlichste! Psychopathen, mein Herr, jugendliche Diebe und Betrüger, Drogen- und Alkoholsüchtige, Totschläger, Herr Direktor, Existenzen am Rand der Debilität, und natürlich Waisen, Halbwaisen, von ihren Eltern Geschlagene, Getretene und Mißbrauchte in jedem Sinn, mit einem Wort: Krüppel. Auch Nevil war beziehungsweise ist, wie Sie wissen, ein solcher Krüppel, schreibt Kramp und grast seine Fingerspitzen beziehungsweise Fingernägel mit Zähnen ab, doch erfolglos, denn Nägel sind keine mehr da. Der Krüppel Nevil allerdings ist ein mir wie auf die Haut genähter Ausnahmekrüppel, und ich bin das gleiche für ihn. Denn ihn und mich verbindet, bei aller Verschiedenartigkeit, eine gemeinsame Färbung beziehungsweise gegenseitige Geneigtheit, die hier und jetzt beim Namen zu nennen ich mir aus Gründen, die Ihnen geläufig sein sollten, verbiete. Diese Geneigtheit auszuspielen beziehungsweise auszukosten hätte, in unserem besonderen Fall, eine für ihn wie für mich unschätzbare Erleichterung beziehungsweise Entkrampfung bedeutet, hätte uns aus unserer Isolation, aus unserer von uns als unnatürlich empfundenen Einbindung ins sogenannte Natürliche herausgehoben und uns in einen Lebensraum beziehungsweise eine Luft versetzt, in dem zu gedeihen und die zu atmen unser beider dringlichster beziehungsweise verzweifeltster Wunsch ist.

Ich halte ein, ich lese, was ich soeben geschrieben habe, ich schüttle den Kopf.

Was ich mir da in gewundenen unverständlichen Sätzen abringe, ist in Wahrheit nichts anderes als dies: Sie, mein Herr, und Ihre Mischpoke, essen gern Schokolade und nichts als Schokolade, wir hingegen, Nevil und ich, bevorzugen Marzipan, Marzipan pur. Doch ich gerate ins Kryptische beziehungsweise Kryptologische, was immer das sein mag.

Natürlich war Nevil von mir enttäuscht – wie auch nicht! Wir hatten uns, mein Herr, auf den ersten Blick erkannt, entblättert, sozusagen, und ich tat so, als seien die Blätter noch dran. Der Sekt, schreibt Kramp, war Nevils Verzweiflungstat, sozusagen, war die Zange, mit der er mich knacken, der Hebel, mit dessen Hilfe er mich aus meiner Isolation beziehungsweise Kälte heraushebeln wollte. Aus meiner Verlogenheit.

Lesen Sie, schreibt Kramp, diesen meinen Bericht mit offenen Augen und gespitzten Ohren, lesen Sie, was ich am Anfang, und zwar seitenlang, auf Kosten beziehungsweise zu Lasten des Äthiopiers aus mir herausgeschnurrt habe. Natürlich war alles so wie von mir geschildert, natürlich war er das Scheusal, als das ich ihn an den Pranger stelle, doch ist er, mein Herr, ein Scheusal nur, weil *Sie*, weil vor allem *ich* ihn zu einem solchen mache beziehungsweise gemacht habe, weil ich ihn nicht, wie er das von Anfang an von mir erwartet hat, in den Arm genommen, gewärmt, getröstet und geliebt habe, punktum!

Ich weiß, schreibt Kramp, ich begehe mit diesen Enthüllungen eine Art Selbstmord, ich grabe mir mit diesen Geständnissen das Wasser, also das schmale Rinnsal baren Geldes ab, das mich, notdürftig, Herr Heimleiter, noch am Leben hält. Doch gelogen habe ich ein Leben lang; meine Liebe zu Knaben und Bengeln hat mich, immer die Knute des angeblich liberalsten Strafrechts der Welt, des deutschen, im Nacken, jahrzehntelang ins Abseits, in die Illegalität getrieben; meine Leidenschaft für das Schwarze beziehungsweise Schwarzhäutige hat mich durch die halbe Welt gehetzt. Selbst bis zum Hals im Dreck, will und darf ich den, den ich liebe, Nevil, nicht *mit* mir ins Unglück reißen. Ich habe, mein Herr, Ihre Worte im Ohr: der Reitstall, so dozierten Sie bei unserem ersten Gespräch, sei die letzte Chance, die Sie ihm gäben: Verspiele er auch die, käme er, so weh Ihnen das täte, in eine geschlossene Anstalt, und Sie haben Ihre polierten Fingernägel behaucht und sie an Ihrem Schlips blankgerieben, Sie Heuchler!, und Kramp unterstreicht SIE HEUCHLER erst mit Blau, dann mit Rot.

Ja, schreibt er, Nevil ist eine Art Wolf nicht im Schafspelz, wie ich oben fälschlich behauptet habe, er ist ein Wolf hinter Gittern: europäischen, katholischen, moralfanatischen, mein Herr: das Kinderheim als Folterkammer, seine Bediensteten als Folterknechte am Leib des afrikanischen, des schwarzen und schwulen Nevil!

Natürlich hat er, auf unseren Fahrten von hier nach dort, an meinen Nerven gezerrt, natürlich hat er sich, nachdem er kapiert hatte, daß auch ich, sogar ich, sein Feind, sein Unterdrücker bin, an mir gerächt und laufend *das* getan, was Sie mir schon bei unserem ersten Gespräch, fingerpolierend, vorausgesagt haben. Kein Zigarettenautomat ist sicher vor ihm. Er bespringt sie mit beiden Beinen, dann schlägt er, mit Fäusten, gegen das Blech, reißt an den Fächern und Knöpfen und macht jeden, fast jeden, spucken: den einen Geld, den anderen Ware, Zigaretten, mein Herr, die er raucht, egal, wo, in Straßenbahnen und Bussen, wo Rauchen verboten und mit Strafe bedroht ist, im Pferdestall und auf dem Rücken von Lisa, die er mit der Aschenglut nicht brennt, aber kitzelt, mein Herr, kitzelt vor den Augen einer bis ins Mark gekitzelten Zuschauerschaft und unter den Protestschreien des therapeutischen Dummkopfs – und er läßt THERAPEUTISCHER DUMMKOPF trotz der sinnlosen Wortkoppelung stehen –, er quatscht, wenn ich ihm den Pikkolo verweigere, sogar nachdem ich ihm den Pikkolo oder zwei oder drei in den Hals geschüttet habe, auf den Rückfahrten in Bussen und Bahnen alle möglichen Mädchen und Weiber, vor allem aber Knaben und Kerle, an und fragt sie nach ihren nächtlichen Wichsereien, einfach so, frei von der Leber weg, und gräbt, Herr Heimleiter, seinen schwarzen Strotzenden aus der Hose und zeigt ihn Gott und der Welt – jetzt sind Sie platt, Sie Spießer.

Doch was hat ein schwarzer äthiopischer Junge mit unseren Neurosen, unseren Moralvorstellungen zu schaffen, was kümmert einen Nevil Ihre und meine Verklemmtheit? Auch und sogar das Äthiopische ist verklemmt – dafür haben Sie, dafür habe sogar ich gesorgt. Doch kaum hatte er Sekt im Leib, sah er eine Art James Dean in jedem Kerl, sogar in mir. Und ich, mein Herr, war zwar scharf, schreibt Kramp und will SCHARF durchstreichen, aber streicht SCHARF nicht durch, scharf auf diesen Neger, doch saß beziehungsweise sitzt mir dieses Virus im Kopf, diese mir von Gott und der Welt eingepflanzte Sperre, über die ich nicht hinweg kann, ohne in ein Minenfeld zu stolpern und mich mit den auch von Ihnen, Herr Direktor, gelegten Sprengkörpern in die Luft zu jagen.

Auch Nevil hat mich in die Luft gejagt. Ausgerechnet *er* hat ausgespuckt, was gerade *er* hätte hinunterschlucken beziehungsweise in seinem Herzen verpanzern müssen, um nicht mir, um vor allem nicht sich selbst unermeßlichen Schaden zuzufügen. Er sagt, so haben Sie seine Aussage zu Protokoll genommen, ich hätte ein Hotelzimmer gemietet und mich in diesem Hotelzimmer über ihn hermachen wollen, er behauptet, in letzter Sekunde, gleichsam auf der Schwelle zum KLÜMPCHEN – so der Name besagten Etablissements –, habe er sich, seiner Unschuld beziehungsweise Jungfernschaft eingedenk, herumgerissen, sei zurück ins Heim beziehungsweise an Ihre väterliche Brust und habe sich von der Last seiner beziehungsweise meiner Sünden mit einem umfassenden Geständnis befreit. Lüge, mein Herr, alles Lüge! Natürlich habe ich das Hotelzimmer gemietet, natürlich wollte ich Nevil, den Neger, dieses mit schwarzer samtener Haut wie mit einem knusprigen Fell überwachsene Tier, in diesem Hotel, Stundenhotel, mein Herr, haben, lieben, wenn Ihnen das besser behagt, ficken. Doch leider, Herr Heimvorsteher, sitzt mir dieser Dorn, dieses Virus im Kopf, leider zucke ich noch jetzt, an diesem Tisch, vor *dem* zurück, was ich schreibe, entschuldige mich übrigens für das mir oben unbeherrscht aus der Feder gerutschte TIER.

Sie kennen, mein Herr, die nähere Umgebung dieser St.-Josephs-Klitsche, dieses von Ihnen so genannten Asyls ZUM GUTEN HIRTEN. Sie wissen, daß man, aus der Straßenbahn stolpernd, entweder einen Umweg von zirka acht Minuten über gut ausgeleuchtete Straßen oder die Abkürzung durch einen schummrigen Park, ein Pärklein, zu nehmen hat, um an die Pforte Ihrer Verwahranstalt zu gelangen. Wir, Nevil und ich, haben, von Anfang an, auf Drängen des Kinds, die Abkürzung, den Weg durch ein Busch- und Strauchgelände genommen, wobei ich STRÄUCHER für magere Büsche und BÜSCHE für üppige Sträucher setze, falls Sie das interessiert. Ich, mein Herr, kannte den Buschweg natürlich nicht; ich wäre, ohne Nevils Geländekenntnis – und er streicht GELÄNDEKENNTNIS aus und schreibt VERFÜHRUNGSKÜNSTE hin –, schön brav über die Autostraße Ihnen, mein Herr, immer wieder ungesättigt in den aufgesperrten Rachen getrottet. Doch Nevil hat mich in diesen Sträuchern beziehungsweise Büschen satt machen beziehungsweise abfüttern wollen: Hören Sie zu!

Novembersträucher sind kahl, sogar November*büsche* bieten keinen Schutz, Sichtschutz, sozusagen. Gleich am ersten

Abend ist Nevil in die Büsche, nicht Sträucher, rein und in den Büschen hin und her. Schon in der ersten Nacht, ohne Sekt und ohne mich näher zu kennen, ist er in den Buschherzen, also im Kern der Büsche, und er streicht BUSCHHERZEN und KERN DER BÜSCHE wieder aus, ist er im Mittelpunkt der Buschgruppen und Buschinseln plötzlich stehengeblieben und hat sich nicht mehr gerührt. Ist, mit dem Rücken zu mir, im Gestrüpp gestanden und hat mir seine von den Gestrüppruten nur notdürftig abgeschirmte Hinterfront hingehalten, minutenlang, einfach so. Was, mein Herr, geht durch Ihren Kopf, was regt sich *in* beziehungsweise *an* Ihnen, wenn Sie einen vierzehnjährigen Jungen, einen zu allem Überfluß *schwarzen* vierzehnjährigen Jungen, in einem Gebüsch stehen sehen, und er bewegt sich nicht? Wie spitzen Sie Ihre im Novembernebel fast blinden Augen, um das, was er bei aller Bewegungslosigkeit möglicherweise doch bewegt, beispielsweise seinen linken Arm – Nevil ist Linkshänder – dennoch auszukundschaften? Ich, mein Herr, habe meine Augen zu Seh- beziehungsweise Dechiffrierkunststücken gezwungen, die sie befähigt haben, das Vor und Zurück seines Arms beziehungsweise seines Ellenbogens, das Einknicken seiner Knie beziehungsweise Kniekehlen, das Zurückwerfen seines schwarz gekrausten Rasseschädels trotz des diffusen Novemberwetters detail- beziehungsweise punktgenau zu registrieren, wobei weder DETAIL- noch PUNKTGENAU exakt das sagt, was ich sagen will – doch ich schweife ab.

Tatsache ist, der Heimjunge Nevil führt mich geländeunkundigen Mann Nacht für Nacht statt über laternenhelle Straßen durch einen schummrigen, mit Sträuchern und Büschen bewachsenen Park und treibt im Herzen der Sträucher und Büsche sein Unwesen. Und ich, schreibt Kramp, ich ihm vom Jugendamt als Leiter und Begleiter zur Seite gestellte Amtsperson, leite und begleite ihn selbstverständlich – was sonst, mein Herr? – Nacht für Nacht zurück auf den Pfad der Tugend – und er hackt TUGEND mit der Spitze seiner Feder in Fetzen –, denn ich renne nicht kopflos in offene Messer, die in Gestalt von Nonnen, Priestern und Sozialarbeitern in diesem Heim und Hort gespitzt und geschärft für mich bereitstehen. Doch dann, und das war ein Schachzug von Graden und Gnaden, bringt der Neger Nevil den Sekt, bringt er den Mutmacher Alkohol ins Spiel, und alles, mein Herr, fließt unversehens wie Butter von der Klinge, sozusagen.

Daß auch ich getrunken habe, schreibt Kramp, daß sogar ich in diesen Novembernächten, in diesem Busch- und Strauchwerk, trunken gewesen bin, steht auf einem anderen Blatt, und dieses Blatt soll hier und jetzt eingespeist werden. Sehr bald schon, im BESEN und nicht *nur* im BESEN, habe ich nicht mehr nur Pikkolos, sondern Literflaschen bestellt, und Nevil hat seine Cola am Boden *ver*schüttet und den Sekt in sich und mich *hinein*geschüttet. Damals, mein Herr, habe ich einen Kredit aufgenommen, um mir nach dem Reitspektakel das MUMMspektakel leisten zu können, denn FABER und DEINHARD und SÖHNLEIN hat der Äthiopier nicht trinken wollen; für mich, so er, fängt Sekt bei MUMM an. Wer ihm, der nie zuvor einen Tropfen Alkohol genossen haben will, MUMM eingeblasen hat, mag von Ihnen, Herr Direktor, aus den Werbeblöcken der privaten Fernsehanstalten heraustüftelt werden, ich für meine Person kann MUMM nicht mehr sehen und riechen, also verschonen Sie mich mit Ihren Fragen! Weil es in den Novemberbüschen ohne MUMM nicht geklappt hat, hat der Neger mich und sich mit MUMM besoffen gemacht, damit es in den Novemberbüschen klappt.

Tatsache ist, ohne MUMM lief nichts: Ich rede von mir, mein Herr, nicht von Nevil. Der Neger hat *ohne* MUMM im Leib in den Novemberbüschen funktioniert, ich nicht mal mit einem halben Liter intus. Deshalb hat er mir zuletzt den Rest gegeben, den Rest aus den Flaschen. Die von ihm zurückgelassenen immer größeren Reste am Flaschenboden hat er schließlich *mir* in den Hals gekippt, damit auch ich in den Novemberbüschen funktioniere. So sehr hat mir die Amtsperson in den Kleidern gehangen, so kastriert bin ich von Ihnen, Herr Jugendpfleger, gewesen, daß ich mir mit MUMM, mit viel MUMM, Mumm habe ansaufen müssen, um im Pärklein meinen Mann zu stehen. Der Wilde, der Wüstensohn, kaputt, wie er ist, hat mich, den Intellektuellen, den Europäer, mit Sekt kirre machen müssen, damit ich die mir von euch Spießern angelegten Fesseln abstreifen und als normal funktionierender Mann in den Armen des Wüstenkrüppels Nevil endlich doch mein von euch verteufeltes Glück habe finden können.

Glück, schreibt Kramp, Unglück. Sie fragen, mein Herr, was in den Novemberbüschen geklappt hat, was im Schutz der Dunkelheit zwischen mir und dem Kind gelaufen sein mag. Das Kind, um endlich Klartext zu reden, war beziehungsweise ist ein liebebedürftiges, ein nach Geborgenheit hungerndes, ein bis zum heutigen Tag hinten wie vorne zu kurz gekommenes. Sie erinnern sich meines verleumderischen Geplappers von der Dürre und Dörre, der Natternhaftigkeit, der zischenden und züngelnden Gefährlichkeit des Kinds, weiter vorne im Text. Geplapper, schreibt Kramp, alles Geplapper. In Wahrheit hat das Kind die Sektbesäufnisse, die dunklen Parkwege, die Wichsereien im Herzen der Büsche nur deshalb inszeniert, weil es mich haben, weil es endlich einen Mann packen und an sich drücken und leerschlürfen wollte, der das gleiche mit ihm, dem Kind, zu tun die Lust und den Mut hätte haben müssen. Kind, schreibt Kramp, ich höre Sie unentwegt DAS KIND rufen und mir einreden, Nevil sei ein Kind und deshalb mit Vorsicht zu bewirtschaften und mit Abstand beziehungsweise Anstand zu befingern. Was, mein Herr, wissen Sie von Kindern, von schwarzen, schwulen, in Pubertätsnöten lodernden Äthiopierkindern! Kaum machen Sie den Mund auf, schon reden Sie von Kindesmißbrauch, sogar ich rede und denke, von Ihnen und Ihresgleichen dazu gezwungen, in solchen Kategorien. Natürlich betreiben wir Kindesmißbrauch, Sie, sogar ich. Natürlich habe ich weiter vorne behauptet, Nevil als Krüppel und Neger, als Hilf- und Heimatlosen geliebt zu haben, also abstrakt. Aber begreifen Sie denn nicht? Gerade *das* ist Mißbrauch am Leib dieses Kinds, daß ich es als ein Abstraktes, nicht als ein Leibliches geliebt habe. Kaum betrete ich das Busch-, nicht Strauchwerk, kaum nähere ich mich dem an sich zerrenden, auf Zehen- und, wie ich habe denken müssen, auf Haarspitzen tanzenden

Kind, schon sinkt, falsch, stürzt es mir in die Arme und kriecht, nein schmilzt in mich hinein. Wir Fronarbeiter am Kind, habe ich weiter vorne gerufen, und wie alles vorne von mir Gerufene ist auch WIR FRONARBEITER AM KIND eine Lüge beziehungsweise Verdrehung der Tatsachen. Denn nicht *ich* habe an Nevil Frondienste geleistet, es, das Kind, hat um meine Liebe, meine Zuneigung, um die schützende Wärme meines Leibs gerungen und mich, mein Herr, erst besoffen machen müssen, damit ich endlich die Hand nach ihm ausstrecke und es wärme, also liebe. Die ganze Schimmelstuterei ist, mein Herr, ein Murks gegen meine Hand, die dieses spezielle Kind packt und an sich drückt und bei sich behält und Liebe mit ihm macht. Liebe machen, Herr Jugendpfleger! Warum laufen Kinder weg, warum stürzen sie sich aus Fenstern, warum koksen sie und schlagen sich gegenseitig und solchen wie Ihnen und mir den Schädel ein? Weil keiner sie liebt, leiblich, weil keiner sie in den Arm nimmt, zärtlich. Die Leiber der Kinder hungern nicht nach Sekt, wie ich Ihnen oben habe weismachen wollen, die Leiber der Kinder hungern nach Leibern, nach meinem, mein Herr, möglicherweise sogar nach Ihrem.

Hier denn also die Wahrheit über Nevil und mich. Kaum betrete ich das Buschwerk, kaum taste ich mich, trunken von Sekt und Liebe, durch Nacht und Nebel an den Knaben heran, schon hängt er mir am Hals, schon biegt er mir seinen Leib, seinen samtweichen nachtschwarzen Äthiopierleib, schon stemmt er mir sein Nacktes und Bloßes aufjauchzend, falsch, aufschluchzend, mein Herr, in die Faust. Nackt und bloß, schreibt Kramp, das Schwarze und Schwellende nackt und bloß gegen und in mein zuckendes Weißes, das Afrikanische freiwillig, Herr Amtsvorsteher, zwanglos, Sie Schnüffler, mitten hinein in mein mageres mickriges Deutsch.

Aufschluchzend, schreibt Kramp und wischt sich den Schweiß von der Stirn, so ist mir der Junge ans Herz gesunken, und ich habe seinen Mund mit meinem Mündlein bewohnt, ihm beigewohnt: meine knorpligen Lippen seinem Samtgeschmeide, mein dreißigjähriges Elend seiner vierzehnjährigen Schmach. Denn schmachvoll ist es für ihn gewesen, mich dort im Novembergebüsch anzuflehen, ihn unverzüglich augenblicklich aus seinem Loch, seinem Elend, seiner Qual zu befreien, ihn dem Heimgefängnis zu entreißen und ihn aus dem Äthiopischen ins Deutsche, heim ins Reich sozusagen, aus dem Elend in die Fülle, so oder so ähnlich er, zu führen.

Natürlich habe ich ihm das Blaue vom Himmel versprochen, natürlich habe ich, ihn leer und leerer schlürfend, Lüge um Lüge in ihn hineingekeucht. Haben *Sie* mal ein zuckendes Stück Schwarzfleisch im Arm und behalten Sie klaren Kopf! Denn das ist das Gefährliche, das Unberechenbare an dem schwarzen Gesäu: Sie werden, nur um es leerschlürfen zu dürfen, selbst zu einem Gefährlichen und Unberechenbaren: Sie denken in Kategorien wie ZUCKENDES STÜCK SCHWARZFLEISCH, wie SCHWARZES GESÄU, Sie verlieren, mit der geballten afrikanischen Ladung im Schenkelschluß, mit den Prunk- und Prachtlippen an Ihren Strichlippen, mit dem Pfahl einer nie zuvor gekosteten Lust im Rachen, den Kopf, und mit dem Kopf alle Hemmungen, und mit Ihren Hemmungen alle Achtung vor dem Schwarzen, also Andersartigen, denn gerade das Afrikanische raubt Ihnen, raubt *mir*, mein Herr, den Verstand, und er läßt den Füller fallen und streckt die Beine aus und legt den Kopf auf die Stuhllehne und läßt die Arme links und rechts baumeln und hört seinem Herzen zu, wie es sich langsam beruhigt.

Ich habe dem Jungen das Blaue vom Himmel versprochen, schreibt Kramp. Ich habe ihn in den Armen gehalten und er mich, ihn geküßt und er mich, ihn leergeschlürft und er mich – alles auch *er* mich, nicht nur *ich* ihn –, ich habe ihm im Sekt- und Sexrausch mein Herz, meinen Leib, mein Land und meine Leute, habe ihm, was Kramp ist und was an Kramp deutsch ist, habe ihm Deutschland, das Land meines Ekels und seiner Träume, zu Füßen gelegt und ihm eingeblasen, ich bin dein, und du bist mein, ich bin weiß, und du bist schwarz, ich mache dich Schwarzen weiß, dich Afrikaner deutsch, ich hebe dich aus dem Wüstendreck in die deutsche Weißwäscherei, ich adoptiere dich, ich mache dich Waisenkind zu meinem Sohn. SOHN, schreibt Kramp, habe ich, ihn leerschlürfend, in sein Ohr gelogen, und mit SOHN auf den Lippen ist er jubelnd und jauchzend aus dem Pärklein in die katholische Christmeierei und am nächsten Tag, gestern, zurück an meine Brust, um sich, wie von mir versprochen, erst mit mir ins Hotel und ein paar Tage später, wenn ich alles gerichtet, in mein von nun ab auf ihn und nur auf ihn konzentriertes Leben zu stürzen, kopfüber.

Kopfüber in mein Leben. Ich gebe zu, mein Herr, ich habe mich vergaloppiert, ich habe in dem Jungen Hoffnungen geweckt, die ich, schon indem ich sie ihm ins Ohr beziehungsweise ins Herz gepflanzt, für unerfüllbar gehalten habe. Überhaupt werden Sie in diesem meinem Rechtfertigungsgetöse die klare Linie, den geraden Weg, das exakt angepeilte Ziel vermissen. Wie gerne riefe ich Ihnen zu: Der Neger liegt mir am Herzen, ich nehme ihn unter meine Fittiche, ich forme ihn zu einem Menschen nach meinem, sogar nach Ihrem Bild. Leider, mein Herr, bin ich, sind vor allem Sie kein Vorbild, nach dem man Menschen formen darf. Nicht nur Nevil, vor allem ich selbst präsentiere mich Ihnen in tausend Facetten, nichts an mir, Herr Richter, hält einer strengen Beurteilung stand, alles an mir ist fließend, ist blendend einerseits, abstoßend andererseits, ich bin ein Grenzgänger zwischen den Welten, von meiner Zunge schweben nacheinander beziehungsweise gleichzeitig Worte wie VATER und GESÄU, LIEBE und GIER, SOHN und NIGGER, mir fehlt, mein Herr, wie Ihnen, das Händchen beziehungsweise Rückgrat, ein äthiopisches Wrack wieder aufzutakeln und endlich see- beziehungsweise lebenstüchtig zu machen, Sie wie ich sind, wie man zu sagen pflegt, auch nur Menschen, Sie ein Beamter am Leib des Knaben Nevil, ich all das, was Sie an diesem Bericht, also an mir, verurteilen beziehungsweise verdammen.

Entsetzt, mein Herr, war ich auch gestern, als ich den Jungen, den Äthiopier Nevil, aus Ihren beziehungsweise der Aufsichtsnonne Händen in Empfang nahm, um ihn, wieder einmal, zum Reiten zu begleiten. Wie niemals vorher erwartete er mich, fertig angezogen, brav in einem Buch blätternd, im

Aufenthaltsraum bei abgeschaltetem Fernseher. Immer, schreibt Kramp, habe ich ihn von der Flimmerkiste, vom Radio, vom Kassettenrekorder – tatsächlich von allen drei Apparaten gleichzeitig – losreißen müssen, um ihn zum Reithof zu schleppen, immer sang und sprang er, einmal sogar in einem seiner Blusenröckchen, vor meinen Augen aus meinen Händen hierhin und dorthin, nie war er zu bewegen, mir, seinem Schlepper, in die Therapie, so ich, in die Falle, so er, ohne Murren zu folgen, immer dauerte es halbe Stunden, bis wir uns auf den Weg, den Kreuzweg, mein Herr, machen konnten. Anders gestern. Er klappte, kaum betrat ich das Zimmer, sein Buch zu, knickste vor der Nonne, die ihn zum Dienern, nicht zum Knicksen, zur männlichen Verbeugung, nicht zum weiblichen beziehungsweise weibischen Niedersinken, anhielt, und dann, mein Herr, waren wir draußen, auf der Straße, im Freien, in der Freiheit, so aufjauchzend er.

Es fällt mir schwer, schreibt Kramp mit Blick auf den im Nieselregen versinkenden Hof, es fällt mir außerordentlich schwer, die folgenden Szenen beziehungsweise Stunden, so wie sie in meinem Kopf wirr durcheinanderfallen, zu Papier zu bringen, ich kann der Ereignisse beziehungsweise der Erinnerung an sie nur Herr werden, indem ich sie nüchtern, schnörkel- und schonungslos, schonungslos vor allem, aufzeichne, indem ich mir jedes Schönfärben oder Geradebiegen verbiete und Tacheles – ich hasse dieses Wort, mein Herr – rede.

Frei, endlich frei! So, mit ausgebreiteten Armen, als wolle er abheben und sich in den Lüften wiegen, das Kind Nevil. Ich schaue ihn an. Er geht, nein, er schreitet und schwebt neben mir wie ein Geflügelter, er schmiegt sich an mich und schmatzt mir Küsse, Luftküsse, gegen die Wange, dann drängt er mich in den Bäckerladen, und die Bäckerin, breit lächelnd, breit watschelnd, bringt ihm die Tasche, die Tasche und den Rucksack, und wünscht ihm und mir ein langes Leben. Ich stehe und staune. Ich staune nicht nur, mir wird heiß. Er hat, mein Herr, wie ich erfahre, schon am Vormittag seine Sachen gepackt, die Tasche und den

Rucksack aus dem Haus geschmuggelt und bei der Bäckerin, seiner seit Jahren geliebten Mutter, so er, die ihn seit Jahren mit Teilchen und Törtchen, mit Marzipan und Nougat stopft, untergestellt. Ich schaue das Gepäck an, dann die Bäckerin, dann das Balg. Die Bäckerin streicht ihre Schürze glatt und winkt mit einem Pastetchen, das ich ihr per Auge aus der Hand schlage; das Balg schnallt sich den Rucksack um, packt die Tasche und drängt mich, unter den Segenswünschen der Frau, aus dem Laden. Draußen ist November und Nacht. Die Nacht, Herr Heimvorsteher, obwohl der Tag noch in voller Blüte steht, fällt, aus welchen Himmeln auch immer, über mich her wie ein Kescher. Ich zapple und winde mich, er aber stolziert neben mir her wie ein Sohn. Ich dein Sohn! ruft er ein übers andere Mal und hakt sich bei mir unter und probt den Sohnes-Schritt, den Sohnes-Schrei, den Sohnes-Purzelbaum, jedes zweite Wort ist SOHN, und als wir in der Bahn sitzen, legt er den Kopf, den prunkenden prachtvollen Negerkopf, in meinen Schoß und will, daß ich ihn als meinen Sohn liebkose. Natürlich liebkose ich ihn nicht, schreibt Kramp. Meine Hand liegt auf seinem Gesicht, ich spüre den Lippenprunk mich kosen, dann beißt er, indem er die Lippen in meinem Handteller schürzt und krümmt und krempelt, in meinen Daumenballen, und da denke ich HABEN, ich will ihn heute, im Hotelzimmer, haben, schwarz haben, nackt haben, gespreizt haben, und dann, muß ich denken, Schluß, SCHLUSS sage ich und entziehe ihm meine Hand und stoße ihn aus der Bahn und sehe seinen mit Kleidern und Klunkern behängten Leib schwarz, nackt, gespreizt, und ich führe ihn gegen die Wand mit den Schließfächern und werfe ein Markstück ein und stoße Sack und Pack ins Loch und lege ihm den Schlüssel, den Schließfachschlüssel, auf den Kopf ins Kraushaar und befehle ihm, vor mir herzuturnen, ohne den Kopf zu bewegen, also ohne den Schlüssel zu verlieren, und er sagt: JAWOLL, PAPA, und er turnt vor mir her, und ich sehe den Schlüssel in seinem Kraushaar silbern und höre seine kleinen prallen Arschbacken in den Jeans knacken und fühle mich anschwellen bis ins Hirn, überquellen aus Augen und

Ohren, und dann, immer mit HABEN im Kopf, immer mit SCHWARZ und NACKT und GESPREIZT zwischen den Hirnlappen, übergebe ich ihn der Therapeutin, sehe ich ihn in der Arena reiten, auf der Schimmelstute hüpfen, in die Schimmelstute hineinstoßen, und als ich ihn wieder in Empfang nehme, denke ich SAGEN, IHM DIE WAHRHEIT SAGEN, und ich sage HÖR ZU, und er drückt sich an seinen Papa, und ich spüre den Burschen hart, mit allem, was Burschen Hartes an sich haben, gegen meinen Unterleib stoßen.

HÖR ZU, schreibt Kramp, ICH WILL DICH, AUF DER STELLE, NACKT, DANN ABER SCHLUSS. Und er zerrt sich, zwischen Tür und Angel, die Arena im Rücken und mich im Auge, die Felljacke vom Leib, den Pullover, das Hemd und das Unterhemd vom Leib, und er steht, unter den Augen der Reitschüler und ihrer Betreuer, mit nacktem Oberkörper, mit gespitzten Brustwarzen, mit flügelnden Schulterblättern schwarz, schwarz und gespreizt, im Entree, und ich will sie ihm endlich sagen, die Wahrheit, daß ich ihn heute, im Hotel, einmal und dann nie wieder, haben, nackt haben will, da zerrt er an seiner Gürtelschnalle, und ich falle ihm in die Arme und lächle entschuldigend hierhin und dorthin, dann stoße ich ihn, halbnackt, auf die Straße und rufe HOTEL, und er rennt, sich in seine Klamotten drehend, grinsend neben mir her, und ich winke einem Taxi, und vor dem KLÜMPCHEN steigen wir aus, und der Fahrer, mit mehr Trinkgeld gestopft, als die Fahrt gekostet hat, springt aus dem Wagen und rollt, pantomimisch, einen roten Teppich bis zur Pensionstür, und Nevil küßt ihn auf den Mund, und der Mann, die Lippen wischend und die Geldlappen schwenkend, kurvt weg, und Nevil streckt die Hand nach dem Klingelknopf aus, da hole ich Luft und sage: ICH GEBE DIR GELD, VIEL GELD, ABER DANN IST SCHLUSS, EIN MAL IST KEIN MAL, und er starrt mir in die Augen, dann hebt er die Hand und schlägt mir ins Gesicht, da surrt die Klingel, und die Frau, in Kittelschürze und Schlappen, läßt uns rein und erkennt mich wieder und mustert, grinsend, die Ware, schreibt Kramp und streicht

WARE nicht mal mehr aus, und dann, schreibt er, reißt sich Nevil, den ich beim Arm gepackt halte, von mir los und stürzt aus der Absteige auf die Straße, und ich und die Frau, zuletzt nur noch ich, rennen rufend und schreiend hinter ihm her.

Sie haben mich, Herr Heimleiter, in der Frühe, nach durchwachter Nacht, nach mit Nevil durchwachter Nacht, so Sie, angerufen und mich augenblicklich, auf der Stelle hierher befohlen, schreibt Kramp und springt auf und starrt in den Hof, schwarz, und sieht im Fensterglas sein Gesicht, weiß, und setzt sich wieder an den Tisch und stößt die Feder aufs Papier. Ihm sagen, was Sache ist, das, nachdem ich ihn eingeholt und bei den Schultern zurückgerissen habe, das, Herr Vorsteher, war meine Aufgabe, war die mir für mein verantwortungsloses Geschwätz auferlegte Strafe. Natürlich ist er niemals auch nur halb so blauäugig gewesen, wie er tat beziehungsweise tut. Natürlich hat er von Anfang an geargwöhnt, daß mein Versprechen, ihn zu adoptieren, ihn zu meinem Sohn beziehungsweise zum Deutschen zu machen, *der* Happen war, mit dem ich ihn köderte. Zwar hätte er mir auch ohne SOHN, ohne DEUTSCH, ohne den Himmel auf Erden, den ich ihm versprochen habe, im Hotel alles gegeben, was ich von ihm wollte, denn er ist vierzehn und schwarz, also geil, schreibt Kramp diese krude Schlußfolgerung aus dem Kopf aufs Papier, doch er gab sich die Miene, für bare Münze genommen zu haben, was ich beim Grabschen und Greifen, beim Schlucken und Schlingen gestammelt, was ich, seine Kraft und Herrlichkeit in der Kehle, aus der somit betäubten beziehungsweise aphrodisierten herausgegurgelt habe. Wir haben beide, mein Herr, mit harten, mit stahlharten Bandagen gekämpft. *Ich* habe ihn in die Absteige zurück haben und in der Absteige nackt haben wollen, sonst nichts. *Er* hat mich in die Absteige zurück haben und in der Absteige nackt, aber nicht *nur* nackt, auch mein Herz, auch und vor allem mich als Freund, als Beschützer, als Vater haben wollen. Zuletzt sind wir uns in der Pizzeria, in der wir schließlich gelandet waren, so in die Haare geraten, daß nicht nur die Kellner und Büfettiers, nicht nur die Gäste im Lokal, daß sogar Passanten von der Straße uns umringt und unseren Wortgefechten, unserem Schreien und Toben, Beifall beziehungsweise Protest geklatscht haben. Zum Schluß hat das Kind, der schwarze Satan, sich aus der Hose gerissen und mir seinen Arsch, vor der ganzen allmählich aus dem Häuschen geratenden Zuschauerschaft sein rosiges Loch, schreibt Kramp, hingestreckt und mich beschuldigt, ihm dieses unter falschen Versprechungen gesprengt zu haben und ihm nun den Preis für die Sprengung, so er, schuldig zu bleiben. Da bin ich, mein Herr, auf und davon. Da habe ich mich, die Fäuste der Nevil-Anhänger schon im Nacken, aus dem Staub gemacht. Sie glauben, ich übertreibe? Sie glauben, er hat mir zwar seinen Arsch, doch nicht seinen nackten, gezeigt, er hat mich zwar einen Betrüger, doch nicht seinen Stenz geschimpft? Er hat, Herr Direktor! Alles, was ich hier aufs Papier beichte, hat so, *wie* ich es beichte, stattgefunden. Ich höre Sie fragen, wieso ich mich plötzlich dem Jungen verweigert, warum ich meine Schwüre gebrochen, weshalb ich ihn mit Geld geködert und dann, schreibt Kramp, verstoßen habe, verstoßen *hätte,* nachdem er mir willens gewesen wäre. Warum warum warum, mein Herr! Weil mir, die Tasche und den Rucksack des Jungen vor Augen und seine Freiheitsrufe im Ohr, *Ihr* Gesicht, die Gesichter Ihrer Nonnen und Priester, das verzerrte Gesicht Ihrer Justiz plötzlich als Drohung im Kopf gesteckt sind und ich aus Angst vor Ihren Hieben, Ihren mich vernichtenden Hieben, mein Herr, den Jungen verstoßen, von mir gestoßen, ihn, wie Sie richtig sagen, verraten habe, denn Nevil wie ich, das Kind wie der von ihm in die Pflicht genommene so genannte Kindsvater, wir sind, wie oben schon mehrfach ausführlich beschrien, von Ihnen und Ihresgleichen verhunzte Kriech-, Knie- und Lügenkrüppel, die, wenn sie sich doch einmal zu voller Größe emporrecken, in ihrer Verkrüppelung nicht nur solchen wie Ihnen, sogar sich selbst Angst und Schrecken einjagen, ich dem Kind, das Kind mir!

Verkrüppelt, schreibt Kramp. Ich habe, mein Herr, einen Ihrer Schutzbefohlenen, den Sie nach diesem Spektakel noch gewissenloser als bisher abservieren, also in die Geschlossene, in die Verzweiflung, ins Verderben stürzen werden, ich habe Ihr Sorgenkind, so Sie selbst, aus Angst vor Ihnen und Ihren Helfershelfern, ich habe es, wenn Sie ehrlich sind, ganz in Ihrem Sinn gehandhabt – GEHANDHABT eine Ihrer Lieblingsvokabeln –, denn ich habe Ihnen seine Blößen, seine schwarzen Löcher, sozusagen, wie auf einem Tablett serviert, und Sie können es, auch und sogar anhand dieses Berichts, und nicht nur es, auch mich, uns beide, dorthin schicken, wohin wir nach Ihrer und Ihrer Henkersknechte Meinung gehören: hinter Schloß und Riegel. Aber Sie irren, Herr Jugendschützer. Ich habe, kopflos aus Angst, gewissenlos, weil verkrüppelt an Leib und Seele, ich habe böse an diesem Kind, sogar an mir selbst, gehandelt, aber ich werde das Böse, das auch und gerade auf diesen Blättern seinen Niederschlag gefunden hat, nicht in Ihre Hände spielen, ich werde es vernichten – und er packt in den Stapel beschriebener Bögen, knüllt ein paar in die Hand und reißt sie in Fetzen –, ich werde Nevil und mich, bevor *Sie* uns vernichten, vorbeugend *selbst* vernichten, indem ich Ihnen die bösen Spiele, die wir aus Ohnmacht, aus Verwirrung, aus Verzweiflung miteinander getrieben haben, nicht aktenkundig mache – und er zerreißt einen neuen Pack –, denn was in Ihren Akten steht, können Sie gegen mich verwenden, was Sie aber nicht wissen, weil zerrissen, auf das hat selbst der Teufel umsonst geschissen, und er zerknüllt und zerreißt und schaut das Zerrissene und das noch nicht Zerrissene, vor allem aber das Blatt Papier, das er gerade in Arbeit hat, und die Füllfeder, mit der er es bearbeitet, an, dann legt er die Füllfeder weg und packt das Blatt zwischen Daumen und Zeigefinger der linken und Daumen und Zeigefinger der rechten Hand und zerreißt auch dieses und nach diesem alle übrigen und stopft die Fetzen in seine Jackentaschen, Hosentaschen, Manteltaschen und wirft sich den Mantel über die Schultern und schaut den Hof mit den dürren Bäumen an und geht zur Tür und drückt die Klinke und tritt auf den Flur und vom Flur auf die Straße und denkt: Ich komm zurück, morgen, übermorgen, ich hol dich hier raus, ich sag die Wahrheit, denn ich hab dich lieb.

Mit Winden und mit Wellen, mit Blumen und mit Quellen ...

Natürlich hätte Kalk dem Schwarzen geben können, was er haben wollte: Im ersten Rang Mitte waren noch jede Menge Plätze frei, Einzelplätze. Kalk wußte aber, kaum sah er diesen großen, schlanken, gutaussehenden Mann den Kassenraum betreten, daß er neben ihm sitzen wollte, egal, welches Stück er wählen würde, egal auch, für welchen Tag. Sie gehen selbst? hatte er ihn beim Durchreichen der Karte gefragt. – Selbst wohin? – In den Figaro? – Ja, hatte der Schwarze geantwortet, und Kalk hatte ihm versichert, ein Platz im ersten Rang Seite sei, weil näher an der Bühne, fast noch angenehmer als einer in der Mitte, und der Mann hatte sich bedankt. Jetzt war der Tag da, und Kalk betrat das Foyer. Er hatte sich nicht verkleidet, er trug, wie fast immer, dunkelblaue Jeans und ein hellblaues Hemd, er wußte, Blau kleidet ihn, Blau-und-Blond zieht bei jedem. Hallo, sagte er, als der Schwarze sich neben ihn setzte, und der drehte den Kopf und schaute ihn an. Hallo, sagte auch er, dann kam der Dirigent, und die Ouvertüre fing an.

In der Pause verlor er ihn erst mal aus dem Auge. Dann sah er ihn im Erfrischungsraum stehen und ein Glas Saft trinken, also drängte er sich zu ihm durch, bestellte auch einen Saft, und als er sich von der Theke wegdrehte, standen sie Blick in Blick. Hallo, sagte Kalk wieder, und der Schwarze nickte. Dann schwenkte Kalk das Saftglas: Er habe immer den Verdacht, da sei mehr Wasser drin als Fruchtfleisch. – Schmeckt doch aber wie Sonne pur, meinte der Mann. – Ach ja? fragte Kalk und streifte den schwarzen Handrücken mit seinem weißen, dann lachten beide.

Als der Vorhang fiel, klatschten sie, Kalk länger als sein Nachbar, und als der ihm zunickte und aus der Reihe trat, ließ

Kalk die Hände in der Luft stehen und schloß sich ihm an.
– Sie hätten sie, sagte der Schwarze und zeigte auf die Hände, einmal noch zusammenschlagen sollen. – Sie sprechen ein tadelloses Deutsch, sagte Kalk und ließ die Arme fallen. – Ich *bin* Deutscher, sagte der Mann, und Kalk wurde rot.

Die Nacht war lau.

Der Asphalt strahlt Hitze ab, redete Kalk ins Blaue, Wärme, meinte der Schwarze, natürlich Wärme, nickte Kalk, trinken wir noch was?

Er sei, sagte der Mann beim Überqueren der Straße, hauptsächlich wegen eines Chormädchens in der Vorstellung gewesen, da gebe es doch diesen kleinen Chor, zum ersten Mal am Ende des ersten Akts, wenn dem Grafen die Hochzeit abgebettelt werde, dann noch mal im dritten.

Welches Mädchen? wollte Kalk wissen.

Eine von den Chorsängerinnen; sie war aber nicht mit dabei, obwohl sie mich in dem Glauben gewiegt hat, sie sei heute im Einsatz.

In dem Glauben gewiegt hat sie dich? fragte Kalk: So? Und er packte den Arm des Schwarzen und schob ihn vor und zurück: Ist sie deine Freundin?

Ja, sagte der Mann, haben Sie auch eine?

Stört es dich, wenn ich du sage, fragte Kalk.

Du kannst ruhig du sagen, meinte der Schwarze.

Nein, sagte Kalk, ich will auch keine, dann betraten sie ein Lokal und stellten sich an die Theke.

Nebenan, erzählte Kalk, als sie das vierte Glas an die Lippen hoben, nebenan gibt es eine Kneipe nur mit Damen. – Tatsache sei, unterbrach ihn der Schwarze, die Sängerin, die heute die Gräfin gegeben habe, sei schlecht gewesen. Er denke da an die große Elisabeth Grümmer, die gleich nach dem Krieg diese Partie gesungen habe und von der es heiße, sie sei die beste Gräfin aller Zeiten gewesen. An die reiche heute niemand heran. Bei TESTAMENT gebe es ein Recital von ihr mit Stücken sogar aus Wagner, da hätte er jetzt, nach der heutigen Pleite, Lust drauf – eine Kneipe mit Damen? – Ja, sagte Kalk, zwei Häuser weiter gibt es eine Damenkneipe, in die aber auch Herren hineindürfen, und der Schwarze rief, indem er sein Glas kippte: Ja! Versuchen wir dort unser Glück!, und Kalk schob ihm sein rechtes Knie in den Schritt, und der Schwarze lachte.

Die Damen nahmen sich seiner aber nicht an.

Er führte sein Glas zum Mund und setzte es wieder ab, dann bat er Kalk um eine Zigarette, obwohl er, wie er betonte, nicht rauche, dann trank er wieder und beobachtete die Damen, die aber noch immer keine Notiz von ihm nahmen, zuletzt fing er in seinem halb besoffenen Zustand wieder von der Grümmer an und fragte eine der Frauen, ob sie den Namen dieser phantastischen Sängerin schon mal gehört habe, doch die gab keine Antwort, trat beiseite und tanzte mit einer, die den Kopf auf ihre Schulter legte und den Schwarzen beim Tanzen anschaute, und Kalk fragte ihn, wie er eigentlich heiße, und der Schwarze sagte, schwarz zu sein sei, zumindest in diesem Land, eine Art Verhängnis, meist lasse man ihn, wenn er jemanden was frage, links liegen, wie soeben dieses Mädchen, übrigens heiße er Tom.

Die Damen, meinte Kalk, interessieren sich nicht für deine Elisabeth Grümmer, und zudem sind sie mit sich selbst beschäftigt. – Natürlich sind sie das, sagte der Schwarze, und das sei ihm sogar recht, denn abgesehen davon, daß die meisten ihn schnitten: Ins Bett wollten alle mit ihm, schwarze Schwänze lutschen wollten alle, dann aber weg mit Schaden! Als Mensch komme er nicht in Betracht, nur als Schwanz.

Hier, redete Kalk ihm gut zu und schob ihm wieder das Knie in den Schritt, hier will keine von denen an deinen Schwanz, obwohl du ja, und er grinste, obwohl ihr Schwarzen tatsächlich die tollsten habt.

Aber auch *reden* will keine mit mir, sagte Tom, ich wette, wenn *du* eine anquatschst, hört sie dir zu, und er trat, schon ein wenig schwankend, zu den beiden Tanzenden und meinte: Grümmer, eine Sängerin, Mozart-Sängerin, kein unsittlicher Antrag, und eine der Schönen rief: Martha!, und Martha kam hinter der Theke hervor und packte Tom beim Arm und zerrte ihn von den Tanzenden weg zu Kalk hin und sagte: Geht, beide, bitte, und Kalk zog das Portemonnaie, aber Tom sagte, ich bin schwarz, ist es das, was Sie stört, oder weil ich die Mozart-Sängerin Elisabeth Grümmer verehre, anstatt die Damen aufs Kreuz zu legen?

Da rotteten sich ein paar der Damen zusammen und drängten den Schwarzen gegen die Wand, und eine zerschlug ihr Glas an einer Stuhllehne und bewegte die Scherbe dicht vor seinem Gesicht und fragte ihn: Was soll's sein, ein X oder ein U, ich hab Übung im Gesichterverschnörkeln. Da küßte Kalk ihr von hinten auf den Hals und sagte: Margot, Liebes, ich kenn dich nicht wieder, und Margot ließ die Scherbe fallen und schmiegte sich in Kalks Arm und winkte die anderen weg und küßte Kalk aufs Kinn und flüsterte: Aber der Nigger muß raus, der Neger oder ich! rief sie in Richtung Martha, die den Hörer abnahm und eine Nummer zu tippen begann, und Kalk rief: Martha! Keine Polizei! und packte den Schwarzen beim Arm, zerrte ihn zur Tür und auf die Straße und rief über die Schulter: Ich zahle morgen!

Zwei Straßen weiter, sagte Kalk, indem er den Schwarzen noch immer beim Arm hielt, gibt es Kneipen nur mit Jungs, ich will aber, sagte Tom, erst zu meiner Freundin und dann, wenn sie nicht da ist, lieber ins Bett als zu den Jungs, sag nur, du stehst auf solche Weiber, und er machte sich von Kalk los und zeigte nach hinten, oder auf Kerle wie mich? – Ich komm mit zu deiner Freundin, sagte Kalk, ich heiße übrigens Kalk, und Tom sagte, sie wohnt dritte Straße links, und als er an der Wohnungstür klingelte und noch mal und noch mal, ging die Tür einen Spaltbreit auf und das Mädchen sagte, ich hab Besuch und machte die Tür wieder zu. – Rosmarie, rief der Schwarze, Rosmarie!, dann schlug er gegen die Tür und drückte den Daumen auf die Klingel, da rief es hinter der Tür: Ich hab dich gewarnt, jetzt hast du dein Fett! – Da nahm Kalk Tom beim Arm und führte ihn die Treppe runter und fragte, wovor sie ihn gewarnt habe. – Ihr einen Korb zu geben, sagte Tom, nicht mit ihr zu ficken; gestern hab ich nicht mit ihr gefickt; ich will nicht nur ficken; ich bin keine Fickmaschine; auch Schwarze sind Menschen, nicht nur Ficker, und er lehnte sich ans Geländer und sang in den Treppenschacht hoch die Cherubino-Arie:

Sagt, holde Frauen,
die ihr sie kennt,
sagt, ist es Liebe,
was hier so brennt

Dann rief er: Elisabeth Grümmer!, stieß Kalk vor die Brust, daß er gegen die Wand taumelte, trat auf die Straße und ging, ohne sich umzudrehen, festen Schritts Richtung Opernhaus. Als Kalk ihn eingeholt hatte, sagte er, die Jungs finden wir aber da, nicht da! – Okay, sagte der Schwarze, gehn wir zu den Jungs.

Bei den Jungs war es voll.

Kalk stieß Tom tiefer ins Lokal, packte ihn bei den Schultern, lehnte ihn gegen den Spielautomaten und sagte: Schön brav sein, dann bestellte er zwei Kölsch. Das Kölsch war frisch und kühl, und sie tranken eins nach dem anderen, dann noch eins, dann noch eins, ohne viel zu reden. Der Schwarze, einen halben Kopf größer als die meisten, stellte sich zuletzt auf die Zehen und sah sich das an. Donnerwetter, sagte er, ganz schön was los hier, die gehn ja ran, die Jungs.

Sogar an ihn gingen sie ran.

Einer gratulierte Kalk zu dem tollen Fang, den er gemacht habe, und zu Tom sagte er: So was wie dich wollte der Leo schon immer, gib's ihm, Kumpel, daß die Fetzen fliegen! – Aha, sagte Tom und kippte sein Kölsch, du hast dich per Billett an mich rangemacht, gib's zu, Kumpel, du willst mir ans Fell.

Na klar will ich dir ans Fell, was sonst, Kumpel?

Ich will aber nicht, daß du mir ans Fell gehst, Kumpel, und sie prosteten sich zu, und weil Toms Glas leer war, rief er nach einem frischen, und als er sich reckte und das Glas in Empfang nahm, packte einer, ein Besoffener, ihm zwischen die Beine und schrie: Donnerwetter! Ein Hecht im Karpfenteich!, und dann taumelte Tom gegen den

Spielautomaten, und der Besoffene packte Kalks Hand und stieß sie gegen Toms Schlitz, und Kalk packte zu, bis Tom sich freiriß, sein Glas kippte, dann den kostbaren Saft, mit dem er sich beschlabbert hatte, von Kinn und Hals wischte und vorschlug: Gehn wir. – Langsam, Kumpel, sagte Kalk und schnippte nach einem Kölsch, dann nach noch einem, also tranken sie weiter, und der Schwarze wurde locker und lustig und ließ sich hierhin und dorthin schubsen, aber anpacken tat ihn keiner mehr, dafür sorgte Kalk, der noch immer den Überblick hatte und ihn für sich wollte, nur für sich. Immer näher rückte er mit seinem weißen Gesicht an das schwarze und riß die Augen auf und ließ sie ohne Lidschlag starr und glasig werden, dann sagte er: Neger, und noch mal: Neger, und rieb seine Stirn an der von Tom und biß in seine Lippen und flüsterte: Fick mich, fick mich mit deinem fetten schwarzen Schwanz, du Sau. Da rief Tom: Elisabeth Grümmer! Wie einen Hilfeschrei drückte er ELISABETH GRÜMMER aus sich heraus, und ein paar klatschten Beifall, sogar Kalk klatschte, dann schob er Tom ein frisches Glas Kölsch in die Hand, doch der kippte es auf den Boden und schaffte sich mit rudernden Armen Platz und ließ sich gegen die Tür fallen und stolperte, von Kalk gefolgt, auf die Straße, die noch voll war mit Menschen, und Tom stellte sich an die Hauswand und pißte, dabei drehte er sich nach Kalk um und sagte: Das tut gut, Kumpel, da drin war's wie im Backofen, jetzt bin ich wieder okay, wohin schleppst du mich nu?

Doch Kalk konnte ihn nicht mehr weit schleppen, denn an der nächsten Ecke trafen sie Rosmarie, die am Arm eines Schwarzen hing und Tom zuwinkte. Der stieß sich zu ihr hin, löste sie behutsam von ihrem Begleiter ab, umschulterte sie und stellte sie Kalk vor: Das ist sie, die Gräfin, die Grümmer der Zukunft, sagte er und schwankte ein wenig: Schick den Typ da weg, flüsterte er Rosmarie zu und zeigte auf den Schwarzen, aber nur, flüsterte Rosmarie, wenn du mich wieder fickst, ich fick dich ja, flüsterte Tom und wandte sich an den Schwarzen: Kopf hoch, Kamerad, sie ist meine süße wonnige Braut, und der Schwarze tippte sich an die Stirn, warf Rosmarie eine Kußhand zu und zog Leine. – Wir laden dich, wandte Tom sich an Kalk, zu einem Ferkelbrötchen ein; immer, wenn wir den Kanal voll haben, beißen wir in ein Ferkel.

Im FERKELSTALL fütterte Tom das Mädchen und küßte ihr das Fett von den Lippen und brachte sie in Wallung, doch zuletzt stieß sie ihn weg und wollte nur noch ein schnelles Kölsch und dann mit Tom und Kalk in die Heia, und Tom führte sie aus dem FERKELSTALL ins TUSCULUM nebenan, und an der Theke, beim ersten Kölsch, rief er: Mann, Kalk, du bist immer noch da? und spendierte auch ihm ein Kölsch und erzählte, daß Rosmarie und er, wir beide!, rief er, hier in Köln Musik studieren, sie Sopran und er Bariton, sie die zukünftige Gräfin, die heute noch als Choristin jobbe, und ich ihr treuloser Gemahl, Treulose!, rief er, du hast den Nigger gepimpert?, und Rosmarie hakte sich bei Kalk ein und flüsterte: Aber ja hab ich den Nigger gepimpert, ich pimpere alle Nigger, schade, daß *du* kein Nigger bist, und Tom stellte ihr Kalk als Schwulen, als Konkurrenten, als Niggerpimperer vor, und Rosmarie legte ihre Arme um Kalks Nacken und nannte ihn ihren Bruder in der Sünde und machte schläfrig an ihm rum, und Tom bestellte ein Kölsch nach dem anderen und hörte sich an, was Kalk Rosmarie von den schwarzen Spargeln lallte, die er am liebsten quer fressen würde, und Kalk schob beide Zeigefinger in den Mund und zerrte die Mundwinkel lang, und Rosmarie rief: quer! quer! quer! und legte sich Tom in den Arm und machte Kalk Zeichen, als sie den schwarzen Leib abtastete, seine Arm- und Beinmuskeln, seinen Nacken und Mund, zuletzt seine Arschbacken, die sie Kalk hinhielt, damit auch er seinen Spaß habe, und dann erzählte Tom wieder von der Grümmer, die Rosmarie dieser Tage bei einer ihrer Freundinnen gehört habe, aber ich will jetzt nicht von der Grümmer reden, lallte sie, du *mußt,* rief Tom und kippte ein Kölsch und erzählte Kalk, wie sie, und zwar Mono, dieses HÖR MEIN FLEHEN, O GOTT DER LIEBE singt, auf deutsch, rief er, damals sang man noch deutsch, HAB ERBARMEN MIT MEINER NOT, sang er jetzt mit schwankender

Stimme über die Theke hinweg gegen die Flaschenwand, da warf Rosmarie sich in Positur und krähte: GIB MIR MEINEN GATTEN WIEDER und packte Tom beim Schwanz, ODER SENDE MIR DEN TOD, und Tom riß sich aus ihrer Hand, da biß sie ihm in die Lippen, und er machte: Uuaah!, und Kalk sagte: Na endlich. – Na endlich was? fragte Tom – Endlich Töne wie bei euch nackten Wilden üblich, und Tom spuckte haarscharf an Kalk vorbei gegen den Tresen.

Im Hausflur vor Rosmaries Wohnungstür schob Tom Kalk beiseite. Ich komm an die Kasse, Kumpel, sagte er, und du besorgst uns Freikarten, Personalkarten, Logenplätze in der ersten Reihe, gratis!, und er bog Kalks Kopf gegen Rosmaries und seinen, und sie schnäbelten zu dritt, bis Rosmarie sich freistemmte, den Schlüssel ins Loch fingerte und die Wohnungstür aufstieß. Da wollte Tom weg und lief schon die Treppe hinunter, aber Kalk zerrte ihn zurück und stieß ihn in den Korridor, und die drei stürzten lachend übereinander, und Kalk warf die Tür mit einem Fußtritt ins Schloß.

Aus dem Korridor krochen sie ins Zimmer, Tom hinter Rosmarie und Kalk hinter Tom, und Kalk packte Tom zwischen die Beine, doch Tom trat nach hinten aus, und Kalk, ins Gesicht getroffen, jaulte. Dann lagen sie auf dem Teppich, Tom halb über Rosmarie und Kalk halb über Tom, und Rosmarie hangelte eine Flasche vom Tisch und setzte sie sich an die Lippen, dann Tom, dann Kalk, und das scharfe Zeug brannte ihnen die Kehlen. Auf uns! rief Kalk und schwenkte die Flasche, auf immer und ewig! rief er, und Tom kroch auf die Tür zu, stemmte sich an der Wand hoch. Und Grümmer! rief er, auf die unsterbliche Elisabeth Grümmer!, da wankte Rosmarie an ihm vorbei, und Tom nahm sie in den Arm und schluchzte, da lehnte sie ihn gegen die Wand und torkelte aus dem Zimmer und später, aus dem Bad, rauschte die Spülung und platzte Wasser ins Becken.

Hau ab, Made, sagte Tom, und Kalk lachte. Tom lag auf dem Teppich, und Kalk saß im Sessel. Ich will dich, sagte Kalk, und Tom streckte ihm die Hand hin. Kalk schaute die Hand an, dann beugte er sich vor und nahm die Hand, da riß Tom ihn vom Sessel auf den Boden, packte ihn bei den Schultern, stemmte sich hoch, stand auf zitternden Armen über ihm und starrte ihm ins Gesicht.

Na los, sagte Kalk, mach schon.

Was machen? fragte Tom, und seine Arme zitterten stärker.

Frag nicht, mach's, sagte Kalk, da raffte Tom Speichel zusammen und spuckte Kalk ins Gesicht. Ja, sagte Kalk, riß den Mund auf und züngelte, da hustete Tom Rotz hoch und rotzte Kalk in den offenen Mund. Danke, sagte Kalk, und Tom ließ von ihm ab, warf sich rum und kroch aus dem Zimmer.

Das Bad war weiß und gelb, weiß die Kacheln, gelb das Licht. Als Kalk um die Ecke bog – auch er war gekrochen –, sah er Rosmarie nackt. Sie stand vor der Wanne, spreizte die Beine, und Tom, auf den Fliesen zwischen ihren Füßen, mit dem Gesicht nach oben, schaute in sie hinein.

Ich, lallte Kalk, pell dich, lallte er und kroch auf den Schwarzen zu, aus den Klamotten, dann riß er an Toms Hosenschnalle, dann am Reißverschluß, dann zottelte er ihm die Leinenhose vom Leib und sah ihn strotzen. Da suchte er mit beiden Händen Halt, stemmte sich hoch, warf sich ihm zwischen die Beine, zerrte mit Lippen und Zähnen den Slip von den Hüften und schlang Tom in sich hinein. Der aber riß sich hoch, trat ihm ins Gesicht, trat ihn gegen die Wanne, lag dann auf Knien vor der gespreizten Frau, stieß sein Gesicht gegen ihren Schoß, und Kalk hörte ihn winseln.

Da fiel auch er aufs Knie, kroch zu dem Winselnden hin, ließ seine Zunge vom Arsch bis zum Nacken den schwarzen Rücken bekriechen und packte von hinten zwischen die schwarzen Schenkel. Ja, gurgelte es aus dem Schwarzen heraus, ja! schrie er und schleuderte sich von den Knien in die Luft und Kalk in die Arme, dann warf er sich rum und mit Fäusten über ihn her und schlug und trat ihn gegen die Frau, die sich bückte und Toms Fäuste packte und zwischen ihre Beine klemmte und lachte. Sie lachte und drehte sich um sich selbst und glitt auf Tom nieder, mit dem Arsch auf sein Gesicht, und da saß sie und lachte noch immer und sah, wie Kalks blutverschmierte Zähne Toms ragendes Fleisch walkten, und dann rammte der schwarze Kopf sie hoch und zurück auf die Fliesen, da saß sie, und über ihr stand der Schwarze, und neben ihr kauerte Kalk und hechelte zum Schwarzen empor. Der bückte sich, zerrte den Schlotternden an den Haaren aus der Hocke gegen seine Brust und stieß sein schwarzes Gesicht in das weiße.

Made, knurrte er.

Haben, winselte Kalk und packte ihm zwischen die Beine.

Ja, haben, lallte auch Rosmarie.

Was haben? flüsterte Tom und bog sich in Kalks Faust.

Alles haben, alles von dir.

Ja, alles, flüsterte Rosmarie.

Da, nimm! schrie Tom und riß Kalk mit sich zu Boden und hockte sich vor ihn hin und preßte, und Kalk sah die Kotsäule aus dem Arsch auf die Fliesen rutschen, da, friß! schrie Tom und zerrte an Kalk, der stand auf Händen und Knien über der Scheiße.

Da plötzlich begann die Frau zu singen: Rede von Lieb im Wachen/rede von Lieb im Träumen.

Da riß Kalk den Mund auf und fraß.

Mit Echo, Fels und Bäumen, sang die Frau, mit Winden und mit Wellen/mit Blumen und mit Quellen …

Der Kerl gehört gekillt und nicht der Hund

Die drei seien reingekommen, lachend, gibt Klafter im Vernehmungszimmer auf Drängen des Polizisten zu Protokoll, schaut aber das Mädchen an, das, was er sagt, mitstenografiert, die drei seien also reingekommen, hätten sich je einen Hocker geschnappt und sich dann, ihm schräg gegenüber, über den Tresen gelümmelt, und augenblicklich sei der Wirt, dieses Vieh, zu ihnen hin und habe sie nach ihren Wünschen gefragt, worauf der Kleine mit der Narbe gesagt habe, sie seien wunschlos glücklich, aber da habe der Wirt erwidert, hier sei kein Wartesaal, sondern eine Gaststätte, und wenn *er* hier bediene, hätten Leute, die sich an diese Theke setzten, ein Getränk zu bestellen oder zu verschwinden, und zwar augenblicklich, also frage er sie zum letzten Mal, was sie trinken wollten, und der Kleine mit der Narbe habe den mit dem roten Halstuch gefragt, ob auch er ein Glas Wasser aus dem Wasserkrahn, ein sogenanntes Krahnenberger, haben wolle, und der mit dem roten Halstuch habe geantwortet, was sonst, natürlich Krahnenberger, aber fix, und die beiden hätten mit der flachen Hand auf die Theke geschlagen und dem Wirt Fratzen geschnitten, der aber sei an den dritten, um den es hier gehe, heran, habe ihn vorn beim Hemd gepackt und am Hemd gezerrt, und der Junge habe sich nicht gewehrt, nicht einmal die an seinem Hemd zerrende Hand abgeschüttelt und weggeschlagen, er habe dem Wirt einfach in die Augen geschaut und sich widerstandslos vor und zurück stoßen lassen, und das Vieh habe gerufen: *Na los, Muli, wenn du hier deine Schwarzwurzel an den Mann bringen willst, mußt du erst mal was blechen, also Kölsch oder Cola oder Wasser, was darf's sein, Muli?*, da habe der Junge *Kein Geld* gesagt, nur diese beiden Worte, Kein Geld, leise habe er das gesagt, nicht geflüstert, aber leise dem Wirt ins Ohr, als bitte er ihn um

Diskretion, doch das Vieh sei jetzt erst richtig in Fahrt gekommen und habe *Raus!* gebrüllt, *Raus aus meinem Lokal!*, da habe er, Klafter, schon protestieren wollen, habe sich aber noch zurückgehalten, und wieder hätten die beiden anderen mit der flachen Hand auf die Theke geschlagen und den Wirt nachgeäfft, der aber habe sich um die beiden überhaupt nicht gekümmert, sondern erneut an dem, den er Muli genannt hatte, gezerrt, so daß die Knöpfe von seinem Hemd abgesprungen und die Brust des Jungen aus dem Hemd herausgeplatzt sei, die schwarze Brust aus dem gelben Hemd, und der Wirt habe losgelassen und auf die nackte Brust gezeigt und *Pfui!* gerufen, mehrmals hintereinander *Pfui!*, so daß alle Anwesenden, und das seien, die drei Jungs und er selbst nicht mitgezählt, höchstens fünf oder sechs gewesen, so daß alle sich gefragt hätten, was er mit seinem Pfui meinte, das Hemd oder die Brust unter dem Hemd oder den ganzen Jungen in Hemd und Hose, der stumm und mit gesenktem Kopf auf seinem Hocker gesessen, die Hände auf dem Tresen aber zu Fäusten geballt habe, und dann habe der Junge sich entspannt und sein Hemd vorne zugehalten und seine Augen durchs Lokal laufen lassen, das noch immer, weil es ja noch früh am Nachmittag gewesen sei, diktiert Klafter dem Mädchen, das sich aber an den Polizeibeamten wendet und erst weiterschreibt, als der mit den Augen nickt, leer beziehungsweise fast leer gewesen sei, und jetzt habe der Wirt sich am Zapfhahn zu schaffen gemacht und wütend, mit wütenden Gebärden, zwei Kölsch gezapft und sie den beiden Jungen, den weißen, hingeknallt, und die hätten die unerwartete hochwillkommene Gabe mit einem Brüller wie aus einem Mund begrüßt und die Gläser gleich an die Lippen gehoben und in einem Zug leer getrunken, der Wirt aber habe wieder: *Raus! Wird's bald!* dem schwarzen Jungen direkt ins Gesicht geschrien, so daß die Weißen, die Gläser absetzend, sich ihm schließlich zugewandt und: *Kusch, Nigger!* gerufen, ihm dabei aber liebevoll die Schulter getätschelt und ihm das schweißnasse Gesicht trocken gewischt hätten, bis der Wirt plötzlich ins Hinterzimmer und aus dem Hinterzimmer mit dieser Dogge an der Leine wieder zurück in den Schankraum gesprungen sei und die Dogge, ein zugegebenermaßen prächtiges Tier, mit den Vorderbeinen auf den Schanktisch und mit dem Gesicht, Doggengesicht, dem schwarzen Jungen direkt ins Antlitz gestoßen habe, und da habe er, Klafter, zum ersten Mal auf die Theke geschlagen, und die Dogge sei mit aufgerissenem Maul und schlabbernder Zunge dem Schwarzen über die blauschwarzen Lippen, Negerlippen, sagt Klafter, schreibt das Mädchen, nachdem der Polizeibeamte mit den Augen genickt hat, und jetzt habe einer der Gäste: *Pack!* gerufen, doch die Dogge sei ein braves Tier und der schwarze Junge ein stiller Junge gewesen, der die Dogge einfach so in seinem Gesicht habe herumlecken lassen, bis der Wirt sie zurück ins Hinterzimmer gescheucht und der Junge sich, indem er über die Theke ins Spülwasser hineingegriffen und seine Hand naß gemacht habe, mit dieser Hand über sein Gesicht gefahren und sich den Hundespeichel aus den Augen und von den Lippen gewaschen habe, als der Wirt sich lauthals im Namen der Gäste dagegen verwahrt habe, sein saubers Gläserwasser, so er, von einer Niggerhand verseuchen zu lassen, und die beiden weißen Jungen hätten: *Seuche Niggerseuche*, ein paarmal hintereinander *Seuche Niggerseuche* gesungen, bis der Wirt ihnen schließlich mit zwei frischen Kölsch das Maul gestopft, den schwarzen Jungen aber erneut aufgefordert habe, sein Etablissement augenblicklich, und zwar mit eingezogenem Schwanz, zu verlassen, und jetzt erst habe der schwarze Junge wieder den Mund aufgemacht und: *Immer* gesagt, bisher immer, so der schwarze Junge, habe er mit seinen Freunden hier sitzen und warten und sein Bier trinken dürfen, immer auf Kredit, solange seine Taschen noch leer gewesen seien, aber gleich nach dem ersten Kunden hätten sie, hätte vor allem er, an dieser Theke auf den nächsten wartend, seine Schulden, also den Preis für die drei oder vier auf Kredit getrunkenen Kölsch, bezahlt, nie sei deswegen auch nur ein einziges Wort, ein böses gar, verloren worden, immer, habe der schwarze Junge jetzt allen im Lokal Anwesenden erläutert, habe er, nachdem er den ersten

Kunden bedient habe, *Nachdem du ihm deinen schwarzen Arsch hingehalten hast!*, habe der Wirt, das Vieh, gebrüllt, seine Zeche bezahlt, und auch heute, wenn er, wie seine beiden weißen Freunde hier, seine ersten paar Kölsch auf Kredit trinken dürfe, werde er, sobald er flüssig sei, seine Rechnung begleichen und sogar, wenn der erste Freier großzügig sei, eine Lokalrunde schmeißen, und der schwarze Junge habe dem Wirt treuherzig, diktiert Klafter dem Mädchen, von unten, wie ein Hund, ins Gesicht geschaut, und die beiden weißen Jungen hätten mit ihren schon wieder leeren Gläsern auf die Theke geklopft und nach drei, nicht zwei, nach drei frischen Kölsch gerufen, der Wirt aber habe den Wischlappen, den Thekenwischlappen, gegen die vielen noch ungespülten Gläser geschleudert, so daß sie scheppernd gegeneinandergeklirrt seien, dann habe er einem von der Straße ins Lokal stürmenden Mann, einem sehr jungen Mann, diktiert Klafter dem Mädchen, das den hinter seinem Tisch verschanzten Polizeibeamten mit Augen befragt und dessen Augenbefehl zum Weiterschreiben lächelnd entgegennimmt, er habe diesem sehr jungen Mann zugerufen, hier hätten sich wieder einmal Penner, schwarze Bettelbrüder, eingenistet und er solle diesem Gesocks auf der Stelle den Garaus, Garaus, wiederholt Klafter, machen, und dann sei das Vieh hinter der Theke hervor- und der sehr junge Mann in die Thekenmulde hineingestolpert, *Thekenmulde?* fragt das Mädchen den Polizeibeamten, der lächelnd nickt, und dann habe der sehr junge Mann den Thekendienst übernommen und die vielen noch ungespülten Kölschgläser gespült und das Vieh, das sich auf einen Hocker geschwungen und mit seinem fetten Arsch die Sitzfläche des Hockers mehr als ausgefüllt habe, mit immer neuen Kölsch bedient, während er mit den drei Jungs zwar gescherzt, sie aber nicht getränkt, gleichzeitig dem Fettärschigen aber zu bedenken gegeben habe, daß dieses Lokal, die Altermarktschwemme, schon immer auch ein Wartesaal gewesen sei, denn wo, so der sehr junge Mann, sollten die Jungs denn auf ihre Freier warten, wenn nicht in diesem Loch, und schließlich lüden sie das später Verdiente hier auch wieder ab und stopften das Loch mit ihrem Fleischesgeld, *Fleischesgeld,* diktiert Klafter dem Mädchen in den Stenostift, das Vieh aber habe gebrüllt, gegen weißes Fleisch habe er nichts einzuwenden, weißes Fleisch sei Fleisch von seinem Fleisch, doch Fleisch welcher Färbung auch immer, ob gelb oder rot oder braun und vor allem schwarz, ekle ihn, farbiges Fleisch schwitze anders als weißes und stinke bestialischer als Schweißfüße, und da habe er, Klafter, Pfui! gerufen, und dann sei die Dogge, das liebe Tier, aus dem Hinterzimmer hervor mit den Vorderpfoten auf die Theke und dem Fetten in die Arme gesprungen, der sie, die Dogge, aber zurückgestoßen und dabei sein Kölschglas zu Bruch geschmissen habe, und dann sei ein Strom von Besuchern, alten und jungen, ins Lokal geschwappt, und der sehr junge Mann hinter der Theke habe alle Hände voll zu tun gehabt, die Leute zufriedenzustellen, und wie nebenbei habe er auch den drei Jungs je ein Kölschglas zugeschoben, da aber sei das Vieh aus seinem Hocker herausgewachsen fast bis zur Decke und habe schreiend verlangt, dem Muli das Glas auf der Stelle wieder zu entwinden, so Klafter wortgetreu, und der schwarze Junge habe das Glas, das er schon an die Lippen gehoben habe, wieder auf die Theke gesetzt, und der sehr junge Mann habe es genommen und den Inhalt in das Bierabflußrohr gekippt und sich zu dem Vieh umgedreht und gefragt: *Zufrieden?,* und das Vieh habe sich die Lippen geleckt und mit seinen Nebenmännern ein Gespräch anleiern wollen, doch die Nebenmänner hätten nicht ihm, sondern den Jungs zugehört, den vielen Jungs, die mittlerweile das Halbrund der Theke besetzt gehalten hätten, und die Jungs hätten sich in den Hüften gewiegt und an ihren Reißverschlüssen gezerrt und Luftküsse hierhin und dorthin geworfen, und auch die zwei Begleiter des schwarzen Jungen hätten ihre Fisimatenten veranstaltet, nur der Schwarze habe, sein gelbes Hemd über der zart durchmuskelten Brust offen und die wollüstigen Lippen, sagt Klafter zum Mädchen, wollüstig gewölbt, nur der von diesem Vieh Muli Genannte, was wohl Mulatte habe heißen sollen, obwohl der Schwarze kein

Mulatte, sondern ein reinblütig Schwarzer gewesen sei, nur der Schwarze habe stumm und reglos, wie eine Statue aus schwarzem Elfenbein, sei ihm plötzlich in den Kopf gekommen, *Es gibt kein schwarzes Elfenbein,* sagt der Polizeibeamte hinter seinem Schreibtisch, *Richtig,* sagt das Mädchen, nur der kohlrabenschwarze Junge habe sich dem Gekicher und Gekringel seiner Kollegen nicht angeschlossen und sei wachsbleich, wenn man so sagen könne, auf seinem Hocker gesessen, *angeschossen nicht nur von meinen,* sagt Klafter, *Blicken, angeschossen von den Blicken der gesamten Herrenschaft,* wenn man das so formulieren darf, und plötzlich habe der Junge: *Ich hab Durst* gesagt, laut habe er *Ich hab Durst* über die Theke dem Fettärschigen ins Gesicht gesagt, der sich, besoffen, wie er mittlerweile gewesen sei, erneut auf die Hockerkufen gestellt, den Arm ausgestreckt und gerufen habe: *Der Nigger hat Durst, wer gibt dem Nigger,* und dabei habe er in seinen Schritt gepackt und an seinem Dödel gezerrt, *zu saufen?,* und da habe ich, erzählt Klafter, *ich!* gerufen, *ich lade den Jungen ein,* doch im gleichen Augenblick habe der Schwarze den Vorschlag gemacht, er, der Kerl, solle ihm, dem Nigger, so der Junge von sich selbst, zu saufen geben, und da sei dem Vieh das Maul, sagt Klafter, nicht der Mund, sagt er, das Maul offen stehen geblieben, er habe das Maul einfach nicht mehr zuklappen können, so sehr habe der Vorschlag des schwarzen Jungen ihn überrascht, nein, schockiert, doch plötzlich sei aus dem aufgeklappten Maul die Zunge herausgekrochen und über die Lippen gefahren, schmatzend, sagt Klafter, ein Schmatzgeräusch habe die Zunge gemacht, als sie die dürren Lippen des Fetten bezüngelt habe, und dann habe das Vieh *Okay* gesagt, nicht gerufen, plötzlich sei dem Fetten die Stimme im Hals eingefroren gewesen, wenn man das so formulieren dürfe, und er habe *Unten* gesagt und nach hinten und gleichzeitig nach unten gezeigt, denn im Rücken des Fetten habe sich die Treppe zur Kellerbar befunden, die Kellerbar aber, erzählt Klafter dem Polizeibeamten, schreibt das Mädchen ins Protokoll, sei nur an Freitag- und Samstagabenden in Betrieb, in der Kellerbar, die auch er, Klafter, ab und zu aufsuche, um in eben dieser Kellerbar an den in Kellerbars üblichen Spielen beziehungsweise Ritualen wenn nicht teilzunehmen, so doch diese Spiele und Rituale zu beobachten, in der Kellerbar stinke es penetrant nach Keller, muffig, sagt Klafter, die Kellerbar unter der Altermarktschwemme sei ein muffiges, nicht belüftbares Loch, ein illegaler Auswuchs der Altermarktschwemme sozusagen, und in dieses Loch habe der Fette den schwarzen Jungen gelockt, denn plötzlich habe er seine eingefrorene Stimme wieder zum Fließen beziehungsweise Tönen gebracht und das dem schwarzen Jungen in Aussicht gestellte Kölsch von einem in der Kellerbar mit dem schwarzen Jungen vollzogenen Fick, so das Vieh auftrumpfend, abhängig gemacht, und augenblicklich sei der Junge von seinem Hocker herab um die Theke herum auf das Vieh zu, und noch ehe er, Klafter, so Klafter, den Vorschlag habe machen können, dem Jungen ohne eine in Aussicht gestellte Gegenleistung ein Kölsch zu spendieren, seien die beiden schon bei der Treppe zur Kellerbar gestanden und im Begriff gewesen, in diese Bar hinabzusteigen, doch da habe der Fette einen Pfiff getan, mit den Fingern in seinem Maul einen von ihm, Klafter, so genannten Doggenpfiff, denn auf diesen Pfiff sei das zugegebenermaßen prächtige Tier wenn nicht über die Theke, so doch um die Theke herum dem Fetten abermals in die Arme gesprungen und von diesem augenblicklich die Kellertreppe hinab in die Kellerbar geschleudert worden, doch jetzt habe der schwarze Junge mit seinem rechten Arm eine die Altermarktschwemmenluft zerteilende Geste vollführt und sich geweigert, zusammen mit dem Freier und dem Hund des Freiers die Kellerbar zu benutzen, *Ich benutze,* habe er, so Klafter, gesagt, *die Kellerbar nur mit dir, nicht mit dir und dem Hund,* und da habe er, Klafter, *Bravo! Wehr dich!* gerufen, doch da habe der Freier sich auf die Zehen gehoben, der Freierkoloß auf die wackligen Zehen, und habe, unter dem Protest nicht nur des sehr jungen Mannes hinter der Theke, unter dem Protest vieler, nicht aller, im Lokal Anwesenden von Niggern gelallt, die von Anfang an von

Hunden in Zucht gehalten worden seien, und auch dieser Nigger, so das Vieh, solle Hundedunst schnuppern, *Soll nicht nur meinen Arsch, soll auch die Hundefutt mit seiner schwarzen Zunge,* und der Kerl habe züngelnd vorgeführt, wie er sich das vorstelle, *lecken,* und hier nun, erzählt Klafter dem Mädchen, das zu schreiben aufgehört hat und den Polizeibeamten fragend anschaut, hier nun bekomme sein Verständnis für den schwarzen Jungen einen Riß, wenn man das so sagen dürfe, denn nach dieser Bemerkung beziehungsweise Drohung des Fetten habe alle Welt, nicht nur er, Klafter, habe die gesamte Zuschauerschaft, wie auf den Gesichtern aller Anwesenden zu lesen gewesen sei, das Bedürfnis gehabt, den Fetten wenn nicht bluten, so doch bestraft beziehungsweise bespuckt zu sehen, sogar der sehr junge Mann hinter der Theke habe *Pfui!* gerufen und seinen Wischlappen gegen den Rücken des Fetten geschleudert, der aber habe dem aus dem Kellerloch hervorkriechenden Hund einen Nasenbeziehungsweise Schnauzenstüber versetzt und mit einer herrischen Geste dem schwarzen Jungen den Weg hinab in die Kellerbar gewiesen, und der Schwarze, dieser Traum von einem Bettjungen, so Klafter, und der Polizeibeamte winkt dem Mädchen mit den Augen, und das Mädchen schreibt *Dieser Traum von einem Bettjungen* ins Protokoll, sei tatsächlich am ausgestreckten Arm des Viehs dem Hund in die Kellerfalle hinterher und das Vieh mit einem triumphierenden Blick über die Schulter beiden, dem Neger und dem Hund, torkelnd in die offenen Arme beziehungsweise Pfoten, so Klafter, und augenblicklich, kaum daß die Treppe zur Kellerbar wieder leer gewesen sei, habe ein Gemurmel und Getuschel eingesetzt, aus dem er Worte wie *Schamlos* oder *Verbrecherisch* oder *Viehisch* herausgehört habe, doch allmählich sei der Aufruhr, der in Wahrheit ein matter gewesen sei, denn niemand sei dem Kerl hinterher, niemand habe den schwarzen Jungen aus den Armen beziehungsweise Pfoten der beiden Viecher gerissen, auch er, Klafter, nicht, allmählich sei der Scheinaufruhr wie Kokel in sich zusammengefallen und einem anderen Horchen, einem gespannteren Lauern, einem wilderen Träumen und Phantasieren gewichen, denn nicht nur er, Klafter, habe hinab in den Keller gelauscht beziehungsweise sich in die Tiefe hinuntergesehnt, alle wären mit dem Ohr auf den Kellerstufen, mit dem Auge im Kellerloch, mit den Händen am Negerleib zugange gewesen, alle hätten zwar weitergeredet und gestikuliert und einen Witz nach dem anderen gerissen, doch alle wären dem Kerl und dem Schwarzen und sogar der Dogge wie auf den Leib geschnallt gewesen, und wenn er sich nicht getäuscht habe, sei der gesamte Schankbetrieb mit einem von ihm, Klafter, zuvor nie erlebten Ruck, sei das gesamte Strichjungenspektakel, um das es in dieser Kneipe gehe, mit einem einzigen Knacks in den Keller gerutscht und im Keller, in der berühmten beziehungsweise berüchtigten Kellerbar unter der Altermarktschwemme in den Nigger- und Hundefick, hätte er beinahe gesagt, in den Geschlechtsakt von Weiß mit Schwarz mit Dogge hineingerissen gewesen, so daß oben im Schankraum die Musik zwar gedröhnt, die Gurgeln zwar geschluckt, die Buben und Bengel zwar weiter mit den Freiern geflirtet hätten, die einen wie die anderen wie auch er selbst aber im Kellerloch gehockt und sich im Kellerloch eingelüllt, er wisse, so Klafter, nicht, wieso ihm das Wort EINGELÜLLT schon die längste Zeit auf der Zunge liege, hätten, eingelüllt mit allem, was fette Alte und junge Schwarze und stramme Doggen beim Liebesspiel so von sich gäben, doch plötzlich, so Klafter in den Stenostift des Mädchens, seien auf der Kellertreppe wenn nicht Schritte, so doch *schleifende* Schritte oder wenigstens ein Schleifen ohne Schritte zu hören gewesen, und augenblicklich sei der Kopf und nach dem Kopf der Hals und nach dem Hals der Oberleib des Fetten aus dem Kellerloch aufgetaucht, bis schließlich der ganze Kerl in seiner widerwärtigen Schwammigkeit dem Kneipenpublikum in den Augen gehangen hätte, doch nicht der Kerl habe die Aufmerksamkeit und schließlich das Entsetzen der Gäste erregt, sondern das am Kerl Hängende beziehungsweise vom Kerl aus dem Keller in die Kneipe Hochgeschleifte, das sich, so Klafter, augenblicklich als ein Blutendes beziehungsweise von Blut Tropfendes, richtiger: von Blut Überströmtes präsentiert habe, und das Entsetzen der Zuschauerschaft sei erst in dem Moment wenn nicht verpufft, so doch abgeklungen, als deutlich geworden sei, daß nicht der Negerjunge, dessen Name von seinen beiden Kollegen plötzlich laut durchs Lokal gerufen worden sei, Bill oder Will oder Jill, am Fetten gebaumelt habe, sondern der Kadaver der Dogge, des lieben Tiers, das der Hundehalter jammernd, mit jammernder Stimme, beklagt beziehungsweise beschworen habe und das er wie eine von Blut triefende Schleppe hinter sich her an den entsetzt beziehungsweise fasziniert starrenden Gästen vorbei in die Thekenmulde geschleift und mit einem gewaltigen Ruck auf die Arbeitsplatte zwischen und auf die zersplitternden Kölschgläser gewuchtet habe, die augenblicklich, und nicht nur sie, sondern alles auf der Theke Angehäufte, die Lappen und Flaschenöffner und Zitronenbehälter und Eiswürfler, von Blut getrieft hätten, und immer wieder habe er jammernd: *Mit der Klinge in die Gurgel! Mit dem Dolch in die Halsschlagader!* gerufen und sich mit dem Gesicht in das blutverklebte Fell des Tiers vergraben und geheult, bis plötzlich der Negerjunge, dieser Bill oder Will oder Jill aus dem Keller aufgetaucht sei, schneeweiß beziehungsweise totenbleich, wenn man das so sagen dürfe, und, ruft Klafter, neben mir, dem Fetten mit dem Hundekadaver genau gegenüber, Platz genommen hat, so daß alle am Thekenrand Festgeklammerten wie ein Schmeißfliegenschwarm auseinandergestoben seien, sogar er, Klafter, habe einen Schritt vom Jungen weg auf die Kellertreppe zu gemacht, sich aber im letzten Moment, ehe er dieselbe hinuntergestürzt sei, zurück und zu dem Jungen hin gestemmt, der plötzlich den Arm ausgestreckt und mit dem Zeigefinger wenn nicht in den Fetten hineingestochen, so ihm denselben doch wie einen Dolch entgegengespitzt und ihn aufgefordert habe, ihm augenblicklich ein Kölsch zu zapfen und zu servieren zum Dank dafür, daß er nicht ihn, die Sau, sondern den unschuldigen Hund gekillt habe, und jetzt sei ein die Altermarktschwemme und die Kellerbar unter der Altermarktschwemme und die Straßenfront vor der Altermarktschwemme überflutender Tumult ausgebrochen, dessen Zielscheibe sowohl dieser Bill oder Will als auch der Fette als sogar der arme Hundekadaver gewesen sei, an denen allen gezupft und gezerrt, auch gerissen und sogar mit Glasscherben und Zitronenmessern regelrecht geschnitten und gehäckselt worden sei, und er, Klafter, habe endlich den Fetten über die Theke hinweg beim Hosenbund gepackt und zu Boden gestoßen und bei den Haaren gezerrt, bis, von dem sehr jungen Mann hinter der Theke per Telefon oder Megaphon oder was für einem Phon auch immer herbeigerufen, zwei Polizisten, Streifenpolizisten, so Klafter zum Untersuchungsbeamten, das Lokal gestürmt und erst einmal alle, die gesamte Herren- und Burschenschaft, wenn man das so sagen dürfe, mit ihren Pistolen bedroht beziehungsweise in Schach gehalten hätten, bis zuletzt der Negerjunge und der Fette und sogar der Hundekadaver und auch er, Klafter, der nicht habe aufhören können, in den Fetten hineinzuboxen, in zwei heulenden und blaulichtverspritzenden Streifenwagen abtransportiert worden seien, und jetzt also biete er als Mitverhafteter, der froh sei, bei der Wahrheitsfindung behilflich sein zu können, sich als Anwalt beziehungsweise Entlastungszeuge für diesen Bill oder Jill an, den er mit der ganzen Autorität seiner weißen Person beziehungsweise Persönlichkeit, die er in die Waagschale der, wie es heiße, blinden Dame Justitia werfe, als einen Umschuldigen beziehungsweise Schuldlosen verteidige, einen Unschuldigen, den dieses weiße und fette Vieh bis aufs Blut beleidigt und entwürdigt habe, wenn er auch zugeben müsse, daß der Schwarze sich allzu willen- beziehungsweise klaglos von diesem Schwein habe entwürdigen lassen, dem eins in die Schnauze gehört habe, doch in diesem Land mit diesem Innenminister als kriminellem Abschiebetäter wage kein Ausländer und schon gar kein Schwarzer mehr auch nur mit dem Finger gegen einen Deutschen zu schnippen, weshalb jetzt die arme deutsche Dogge und nicht der fiese deutsche Kerl auf dem Bluttisch liege, *Der Kerl gehört gekillt und nicht der Hund,* so Klafter zum Polizeibeamten, der dem Mädchen den Satz in den Stenostift diktiert, und das Mädchen schreibt: DER KERL GEHÖRT GEKILLT UND NICHT DER HUND, und Klafter nickt, doch der Polizeibeamte schlägt mit der flachen Hand auf den Tisch, und das Mädchen zischt.

Rausch oder Vom möglichen Ende des Erzählens

David ist aus dem Taxi gestiegen und sieht Irm und Franziska, seine Mutter, aufs Haus zugehen und sieht Franziska den Schlüssel ins Schloß fingern, und Irm sagt: *Unser Gepäck,* und Franziska dreht sich um und sieht den Fahrer das Gepäck an den Rinnstein stellen und ruft David zu: *Du kümmerst dich ums Gepäck?,* als David, indem er die Arme hochwirft, was *Ja* heißen soll, plötzlich Bob sieht, drüben im Garten des Nachbarhauses, und Bob dreht den Kopf und sagt über die Schulter zu Leonie, seiner zweiten Frau, die, im Gegensatz zu ihm, eine Weiße ist: *Unsere neuen Nachbarn,* und Leonie reckt sich aus ihrem Liegestuhl hoch und versetzt damit ihrer Stieftochter Daisy, die mit dem Kopf auf ihrem Bauch gelegen hat und wie ihr Vater Bob eine Schwarze ist, einen Stoß und sieht doch nichts, weder Franziska und Irm, die jetzt das Haus betreten, noch David, der Bob anschaut, der am Gartenzaun lehnt und sich auf seine Hacke stützt, mit der er die Erde zwischen den Blumenbeeten gelockert hat, und dann zieht David seinen Blick von Bob ab und konzentriert sich auf Roy, den sechzehnjährigen Sohn von Bob, schwarz wie der, der sich jetzt gegen die Schulter seines Vaters lehnt und den erst vierzehn Jahre alten David anschaut, von dem er denkt: *Wie blond* und den er nun aufs Haus zugehen sieht, von dem das Taxi sich langsam entfernt, vor dem das Gepäck noch immer am Rinnstein steht, Koffer und Taschen und Rucksäcke, und Roy sagt zu seinem Vater: *Komische Vögel* und meint damit die drei Weißen, die neuen Nachbarn, die jetzt alle im Haus verschwunden sind, bis ich, schreibt der Autor, Franziska, die Mutter, wieder auftauchen und nach David rufen lasse, den sie schließlich zurück zum Gartenzaun schickt und ihn das Gepäck den Gartenweg hochschlören läßt, und David denkt dabei an Bob und Roy, vor allem aber an Roy, was mir nicht paßt, denkt der Autor, denn ich will an Bob ran, also muß ich David auf *seine*, nicht auf Roys Spur setzen.

Wie blond, hat Roy gedacht, als er David beim Gartenzaun stehen sah, und Bob hat ihn wenig später, als habe er die Gedanken seines Sohnes lesen können, gefragt: *Gefällt er dir?*, und Roy hat, anstatt auf die Frage zu antworten, *Komische Vögel* gesagt, doch das, denkt der Autor, will ich jetzt und hier nicht erzählen, wichtig ist mir an dieser Stelle der Geschichte, was *David* denkt beziehungsweise fühlt, als er Bob und Roy, von denen er noch nicht weiß, daß sie so heißen, beim Gartenzaun stehen und rüberschauen sieht, und ich will ihn nichts anderes denken und fühlen lassen als *Schwarz*, schreibt der Autor, nicht nur denken, auch fühlen soll er das Wort *Schwarz*, und wenn nicht das Wort, dann die Farbe der Haut, die Farbe der Haare zusammen mit der Empfindung *kraus, krause schwarze Haare* und *glatte schwarze Haut* hat David gedacht und gefühlt beim Anblick von Vater und Sohn und ist sich von Anfang an klar gewesen, wessen Haar und wessen Haut er denkt und fühlt, daß er den Jungen und nicht den Mann im Blut beziehungsweise auf der Zunge spürt, als das Schwarze ihn plötzlich anfällt, schwarz wie der Vater der Sohn, hat er denken müssen, so wie ich, David, weiß bin wie Jürgen, *mein* Vater, der mich und Franziska und Irm hat sitzenlassen, der zwar das Haus gekauft und möbliert hat und zusammen mit uns darin leben wollte, doch dann, denkt der Autor, habe ich den Vater, Jürgen, abtauchen und einen anderen Vater, Bob, auftauchen und schwarz sein lassen, wie seinen Sohn Roy, auf den David fliegt, doch ich will den Mann, nicht den Jungen, daß sich Jungs an Jungs ranmachen, scheint Usus, doch diesmal will ich das Schwarze pur, will es nackt, will ich den weißen, behüteten Jungen auf die Spur von etwas setzen, das ihn umhaut, ich will, schreibt der Autor, doch dann legt er den Federhalter weg und denkt, wenn ich, anstatt die Geschichte, die ich erzählen will, zu erzählen, lediglich aufzähle, was und *wie* ich sie erzählen will, ist sie von vornherein mißlungen, und er sitzt auf seinem Stuhl vor seinem Tisch und denkt: *Auf was lasse ich mich hier ein?*

Auf David und Bob, denkt er, doch David tut nicht, was er soll, ich will ihn am nächsten Tag auf die Fährte von Bob setzen, doch er steht an seinem Fenster im ersten Stock hinter dem Schnapprollo, das die Julisonne aussperrt, und beobachtet durch einen Spalt nicht Bob, sondern Roy, nicht den Vater, sondern den Sohn, wie er mit in den Nacken gelegtem Kopf bei den Sträuchern steht und Johannisbeertrauben in sein Gesicht baumeln läßt, die Beeren mit den Lippen aber nicht von den Stengeln streift und ißt, sondern sie über Stirn und Nase zum Mund wandern läßt und, nachdem er die Lippen gespitzt und sie geküßt hat, in einen Korb wirft, der ihm am Arm schaukelt, bis plötzlich die neunjährige Daisy, die er, David, bis jetzt übersehen hat, auf ihren Bruder zurennt, ihm den Korb vom Arm zerrt und die süßen Trauben, schreibt der Autor und streicht *süßen* weg und schreibt *roten* hin, die roten, vom Bruder geküßten Trauben in ihren Mund steckt und die Beeren mit ihren üppigen Lippen, denn nicht nur die des Bruders, denkt David, auch die Kinderlippen sind prall, von den Stengeln in ihren Mund sprudeln läßt und sie mit der Zunge am Gaumen zerdrückt, bis Roy die Kleine in die Luft hebt, doch er hebt sie nicht, er packt sie und reißt sie vom Boden hoch in den Himmel, wie es David scheint, und das Kind läßt den Korb fallen und drückt das kleine Gesicht gegen das große, die blauschwarzen Kinderlippen auf die blauschwarzen Lippen des Jungen, die auch ich, denkt David, küssen möchte, doch ich muß, schreibt der Autor, Roy aus seinem Kopf raus- und Bob in seinen Kopf reindrücken, und jetzt, schreibt er, soll David das Schnapprollo loslassen und sich zur Tür umdrehen, in der, das hat er lange schon gespürt, jemand steht, Franziska oder Irm, wie er beim Beobachten des Liebesspiels zwischen Bruder und Schwester gedacht hat, und tatsächlich, es ist Irm, die mit entblößtem Oberkörper im Türrahmen lehnt und ihn anschaut, und er läßt seine Augen über die beiden Narben stolpern, die ihr seit der Amputation beider Brüste den Brustkasten kerben, und geht auf sie zu und an ihr vorbei in den Flur eines Hauses, das er noch gar nicht kennt, von dem er nicht weiß, wo es Franziska, seine Mutter, versteckt halten könnte, von der er Irm in seinem Rücken sagen hört, *Sie spielt verrückt,* und er dreht sich um und sieht die Narben aufflammen, die ich ihm, schreibt der Autor, wie rote Blitze über die Pupillen zucken lasse, und dann folgt er Irm in ihr Zimmer und drückt die Tür von innen zu.

Franziska spielt verrückt, weil Jürgen sich aus dem Staub gemacht hat, wird der zukünftige Leser denken, schreibt der Autor, doch Jürgen ist ihr egal, mit Jürgen ist sie schon lange fertig, seit Jahren weiß sie von seinen Seitensprüngen, wie sie es altmodisch nennt, seit Jahren hat sie das Haus, in dem sie mit ihm und Irm und David eine halbe Ewigkeit gelebt hat, gehaßt, und jetzt, endlich frei, fühlt sie sich doch wieder eingesperrt und springt von ihrem Sessel hoch und tritt ans Fenster und schiebt das Schnapprollo zur Seite und sieht Roy die Johannisbeertrauben küssen und Daisy hochreißen und ihre Lippen auf die seinen pressen und denkt: *Was will ich eigentlich?,* und dann läßt sie das Rollo fallen und hört Schritte im Flur und öffnet die Tür einen Spaltbreit und sieht Irm, halbnackt, und nach ihr David, bleich, in Irms Zimmer verschwinden, und dann fährt ihr die Erinnerung an den schwarzen Mann in den Kopf, den sie gestern mit diesem Jungen da unten, wahrscheinlich seinem Sohn, denkt sie, am Gartenzaun hat stehen sehen, und sie läuft zum Fenster und läßt das Rollo hochschnappen und reißt das Fenster, das von dem erst kürzlich erfolgten frischen Anstrich noch klebt, jetzt zum ersten Mal auf, doch *falsch,* denkt der Autor, sie hat schon eine Nacht in diesem Zimmer verbracht, eine Julinacht, und das Fenster schon mehrmals auf- und wieder zu- und jetzt zum dritten oder vierten Mal aufgemacht, und sie lehnt sich nach draußen und sieht nicht mehr Roy, sondern den von ihr herbeigedachten Bob, wie er vom Nachbarhaus in den Garten auf den Zaun, der die beiden Grundstücke voneinander trennt, zuschlendert, und sie tritt zurück und stellt sich auf die Zehen und beobachtet den Mann aus sicherer Entfernung, und auch David, der an Irms offenem, von keinem Rollo versperrtem Fenster lehnt und Irm beobachtet, wie sie auf dem Bett liegt und ihre Narben betastet und *ihn* beobachtet, auch David hört ein Geräusch im Garten und dreht den Kopf und sieht Bob, wie er an den Zaun tritt und den Blick hebt und ihm zunickt, und David nickt zurück, und Franziska denkt, *Wem nickt er da zu, wer steht da an welchem Fenster und nickt womöglich zurück?,* und schon wieder, denkt der Autor, stimmt etwas nicht, was ist das für ein Haus, in dem die Zimmer aller Bewohner zum Garten hin liegen?, und jetzt hört David, indem er Bob beobachtet, aber an Roy, Bobs Sohn, denkt, plötzlich wieder das Wort, das er seit Monaten fast ununterbrochen hört, das in seinen Kopf eingespeichert ist und das er Tag und Nacht, sogar im Traum, nicht nur hören, sondern auch sprechen, dem Gehörten nachsprechen muß und das er jetzt zum ersten Mal, indem er Bob beobachtet und an Roy denkt, laut vor Dritten, also vor Irm, ausspricht, und Irm streckt die Hand nach ihm aus und fragt, indem sie ihre Pagenfrisur schüttelt: *Rausch?,* und David fragt: *Wieso?,* und Irm antwortet: *Du hast Rausch gesagt,* und David sagt, indem er bei ihr niederkniet und die Hand auf ihre Brust legt, die keine Frauenbrust mehr ist: *Rausch, ja,* und er beugt den Kopf und leckt ihre Narben und flüstert, schreibt der Autor: *Schwarz.*

Schwarzer Rausch läßt der Autor David, der wieder ans Fenster getreten ist, sagen, doch vielleicht, denkt er, hätte ich es ihn nur denken, nicht sagen lassen dürfen, und wenn sagen, dann nicht zu Irm, denn Irm ist nicht die, der er seine Geheimnisse anvertraut. Einen Vertrauten hat er in Jürgen, seinem Vater, gehabt, doch der ist weg, wohin eigentlich?, schreibt der Autor, natürlich müßte ich jetzt Hintergründe und Zusammenhänge malen beziehungsweise ausmalen, doch in Wahrheit interessiert mich an dieser Stelle meiner Aufzeichnungen nur das Wort *Rausch,* von dem ich mir vorstelle, daß es den Titel der Geschichte abgeben wird, Rausch wie Berauschung wie Rauschzustände, in denen David schwelgt, wenn er daran denkt, was das ist, das ihn in diesen Rausch versetzt hat, und als Irm ihn jetzt fragt, ob er von

Alkohol- oder Drogen- oder Sexrausch spricht, dreht er sich vom Fenster, also von Bob, der längst nicht mehr am Zaun steht und hinaufschaut, sondern, wie vorher sein Sohn, Johannisbeertrauben pflückt und sie sich in den Mund träufelt, weg und läuft, ohne Irm noch einmal anzuschauen oder sich von ihr zu verabschieden, aus dem Zimmer die Treppe hinunter an den Gartenzaun und winkt Bob, von dem er noch nicht weiß, daß er Bob heißt, von den Johannisbeersträuchern weg zu sich hin und fragt ihn: *Und Ihr Sohn? – Was ist mit meinem Sohn?* fragt Bob zurück und schiebt sich ein Büschel Johannisbeertrauben in den Mund, von denen ich, schreibt der Autor, nicht einmal weiß, ob sie im Juli reif sind oder schon im Juni, doch ich will es Juli sein lassen, der Juli ist der Monat feuchter Hitze, ist der Monat des Schweißes auf den Gesichtern von Männern und Knaben beziehungsweise Jungs, denn Roy und sogar der vierzehnjährige David sind keine Knaben mehr, sie sind dem Knabenalter entwachsen, wie man landläufig sagt, sogar David, ich will, schreibt der Autor, daß es Juli ist mit einer Sonne, die den beiden, wie sie da am Zaun stehen und sich anschauen, den Schweiß in die Gesichter und auf die Brusthaut treibt, ich will, daß der zukünftige Leser die beiden Gesichter, das schwarze wie das weiße und die Brust des einen wie des anderen in der Julihitze schwitzen, nicht schwitzen, daß er sie, die Gesichter und die magere weiße Jungenbrust und die hart durchmuskelte von Bob, triefen sieht und den Mund aufreißt und die Zunge herausrollt und sie ableckt und riecht und schmeckt, vor allem schmeckt, denn Jungenschweiß, weißer, und Männerschweiß, schwarzer, schreibt der Autor und streicht *schwarzer* und *weißer* wieder aus, Schweiß von weißen Jungs und schwarzen Männern schmeckt verschieden, ich will David Bob und Bob David schmecken lassen, doch David macht sich nichts aus Bob und Bob nichts aus David, und auch den Leser will ich erst David, dann Bob, erst die weiße Brust, dann die schwarze, mit der Zunge abweiden lassen, erst Salz, dann Pfeffer, doch mittlerweile steht Bobs Frage: *Was ist mit meinem Sohn?* schon viel zu lange unbeantwortet im Raum, und David fragt:

Wie heißt er?, und Bob sagt es ihm, und David ruft zu seiner Mutter, die er oben am Fenster stehen sieht, empor: *Sein Sohn heißt Roy!*, und Franziska zuckt mit den Schultern, und Bob ruft: *Und ich Bob!* und zeigt mit dem Finger auf sich selbst, und Franziska verläßt, nachdem sie Bobs Lächeln endlich doch erwidert hat, ihren Fensterplatz und betritt Sekunden später das Zimmer von Irm ohne Irm, denn Irm ist nicht da, Irm habe ich, schreibt der Autor, aus ihrem Zimmer ins obere Bad – es gibt noch eines parterre – unter die Dusche geführt, und Franziska hört die Dusche plätschern, schreibt er, und, nachdem sie das Ohr an die Tür gelegt und das Plätschern wie eine monotone, aber beruhigende Musik in sich aufgenommen hat, drückt sie die Klinke und sieht Irm wieder einmal von Blut triefen, und sie schreit diesmal nicht auf, sondern geht zu ihr hin und packt ihre Hand und entwindet ihr das Rasiermesser von, muß sie denken, Jürgen, und zerrt sie unter dem Strahl hervor, um den Schnitt, aus dem mit Wasser vermisches Blut über Irms Gesicht und Brust, über die Kerben in ihrer Brust, rinnt, um den Schnitt, diesmal in die Stirnhaut und nicht in die Brusthaut, mit einem Fetzen Klopapier, den sie von der Rolle gerissen hat, abzudecken und Irm, die weder lacht noch weint, noch überhaupt eine Regung zeigt, aus dem Bad, schreibt der Autor, in den Flur und von dort die Treppe hinab ins untere Badezimmer vor den Sanitätsschrank zu führen.

Franziska hat Irm vor den Sanitätsschrank geführt, denkt der Autor, was beschrieben zu werden noch gar nicht an der Reihe war, denn wichtiger als Irms ewiges Herumschneiden an sich selbst ist das Gespräch, das David und Bob hätten führen sollen, nachdem Franziska ihren Fensterplatz verlassen und Irm wieder einmal bei ihren Selbstverstümmelungsriten, die eine Folge jener Brustamputation sind, die sie, weil Krebs ihren Körper angefangen hatte zu verwüsten, vor zwei Jahren über sich hat ergehen lassen müssen, ertappt hat, doch die Geschichte, so der Autor, die möglicherweise *Rausch* oder *Der Rausch* heißen wird, ist von Anfang an aus den Fugen beziehungsweise falsch eingefädelt, denn was, nachdem sie sich schon über eine etliche Zahl von Seiten ausdehnt, ist bis jetzt wirklich erzählt beziehungsweise in die Wege geleitet worden außer einer vagen Beschreibung von Schauplätzen und Personen, die Geschichte also ist derart Stückwerk, daß von überall her an sie herangegangen werden kann, so daß ich, schreibt er, weil das Wort *Rausch* mich stärker als alles beschäftigt, weil es die eigentliche Triebfeder meines Erzählens ist, endlich erzählen will, wie David noch im alten Haus vor dem Badezimmerspiegel, der ein Spiegel von der Decke bis zum Boden gewesen ist, gestanden und sich selbst betrachtet und bei dieser Gelegenheit das Wort *Rausch* erfunden beziehungsweise es sich seiner bemächtigt hat, wenn es mich natürlich auch drängt, *Rausch* doch erst einmal beiseite zu lassen und zu berichten, wie Bob den weißen blonden Jungen, nachdem er über den Zaun hinweg dies und das mit ihm geredet, durch ein Zaunloch in sein Haus komplimentiert hat, wo David dann also von Leonie und Daisy und Roy, der ihn freundlich, aber knapp angelächelt und sich dann wieder seiner Schwester zugewandt hat, bewillkommt worden ist, doch das Wort *Rausch,* schreibt der Autor, und nicht nur das Wort, sondern der Rausch an sich, also das, was David vor dem von der Decke bis zum Boden reichenden Badezimmerspiegel als Rausch empfunden beziehungsweise sich per Auge einverleibt oder eingekopft hat, das Rauschmittel als der beste Teil des Jungen beschäftigt mich derart, daß ich mir die Beschreibung des Begrüßungsrituals im Hause James – so der Familienname der Leute – erspare und nicht das Badezimmer, nicht den Spiegel, nicht die zugesperrte Tür, nicht die Hitze, die infolge voll aufgedrehten Thermostats im Badezimmer herrscht, beschreibe, sondern den Jungen, den blonden, nackten, wie er, schließlich satt von der Betrachtung seiner Vorderseite, sich langsam dreht und, mit über die Schulter gelegtem Kopf nicht nur seine Rückenfront, sondern, indem er sich bückt und die Beine spreizt, durch das Tor seiner Beine hindurch etwas schwingen sieht, das ihm augenblicklich das Wort *Rausch* in den Kopf wiegt und das sich ihm seitdem nicht nur bei seinen oft stundenlangen Erkundungen vor dem Spiegel, sondern auf Schritt und Tritt, vor allem aber beim Anblick von Jungs, bisher allerdings ausschließlich weißen, im Kopf dreht.

Ich überlese, schreibt der Autor, die vorstehenden Seiten und bin unzufrieden mit mir. Wieder, wie so oft schon, lasse ich mich von der Geschichte, an der ich schreibe, manipulieren, wieder folge ich ihrem Fluß, von dem man sagt, daß er eine Eigendynamik entwickelt und alles überspült beziehungsweise mitreißt, was sich ihm in den Weg stellt. Ich will aber das, was *ich* will, nicht, was die *Geschichte* will, ich will David auf Bob, den Vater, nicht auf Roy, den Sohn, ansetzen, weil mich, den Schreiber der Geschichte, der *Mann*, nicht der *Junge* interessiert, wobei das Wort *interessieren* ein viel zu lasches ist, denn Männer, schwarze Männer, Männer, wie Bob einer ist, interessieren mich nicht nur, sie stecken mir wie eine Axt im Kopf, kaum sehe ich einen beispielsweise auf der gegenüberliegenden Straßenseite oder in einer vorbeiratternden Straßenbahn, schon renne ich über die Fahrbahn und halte auf ihn zu und remple ihn, oder ich laufe der Bahn hinterher und sprenge an der nächsten Haltestelle, wenn sie fast schon wieder auf Fahrt ist, die Tür und setze mich auf einen Platz ihm gegenüber und keuche ihm ins Gesicht und verschlinge ihn, buchstäblich, mit Blicken. David ist vierzehn und Roy zwei Jahre älter. Die Geschichte will, sogar der zukünftige Leser der Geschichte wird wollen, daß die beiden Jungs, einer schöner als der andere, der eine fast noch ein Knabe, der andere bald schon ein Mann, aneinander Gefallen finden, doch schon diese verklemmte Formulierung entlarvt mich als einen, der sich Brücken baut, um trocken ans andere Ufer zu kommen, ich will mich aber nicht länger tarnen, ich will David auf Bob ansetzen, weil ich auf Bob, den Mann, nicht auf Roy, den Jungen, scharf bin, ich will Bob sehen, wie ich noch keinen wie Bob, außer auf Hochglanzpapier in sterilen Posen, gesehen habe, endlich will ich, nach endloser Pirsch, ein Wild, das sich schwarz und geströmmt durch meinen Kopf wälzt, packen und in der Faust zucken spüren und mit einem Faustdruck zum Platzen bringen und mich im Platzregen suhlen. Endlich, schreibt der Autor, will ich, was ich ein

Leben lang als mein Geheimstes verborgen gehalten habe, mit Jupiterlampen aus dem Dunkel ins Auge des Betrachters blenden.

David also hat das Gefühl, von Roy, nachdem er ihn per Handschlag begrüßt und die schwarze Hand mit seiner weißen ein paar Sekunden lang festgehalten hatte, abgeschmettert worden zu sein, denn Roy hat sich gleich wieder seiner Schwester Daisy zugewandt und sie, die von seinem Schoß heruntergerutscht war, ohne Umstände wieder auf sich hinaufgezerrt und sie mit beiden Armen umschlungen, so daß, als Bob David fragt, ob die Zeit günstig sei, einen kurzen Besuch drüben bei seiner Mutter und seiner Tante zu machen, und David ihm antwortet, Irm sei nicht seine Tante, Roy seine Schwester nur unwillig freigibt, als sie Bob in die Arme springt und ihn anbettelt, sie ins Nebenhaus mitzunehmen, und so begeben sich alle außer Leonie, die einen Johannisbeerkuchen im Backofen hat und Bob beauftragt, die neue Nachbarin von ihr zu grüßen und ihren, Leonies, Besuch für den nächsten Tag anzukündigen, so begeben sich alle, Bob mit Daisy auf dem Arm und David untergehakt bei Roy, der erstaunt hochblickt, den weißen Arm von seinem schwarzen aber nicht wegschiebt, so begeben sich alle vier nach drüben, so daß ich jetzt, schreibt der Autor, beschreiben müßte, wie Franziska Bob und die mit einem Stirnpflaster versehene Irm Roy begrüßt und wie Daisy sich von ihrem Bruder, der sie wieder umklammert hält, losreißt und auf dem Teppich mit ihm ringt, doch nur ein einziges Detail in diesem Begrüßungswirrwarr ist mir wichtig, wie nämlich Roy sich nach langem Gezerre und Geschiebe über seine Schwester beugt und David, der hinter ihm steht, sieht, wie er die Beine spreizt und den Rücken krümmt und Daisy an beiden Armen hochzuzerren versucht, so daß alles an ihm, das Hemd und die Hose und unter der Hose der Slip, sich strämmt und er, David, zwischen den gespreizten Beinen den schwarzen, wie er augenblicklich denken muß, den schwarzen und krausen Rausch sich abmalen, falsch, sich herausbeulen sieht oder zu sehen glaubt, so daß ihm augenblicklich alles Weiße und

Rosafarbene für immer, so ich als Autor vorausblickend, egal sein wird und er von nun an nur noch auf Schwarze, auf schwarze Jungs, Jagd machen wird beziehungsweise sie sich gebückt und mit gespreizten Beinen vorzustellen vermag, denn all seine Träume und Wachträume von weißem und rosafarbenem Fleisch sind mit diesem Blick auf Roys vom Hosenstoff strangulierten schwarzen, wie er denken muß, Rausch für immer ausgeträumt, und nur noch Roy, nicht Bob, nur noch der schwarze Junge, den er möglicherweise nur ein einziges Mal nackt und gespreizt wird sehen können, dann nämlich, wenn ich als Autor ihn, Roy, nackt über die nackte Irm biegen werde und David, hinter einem Vorhang versteckt, beim Liebeskampf der beiden Zeuge sein lasse, nur noch der schwarze Junge, Roy, nicht der Vater des Jungen, Bob, wird seine Gedanken und Träume und Alpträume bevölkern, doch ich, schreibt der Autor, der ich nicht Roy, sondern Bob, nicht den gebückten und gespreizten schwarzen *Jungen,* aber den gebückten und gespreizten schwarzen *Mann* sehen und schmecken will, den Mann, den ich noch mit keiner Zeile beschrieben habe, mit Sicherheit aber noch beschreiben werde, ich als Autor werde mir ab sofort Dialoge, Handlungsfetzen, ja ganze Szenenabläufe auszudenken haben, die nicht immer nur David und Roy, sondern David und Bob, selbst wenn sie nichts miteinander zu tun haben wollen, dem zukünftigen Leser vor Augen führen, doch jetzt, da Roy kurz zu ihr hinblickt, faltet Irm den gekreuzten Seidenstoff ihrer Bluse über der Brust auseinander und zwingt Roys Augen, die an den ihren hängen, hinab in die zernarbte Wüstenei ihres Brustkorbs, jetzt auch küßt Bob aus Gründen, die unklar sind, Franziska die Hand, und Franziska lacht kehlig, und eben jetzt packt David wieder nach Roys, nicht nach Bobs, Arm und schiebt Daisy, die zwar erst neun, doch schon ein großes und üppiges Mädchen ist, beiseite, so daß Roy Davids Hand beiseite schieben muß, um die Schwester doch wieder einzufangen und an sich zu drücken, wobei er David aus Augen anschaut, die dem weißen Jungen wie Seen erscheinen, in die er sich fallen läßt und in denen er versinkt.

Ertrinken, versinken, höre ich es, schreibt der Autor, in meinem Kopf singen, und diese Worte, auch die Melodie zu diesen Worten, gehören in den Text, den ich hier zu Papier bringe, mit Sicherheit nicht hinein, denn nichts beschreibt beziehungsweise charakterisiert einen vierzehnjährigen Jungen, David, weniger, nichts ist ihm fremder und ferner als ein Tristan-Zitat, keine Musik berührt ihn flüchtiger als die zu Isoldes Liebestod, denn alles, was ich ihn bis jetzt habe erleben lassen, ist mit anderer Musik, anderen Schreien, anderen Halbtonschritten geladen als mit denen, die mir plötzlich, indem ich das Wort *versinken* hinschreibe, durch den Kopf gehen, doch ich, der Autor dieser Geschichte, kann beim Blickwechsel der beiden Jungen die Signale, die mir, als einem Süchtigen nach dieser Musik, zuströmen, nicht ausschalten, also bringe ich sie zu Papier, allerdings in dem Bewußtsein, auch hier wieder falsche Akzente zu setzen, denn nicht die Blicke, die David und Roy tauschen, schreibt der Autor, sondern die zwischen David und Bob sind für mich mit dem Wort *versinken* geladen, doch David und Bob haben keinen Verkehr miteinander, Bob küßt die Hand von Franziska, und Franziska lacht kehlig, Irm faltet ihre Seidenbluse auseinander, als Roy zu ihr hinschaut, und Roy beschwört Irms, nicht Davids, Bild in diesen Julinächten, die er, getrennt von seiner Schwester Daisy, mit der er längst nicht mehr im gleichen Zimmer schläft, verbringt, in sich herauf: Alle gehen andere Wege, als ich, der Autor, sie gehen sehen möchte, also schwinge ich mich zum Diktator in diesem Erzählchaos auf und lasse in der folgenden Nacht David an diesem, Bob an jenem Fenster Stellung beziehen, lasse sie den gleichen Mond, die gleichen Wolken, den gleichen Vogel, den Nachtigall zu nennen sich mir allerdings die Feder sträubt, sehen und hören und jage David, wie er angespannt und erregt ins Dunkel späht und seinen Körper belauscht, jage ihm plötzlich, plötzlich und verstörenderweise nicht Roy, sondern Bob durch den Kopf, wie er sich, leicht vornübergebeugt, auf die Fensterbank stützt und zu seinem, Davids, Fenster hinüberschaut, doch damit nicht genug, zugleich postiere ich den Jungen hinter den Mann, den ich schwarz und nackt und vornübergebeugt nicht weniger erregt sein lasse als seinen Betrachter, und jetzt, an diesem von mir herbeigezwungenen Wendepunkt der Geschichte, lasse ich in David die Lust aufkommen, Bob, nicht Roy, gespreizt und vornübergebeugt *das* präsentieren zu lassen, was sich ihm, David, Tag und Nacht durch den Kopf dreht und das er zwischen Bobs Beinen mächtiger und prächtiger schwingen zu sehen glaubt als zwischen denen von Roy.

Roy, schreibt der Autor, steht an einem anderen Fenster des gleichen Hauses und sehnt sich. Die Frau mit den Narben anstelle von Brüsten stößt ihn ab und zieht ihn an, beides. Auch seine Schwester Daisy hat keine Brüste, noch nicht, und doch spürt er, wenn er ihre Brustwarzen streichelt, ihr Fleisch atmen, ihr Brustfleisch graupeln, ihre Kinderbrust zur Frauenbrust sich runden. Jetzt sieht er David im Nachbarhaus wie einen kranken Mond hinter der Fensterscheibe glimmen, und er drückt sein schwarzes Gesicht gegen die eigene Scheibe und hebt den Arm und läßt aus seiner Hand über seinem Kopf Teufelshörner wachsen, doch David sieht ihn nicht, David soll ihn nicht sehen, David soll, obwohl er am Fenster steht und sich nach Roy sehnt, im dunklen Zimmer hinter dem nackten Bob kauern und meine, denkt der Autor, Musik hören, die eine empörte zukünftige Leserschaft als von mir mißbraucht vor mir in Schutz nehmen wird, denn wann wurde je dieses Sehnsuchtsgetön in Verbindung gebracht mit etwas so brutal Fleischlichem, um nicht zu sagen Fleischigem wie dem zwischen gespreizten Beinen pendelnden Geschlecht eines Negers?, wobei die Worte *gespreizt* und *pendelnd* und *Geschlecht* und *Neger*, in Verbindung mit der von mir heraufbeschworenen Musik, der Geschichte endlich ein Aroma, schreibt der Autor, geben, mit dem ich sie von Anfang an würzen wollte, denn was ist sinnlicher beziehungsweise die Sinne brutaler aufreizend als eine Erzählung, die um ein Schwarzgespreiztes und zwischen dem Schwarzgespreizten Schwarzpendelndes kreist, die nichts anderes zum Inhalt hat als dieses Kreisen um ein Phänomen, das von uns Weißen, also auch von mir, schreibt der Autor, als *Die Kraft des schwarzen*

Mannes beschrieben wird, eine Kraft, die uns Saft- und Kraft*losen*, so das pauschale, also falsche Vorurteil, das Wasser im Mund zusammenlaufen läßt, doch nichts funktioniert, wie es soll, schreibt der Autor, anstatt dem Phänomen zielstrebig auf den Grund zu gehen, erfinde ich ein ganzes Arsenal und Personal von Dingen und Menschen, lasse ich jetzt auch Franziska an ihrem Fenster zum Nachbarhaus auftauchen und sich hinübersehen, und sie spürt noch die Lippen von Bob auf ihrer Hand, und ich könnte, dem Fluß der Geschichte folgend, eine vierte oder fünfte Liebschaft anleiern neben der zwischen David und Roy, oder David und Bob, oder Roy und Daisy, oder Irm und Roy, doch erst mal weiter im Text, noch ist die Nacht nicht vorbei, noch liegen Leonie und Daisy und Irm unbesprochen in ihren Betten, denn das Personal der laufenden Ereignisse ist ein gewaltiges. Von Leonie zum Beispiel wissen wir kaum mehr, als daß sie Johannisbeerkuchen backt, wobei mir wieder einmal nicht klar ist, ob man Johannisbeeren auf einem Kuchenteig tatsächlich der Hitze eines Backofens aussetzen kann, ohne sie augenblicklich auszudörren oder zu verbrennen, doch die Nacht, in der so vieles sich anbahnen sollte, erklärt ein Hahnenschrei für beendet, also wird der junge *Tag* leisten müssen, was die vergangene Nacht versäumt hat.

Doch was, denkt der Autor, kann sich an Erzählenswertem anbahnen, wenn ich Leonie am nächsten Tag den Besuch bei Franziska und Irm tatsächlich machen und die drei Frauen sich gegenübersitzen und von diesem und jenem reden lasse, von Hauskäufen und Umzügen, von Kindern und Männern, Ehemännern, und Leonie hört sich die Tragödie beziehungsweise Komödie von Franziskas und Irms Doppel- beziehungsweise Dreifachehe an, von beider plötzlich verschwundenem Kerl, so Franziska. Aber nein, ruft Leonie, es befremde sie keineswegs, daß besagter Jürgen der Ehemann nicht nur von Franziska, daß er der Mann auch von Irm gewesen sei, der Lover, sagt Irm, der Lover, spricht Leonie ihr nach und beobachtet die Frau, die jetzt, wie gestern vor Roy, heute vor *ihr* die Bluse auseinanderfaltet und sie auffordert, die Narben zu betasten, doch Leonie ignoriert Irms Zumutung und beginnt von Bob zu reden und wie sie als seine zweite Frau ihn und seine Kinder aus erster Ehe belausche, belausche und belauere, so sie lachend, denn sie als Weiße in diesem Pulk von Schwarzen, Krausen, sagt Franziska, Negern, sagt Leonie fröhlich, sie fühle sich oft genug wie eine Fremde, sogar ihr Mann, Bob, scheine ihr von einem anderen Stern, wie dann erst Daisy und Roy, Roy vor allem, den sie, je älter er werde, mittlerweile als jemanden erlebe, der sie nicht länger als Mutter beziehungsweise Stiefmutter ansehe, sondern sie als Weiße, als, sie müsse das so drastisch sagen, exotisches Lustobjekt belauere, und dann reden die drei Frauen weiter von Kind und Kegel, und Leonie freut sich, daß nicht nur im Hause James Anarchie herrscht, sondern auch im Hause Rohwedder und Kalkbrenner – Franziska und David sind Rohwedders, und Irm ist eine Kalkbrenner –, Anarchie, so Leonie, im positiven Sinn, jeder lasse jeden leben und lieben, wie es ihm passe, doch Franziska und Irm erklären, daß sie im Tiefsten und Eigentlichen mit Anarchie welcher Couleur auch immer nicht klarkämen, sie, Franziska, hasse ihren Mann Jürgen, weil er sich, frei schweifend, wie sie ihn seit Jahren kenne, plötzlich, vor ihrem Einzug in dieses Haus, abgesetzt habe, und ihre Freundin Irm hasse ihn – ich hasse ihn nicht, widerspricht ihr Irm und betastet das Pflaster auf ihrer Stirn –, weil er sie, seit sie nur noch eine halbe Frau sei, so er selbst, im Gegensatz zu früher, als eine Art Schlenkerpuppe, von der er will, daß sie, wenn er mit ihr schläft, wie ein totes Ding mit Kopf und Armen und Beinen wie leblos hin und her flappt, mißbraucht. Er will, mutmaßt Leonie, wie auch Bob bei mir, das Gefühl haben, sein Opfer, also dich, Irm, wenn nicht zu Tode, so doch in die Ohnmacht, also in die totale Wehrlosigkeit hineinzulieben; wie auch Bob bei dir? fragt Franziska; wie alle Männer, behauptet Leonie; und du machst ihm den Spaß und stellst dich tot? fragt Franziska; sie stelle sich, so Leonie, tot, aber grinse dabei, und meistens schlage ihr Bob, wenn er komme, ins Gesicht, weil ihm das Grinsen auf ihrem ansonsten toten Leib, Antlitz, sagt Franziska, den Riesenorgasmus, auf den er zusteuere, an allen Ecken und Enden beschneide. Und das alles soll, fragt Roy, der sich, keiner weiß, wie, ins Haus geschmuggelt hat und seit langem unbemerkt in der Ecke hockt, das alles soll mit Anarchie, von der ihr ausgegangen seid, auch nur so viel, und er schnippt mit den Fingern, zu tun haben?, und Leonie und Irm und Franziska drehen sich um und schauen den Jungen an.

In diesem Augenblick, schreibt der Autor, stürmt David ins Haus und stolpert über Roy, und wieder macht mir der sogenannte Fluß der Geschichte einen Strich durch die Rechnung, denn nicht David und Roy will ich kurz danach im Jamesschen Garten beieinandersitzen und reden lassen, sondern David und Bob, doch Bob hockt in seinem Anwaltsbüro am anderen Ende der Stadt und denkt nicht an David, sondern an Franziska, deren Parfum er noch im Kopf hat, das ihm in die Nase gestiegen war, als er sich über ihre Hand gebeugt und sie geküßt hatte, und so, wie David den kleinen Arsch von Roy auf der Bruchsteinmauer, auf der beide sitzen und sich anschauen, hin- und herrutschen sieht und denken muß, nicht nur sein kleiner praller Arsch scheuert den Stein, sondern auch das, was mich, prall und schwarz, in diesen Rausch versetzt, so muß *ich*, der Schreiber dieser Geschichte, mir ausdenken, wie *Bobs* Arsch als pralles Muskelpaket die Polster des Bürosessels schabt und seine schwarze, schwere Pracht, die *mir* die Sinne raubt, über die Sesselkante schleift, wenn er sich hochstemmt und wieder zurückfallen läßt, doch jetzt hustet David sich die Kehle frei und fordert Roy auf, seinen Arsch, so er wörtlich, zu lüften und drei Schritte zu tun und die Beine zu spreizen und sich zu bücken, und Roy schaut ihn an wie aus Träumen und sagt: *Sie belauscht und belauert uns,* und auf Davids *Wer?* wendet Roy ihm den Rücken zu und schaut die verglaste Veranda an, hinter deren Scheiben die drei Frauen sich hin und her bewegen und Leonie am heftigsten gestikuliert, und er denkt: *Sie weiß, daß ich, seit ich mit Daisy nicht mehr das Zimmer teile, statt das schlafende Kind, sie, die weiße Frau, in meinen Träumen beziehungsweise Wachträumen streichle,* doch ich als Autor hänge noch, weil es der Fluß der Geschichte so will, mit dem Ohr an Davids Worten, mit denen er Roy von der Mauer scheuchen und ihn die Beine spreizen und ihn sich bücken lassen will, so daß er jetzt, wäre der Neger nackt ..., doch hier, schreibt der Autor, reißt die Kette der Gedanken und Träume in meinem Kopf ab, und ich lasse den Federhalter aus den Fingern aufs Papier fallen, frage mich aber, warum ich die Sache mit dem beim Orgasmus um sich schlagenden Bob erfunden habe, und denke: *Weil es mich anmacht, aus diesem schwarzen Kerl nicht nur ein Muskelpaket, sondern ein brutal um sich schlagendes Muskelpaket zu machen, das ich in meinen Gewaltphantasien um so begeisterter anbeten kann.*

Die Geschichte aber muß weiter und zu Ende erzählt werden, noch ist sie kaum bis zur Mitte gediehen, noch ist das Schwarze im Nachbarhaus nicht bis auf die Haut entblößt, noch haben wir nicht in den Köpfen von David und Irm und Franziska gegraben, um herauszufinden, was sie *tatsächlich* denken und fühlen, wenn sie hinter ihren Schnappollos stehen und durch Ritzen und Spalten das Schwarze im Nachbargarten hin und her wogen sehen, denn nichts mehr ist so, wie es vorher war, nichts mehr geht seiner Wege und steht an den Wegrändern still und bewegt sich wie immer, plötzlich wogt und dreht sich alles spiralig hinter den Augenlidern und in den Köpfen der Spähenden, plötzlich wird eine Hand, die sich hebt, ein Bein, das sich seitlich verschiebt, zu einem Signal, ja, zu einem Fanal, aber für was?, fragt sich der Autor, was macht die Linie eines Nackens, den unscharfen Strich eines Haaransatzes zu einem erotischen Desaster, zu einer geschlechtlichen Katastrophe, denn alles und jedes, das aus dem Hause James ins Nachbarhaus schwappt, löst Nervenkrisen, Körperkrisen, Bewußtseinskrisen aus, nichts mehr hält unter der Oberfläche still, alles biegt und bäumt sich aus Tiefen, die versiegelt schienen, empor und vagabundiert, sichtbar für alle, auf des Messers Schneide.

Nervenkrisen, Körperkrisen, schreibt der Autor. Nach wie vor ist David auf Roy konzentriert, nach wie vor streift er durch Haus und Garten, schleicht er von einem Fenster zum anderen, um einen Blick auf ihn zu erhaschen, um ein Gespräch, einen Ruf, ein einziges Wort von ihm aufzuschnappen und, wie es biblisch so treffend heißt, in seinem Herzen zu bewegen, ich aber, der Autor, möchte ihm zeigen, was ihm entgeht, wenn er sich weiterhin statt Bob diesem Roy an die Fersen heftet, Roy ist ein netter Junge, zugegeben, er besitzt schon heute all das, was ihn später einmal zu einem Mann, einem stattlichen, machen wird, doch Roy ist kein Mann, noch nicht, in Roy ist alles Männliche wie in einer Knospe, die sich erst langsam entfaltet, verschlossen, Roy ist auf dem Weg, doch noch längst nicht am Ziel, aber Bob, sein Vater, ein Mann Ende Dreißig, ein schwarzer Mann in den besten Jahren, ein Neger, wie man heute kaum noch sagen darf, obwohl gerade das Wort *Neger* dieses Kribbeln, diesen Rausch, diesen schwarzen Kick in meinem Kopf, schreibt der Autor, erzeugt, der Neger Bob *ist* am Ziel, wie er da in seinem Garten zwischen den Rosenstöcken steht – der Juli ist der Monat der Rosen – und mit einer Hacke den Boden zwischen den Sträuchern lockert, natürlich ist er nackt bis zum Gürtel, natürlich sind sein Nacken, seine Schultern, seine Arme wie mit dem Meißel aus schwarzem Marmor gehauen, sein Fleisch ist Marmor und doch schieres Fleisch mit einer Haut wie lackiert, und unter dem schwarzen Lack pulst das Blut in tausend Tinten und Tönen; Blut, unter der Haut dieses Mannes, ist nicht nur rot: Blauschwarz färbt es den Rücken; grün schillert der Nacken nicht nur vom Spiel der Blätterschatten auf seinen Wirbeln; goldbraun wölbt sich die Brust wie innen von flüssigem Erz durchpulst, all das will ich David zeigen, vor allem aber den Mann neben dem Jungen, die Blüte neben der Knospe, doch plötzlich fehlen mir die Worte, *Blüte* und *Knospe* sind das Letzte, was ich hinschreiben, womit ich David von Roy weg- und zu Bob hinlocken wollte, schreibt der Autor, und er bedeckt die Augen mit der linken Hand.

Ich muß, denkt er nach langem Brüten, endlich wieder den Tragödien- beziehungsweise Komödienmechanismus bedienen, dem diese Geschichte gehorcht, weshalb sonst habe ich ein solches Personal in einer solchen Kulisse erfunden, weshalb einer Irm die Brüste amputiert und dieser Franziska den Mann genommen, warum lasse ich David Roy hinterherlaufen, wenn ich an Bobs, nicht an Roys Rausch heran will; warum erfinde ich zwei nebeneinanderliegende Häuser auf Grundstücken, die mit ihren Lauben und Hecken, ihren Obsthainen und Sonnenblumenwäldern Raum böten für tausend Verstecke, in denen *eine* Anmache die nächste jagen, *ein* Schrei den anderen übertönen könnte; warum so viel Hülle für so wenig Inhalt, warum das ganze Theater am Kern vorbei in tausend Neben- und Seitenkanäle hinein? Der Mechanismus geht so: Franziska hat Irm vor Jahren aufgelesen: Irm war als Tramperin unterwegs, und Franziska fuhr in einem alten VW an ihr vorbei. Irm hat gewinkt, und Franziska hat angehalten, und dann haben sie sich in einem nahegelegenen Wäldchen geliebt, und Irm hat in der darauffolgenden Nacht in Franziskas Elternhaus, in Franziskas Jungmädchenzimmer, in Franziskas Bett Erholung und Liebe getankt. Danach haben sich die beiden Frauen nicht mehr getrennt. Später ist Jürgen aufgetaucht, ein schnittiger Flugkapitän bei der Lufthansa, und Franziska hat sich in ihn verliebt, hat ihn geheiratet und ein Kind, David, mit ihm gezeugt. Jürgen hat die Liebe der beiden Frauen toleriert, ist bei ihren Liebesspielen Zeuge und schließlich Mitspieler gewesen und hat beide Frauen mit anderen Frauen in anderen Städten betrogen. So, schreibt der Autor, könnte der Groschenroman, wenn ich ihn wollte, gelaufen sein, doch ich will ihn nicht, will auch nicht, daß sich Franziska, weil Irm ihren Sohn David und David ihre Freundin Irm geil findet und weil sie auf beide eifersüchtig ist, an Bob heranmacht und ihn in einem dieser Sonnenblumenwälder fickt, will nicht, daß Roy ihr und seinem Vater beim Ficken zuschaut, will auch nicht, daß David Roy beim Ficken mit Irm, die sich den Negerjungen mit ihrem geschundenen Leib – warum, schreibt der Autor, will ich sie ohne Brüste? – gefügig macht, beobachtet, doch halt!, schreibt er, den Fick des schwarzen Halbmannes Roy mit der weißen Halbfrau Irm unter Zeugenschaft des weißen Kindmannes David will ich doch beschreiben.

David hat Irm sein Leid geklagt, Irm hat ihm Mut gemacht und ihn, nachdem er ihr die Sache mit dem Rausch erklärt hat, dazu überredet, Roy einfach aufzufordern, sich zu bücken, die Beine zu spreizen und ihn dann, aus einer günstigen Position heraus, zu betrachten, David hat ihren Rat befolgt und Roy tatsächlich zum Bücken und Spreizen überreden wollen, doch Roy hat statt dessen die drei Frauen auf der verglasten Veranda beobachtet und sich per Kopf an Leonie herangemacht, also hat Irm, um David zu helfen, sich was einfallen lassen, hat Roy um den Gefallen gebeten, ihr schwarze Musik vorzuspielen, sie sei, so sie zu ihm, eine leidenschaftliche Anhängerin schwarzer Musik, habe ihre Plattensammlung während des Umzugs aber verloren – wie das?, hat Roy gefragt und schief gegrinst –, ein Korb voll mit CDs sei mir nichts, dir nichts, unter ihren Augen einfach verschwunden, also ist Roy an einem der nächsten Nachmittage mit einem Händchenvoll Platten bei ihr aufgetaucht, und David hat ihn, verborgen hinter einem Wandbehang – wo kommt plötzlich der Wandbehang her, wird der zukünftige Leser sich fragen –, halbnackt, falsch, bekleidet mit T-Shirt, Boxer-Shorts und Turnschuhen, durch die Tür auf Irm zuschleifen sehen, er ist, hat er ihr später erzählt, nicht auf dich zu*gegangen,* er ist, ein paar Zentimeter über dem Boden schwebend und mit den Fußspitzen die Dielen schabend, regelrecht auf dich zu*geschleift,* und dann hat das Spiel mit den Platten und Kopfhörern und Lautsprecherboxen und Lautstärkereglern, mit dem Wippen im Stehen und Sitzen und Liegen seinen Anfang genommen, und dann hat Irm, schreibt der Autor, doch nicht, was Irm hat oder nicht hat, soll hier beschrieben werden, sondern wie Roy, nachdem sie ihm eindeutig den Hof – wie auch immer – gemacht hat, auf sie zuschleift, schräg, mit den Fußspitzen die Dielen kratzend, und dann ist er tatsächlich über sie her, schwarz und nackt, und Irm hat es so eingerichtet, daß seine Füße zum Wandbehang, hinter dem David gekauert ist, gezeigt haben, so daß er ihn in genau *der* Position hat betrachten können, in der er ihn von Anfang an hat betrachten wollen, nämlich von hinten, falsch, von unten, alles falsch, nämlich so, daß er ihn mit gespreizten Beinen auf Knien oder Zehen wippen und durch die gespreizten Beine hindurch sein Berauschendes hat schlenkern sehen können.

Nie, schreibt der Autor, ist die Beschreibung einer sogenannten Sexszene derart mißlungen, nie hat ein Autor eine weiße Frau mit einem schwarzen Jungen derart trostlos zur Sache kommen lassen wie ich Irm mit Roy, nie ist ein Spanner hinter einem Wandbehang so wenig auf seine Kosten gekommen wie David heute hier, doch was kümmern mich David und Roy und Irm, wie habe ich mir einreden können, an Davids Lust auf Roy auch nur mit einem Federstrich Anteil nehmen zu sollen, da mich doch Bob, nicht Roy, der schwarze Kerl, nicht der schwarze Bengel, da mich doch das Tier im Mann und nicht das Tierchen in einem Jüngelchen wie Roy zum Schreiben reizt, also schreib!, so der Autor zu sich selbst, und er schreibt.

Sagen wir; es ist früh am Morgen, der Himmel so blau wie möglich, Franziska wartet vor dem Jamesschen Haus auf Bob, von dem sie sich, wie gestern vereinbart, die nähere Umgebung zeigen lassen will, Bob eilt durch den Vorgarten auf sie zu, Leonie, hinter der Gardine verborgen, sieht ihn ihre Hand packen und die Hand küssen, Roy, an einem anderen Fenster hinter einer anderen Gardine, hebt Daisy vom Boden hoch, zeigt ihr den Vater, wie er der fremden Frau die Hand küßt, und küßt seinerseits Daisy auf den Nacken, so daß sie erst quietscht und sich dann, wie immer in Roys Armen, fallen läßt und den Bruder auf dem Teppich über sich zieht, während David von *seinem* Fenster aus – plötzlich liegen die Fenster aller Protagonisten zur Straße hin – Bob mit Franziska um die nächste Ecke biegen und aus seinem Gesichtsfeld verschwinden sieht, so daß er sich, er weiß selbst nicht, warum, denn Bob und seine Mutter sind ihm hier und heute ziemlich egal, aus dem Haus die Straße hinab ihnen hinterherschwingt, tatsächlich schwingt, von Bordsteinkante zu Bordsteinkante und von einer Ecke zur anderen, immer ein paar hundert Meter hinter ihnen, immer von einem Busch oder Baum oder

Mäuerchen gedeckt, bis sie zuletzt freies Feld erreichen, wo die Schnitter im Weizen und die Lerchen im hohen Himmel und die Feldmäuse in den Furchen zwischen den Stoppeln allesamt das tun, was sie schon seit Jahrhunderten beziehungsweise Jahrtausenden tun, und für David ist es jetzt fast unmöglich, sich wie bisher zu tarnen beziehungsweise zu verstecken, denn die Felder sind flach und die Heuschober selten und die Sicht in blauen Morgenstunden wie diesen ist für Augen, wie Bob und Franziska sie spazieren tragen, die allerumfassendste, und Franziska bleibt wahrhaftig alle paar Meter stehen und umfaßt, die weiße Frau an den schwarzen Mann gelehnt, die Landschaft und die Menschen und die Pferde und die Maschinen in dieser Landschaft mit weitschweifenden, alles durchdringenden Blicken, so daß David sich eine Schürze vom Wegrand greift und sie sich um den Kopf schlingt und beim Kinn zusammenknotet, so daß Franziska, noch immer gegen Bob gelehnt, selbst wenn sie ihn scharf im Visier hätte, nie auf den Gedanken käme, dieses humpelnde Weiblein mit Kopftuch und Krückstock – David hat sich einen Stecken oder Stab aus dem Getreidemodder geklaubt – sei ihr Sohn David, der sich jetzt, als das schwarzweiße Paar auf ein Erlengebüsch zuhält – wie nicken die krüppligen Erlen so grau –, in Trab setzt und ungedeckt dem Paar, das längst nicht mehr hinter sich schaut, das sich dafür bei den Händen hält und abwechselnd einer am anderen zerrt, hinterherhetzt, um es zuletzt ins Erlengebüsch ein- und im Erlengebüsch wegtauchen zu sehen, so daß er mit ein paar mächtigen Sprüngen die Baumgrenze erreicht und plötzlich, wie vom Blitz getroffen, stehenbleibt, und tatsächlich ist ihm ein Blitz der Erkenntnis quer durch den Kopf, der Erkenntnis nämlich, daß alles, was der Neger Bob in dieser versifften Mulde mit seiner Mutter treibt, genau das ist, was er, hinter ihm kauernd, Neger wie Roy, nicht wie Bob, mit Frauen und Männern treiben sehen will, doch nicht unter Aufbietung von Roys, sondern von Bobs Rausch, den er plötzlich zwischen den Beinen von Roy wachsen und schaukeln und schlingern sieht, und jetzt, schreibt der Autor, habe ich ihn endlich da, wo ich ihn lange schon hinhaben will: auf den Knien hinter dem Bullen Bob, den er sich zwar noch mit Roy zusammenträumt, doch schon schließt er die Augen und formt die Hand zur Schüssel und packt zu und wiegt, was sich in sie hineinballt, mit Staunen und einem Gefühl wie Fliegen.

Endlich, denkt der Autor, habe ich ihn da, wo er in meinem Kopf von Anfang an gehockt hat: hinter einem Busch, hinter einem Schwarzen, über einem Augenschmaus, den er sich, indem er die Zweige beiseite biegt und auf den Fersen wippt und den Kopf dreht und sich eine Haarsträhne aus dem Auge pustet, mühsam, mit Krämpfen in den Waden und Verzerrungen in den Schultern, erobert, doch warum mühsam, denkt der Autor, warum habe ich nicht, statt einen weißen Jungen zu erfinden, der hinter einem schwarzen *Jungen* her ist, gleich einen weißen Jungen erfunden, der hinter einem schwarzen *Mann* her ist, wenn mich doch der schwarze Mann, nicht der schwarze Junge jeden Morgen aufs neue aus dem Bett an den Schreibtisch treibt, warum überhaupt bringe ich eine Geschichte zu Papier, von der alle Welt sagen wird, sie, die Geschichte, ist deine private Kopffickerei, von der keiner was wissen will, und wenn, dann nur so viel, wie man von einem Porno wissen will, den man, hat man ihn intus, angeekelt beiseite wirft, welcher Autor von Geschmack gibt sich dazu her, seine Geschichte *Rausch* zu nennen und *Rausch* mit dem männlichen Geschlechtsapparat gleichzusetzen, also einen Typ Mann, auf den er abfährt, auf den nackten Schwanz zu reduzieren, einen *schwarzen* Mann gar, mit dem vorsichtig umzugehen gerade uns Weißen eine Herzens- beziehungsweise Verstandessache sein sollte, warum, so hört der Autor seine zukünftigen Kritiker fragen, vor den Augen und Ohren der Welt einen Brei auslöffeln, der besser im stillen Kämmerlein gelöffelt würde, bei heruntergelassenen Jalousien, in Nacht und Nebel.

Bob, schreibt David noch am gleichen Abend in sein Tagebuch, Bob und Roy, schreibt er: Wie das Schwarze in meinem Kopf zum Schwarzen in meinem Leib wird; wie das Schwarze von Roy mit dem Schwarzen von Bob das Schwarze in mir, schreibt er, aufregt; wie es meinen Leib auf die Spitze treibt; wie ich spitz bin von all dem Schwarzen von Roy mit dem Schwarzen von Bob dran; wie mir nichts anderes mehr als das Schwarze von hinten, wenn es sich in der Hocke oder Beuge oder Liege, aber gespreizt, schreibt David in sein Tagebuch, zeigt, den Atem nimmt; wie ich nur dann und sonst nie mehr, weder bei Irm auf der Narbenbrust noch mit mir selbst vor dem Spiegel, wie ich nur noch beim gebückten oder gehockten oder gekrümmten Schwarzen, aber gespreizt, zum Schuß komme; wie ich das Schwarze von Roy und das Schwarze von Bob, als ob es mit einem Trichter in meinen Kopf hineingetrichtert und aus dem Kopf durch alle Adern und Venen in meinen Leib hineingespritzt worden wäre, in mich hineingeschleckt habe; wie ich mich, schreibt David in sein Tagebuch, mit meinem schleckrigen Maul von hinten an das baumelnde Schwarze herangeleckt, wie ich nichts anderes mehr als Roys gespreiztes Hinten mit Bobs in der Spreizung baumelndem Rausch in mir habe anwachsen lassen; alles habe ich aus mir hinausgeworfen, Irm und Franziska und Jürgen, und nur noch Roy, Roy mit Bob dran, habe ich, will ich, werde ich von hüben nach drüben, von Weiß nach Schwarz, mit Roy in der Hocke und mit mir hinter Roy in der Hocke, und wir beide mit Glocken so schwer wie die Glocken von Bob in der Hocke, sich spreizen lassen, läßt der Autor David in sein Tagebuch schreiben, und dann klappt er es zu und jagt ihn hinaus in die Nacht, hinaus in den Garten gegen den Gartenzaun.

Endlich ist Nacht. Eben noch ist David im Gelben und Blauen über Feld und Flur, in Erlengebüsche hinein und mit Roy im Kopf über Bob her, jetzt sieht er das klotzige Haus des Rechtsanwalts Bob James und seiner Ehefrau Leonie, geborene Kirbis, schwarz im Schwarzen, ein Klotz, denkt auch Franziska, die am offenen Fenster, aus dem sie sich beugt, unten ihren Sohn David und drüben das dunkle Haus, den Klotz, anschaut; Bob kommt, denkt sie, wenn Leonie schläft, von der David und sie nicht wissen, daß diese zweite Frau von Bob seine erste, die schwarze Maggie, Mutter von Roy und

Daisy, Rechtsanwältin in der gleichen Stadt, heimlich trifft, um ihr von Bob, dem Vater der Kinder, und den Kindern, deren Mutter sie ist, zu erzählen, denn sehen darf Maggie, denkt der Autor sich eben jetzt die Geschichte von Maggie aus, sehen darf sie ihre beiden Kinder nicht, weil sie damals, als sie mit ihnen und Bob im Klotz wohnte, den Klotz zu einer Falle für sich selbst, einer Liebesfalle, hat verkommen lassen, in der sie mit einem Mann, der möglicherweise Jürgen geheißen hat, der wiederum eine Frau mit Namen Franziska gehabt haben könnte, Ehebruch, wie es amtsdeutsch heißt, begangen hat, und das in Anwesenheit, so in der Scheidungsakte wörtlich, ihrer beiden Kinder, damals zwölf und fünf, schamlos, so das Amtsdeutsche, ins Angesicht dieser beiden Minderjährigen hinein, schreibt der Autor und ist sich des Wirrwarrs dieser neuen Episode, ihrer Schieflage in seiner Geschichte namens *Rausch*, voll bewußt, also streicht er sie, die Episode, aus und läßt David beobachten, wie Bob aus seinem Haus tritt, sich dem Zaun nähert, durch das schon bekannte Loch im Zaun und an ihm vorbei ins Haus mit Franziska schlüpft, die von oben *Eia popeia, was raschelt im Stroh* singt und David zuwinkt, der seinerseits *Eia popeia, laß rascheln im Stroh* zu ihr hochsingt und zurückwinkt, und dann schlüpft auch er – *schlüpfen,* denkt der Autor, werde ich später durch ein weniger idiotisches Wort ersetzen – durch besagtes Zaunloch in den Nachbargarten und durch die offenstehende Verandatür in das Haus von Bob, der im Haus von Franziska mit Franziska zu spielen beginnt, ohne zu ahnen, daß Irm durch einen Spalt in der Tür, die Franziska so präpariert hat, daß sie, nachdem sie zugeklinkt ist, immer wieder aufspringt, sein Liebesspiel beobachtet, während David im Treppenhaus nebenan eine Stufe nach der anderen hoch und immer höher steigt, als besteige er, wirr im Wirren, den Turm zu Babel, um schließlich durch eine offene Tür in einem offenen Zimmer Roy über der offenen Leonie knien und, mit dem Gesicht, nicht den gespreizten Schenkeln, ihm zugewandt, seine weiße Stiefmutter ficken zu sehen, wobei der Neger seine Augen, die einzigen hellen Punkte in seinem schwarzen Gesicht, in die von David krallt, schreibt der Autor, und nicht nur in Leonie, auch in ihnen, den zuckenden, abspritzt.

Irm und Leonie, schreibt der Autor, beide sind sie auf der vorangegangenen Seite hineingemengt gewesen ins Geschehen, die eine als Liebhaberin von Roy, die andere als Beobachterin von Bob und Franziska. Und doch sind beide Frauen bis jetzt mit wenig Profil, die eine scheint krank und verstümmelt, die andere nichts als Hausfrau und Mutter, Stiefmutter, und nicht einmal aus diesen Fakten ist bislang Kapital geschlagen. Von Irm erwartet der zukünftige Leser mehr als die Erwähnung ihrer Gebrechen, Narben geben eine Menge her, doch was *hinter* den Narben ist, wie sie nicht nur die Haut über einer Brust, wie sie, was in der Brust *schlägt*, verkrüppeln, *das* ist eine Erzählung wert. Und daß Leonie nichts als weiß und die Frau von Bob zu sein hat, macht wenig Lust auf sie als Figur, als Charakter, als Persönlichkeit, zu der sie sich nicht runden will – oder doch? Daß sie, wie Irm, mit Roy schläft, daß Irm David als Voyeur in einen Wandbehang wickelt, daß Leonie sich mit Bobs erster Frau zu treffen scheint, daß Irm sich mit Jürgens Rasiermesser Schnitte zufügt, daß der zukünftige Leser Angst haben muß, daß sie sich das Messer demnächst nicht nur an die Stirn, daß sie es sich an die Kehle setzt, daß Leonie, die ihre Familie zu lieben scheint, sie dennoch belauert, die Weiße die Schwarzen: Ist das, so der Autor zu sich selbst, alles nichts? Ist es, um den bisherigen Text weiter zu befragen, tatsächlich falsch, David hinter Roy hersein zu lassen, weil *mich*, den Schreiber, Roy nicht interessiert, weil ich an den *Mann*, nicht an den *Jungen* heran will? Ist es tatsächlich ein Fehler, Bob, den ich nackt mit Männern, nicht nackt mit Frauen sehen will, an Leonie und Franziska zu binden, anstatt ihn mit David in ein Boot zu setzen und das Boot flottzumachen und die beiden zur Sache kommen zu lassen? Ist die Sache, um die es mir geht, den Aufwand tatsächlich nicht wert, den ich betreibe, und um welche Sache geht es mir? Weiß der zukünftige Leser, wenn er bis zu dieser Stelle, bis zu dem Wort *Stelle* in dieser Zeile vorgedrungen ist, was mich dazu gebracht hat, diesen ganzen

Wirbel zu entfachen? Wird er akzeptieren, daß es um nichts als einen schwarzen Schwanz mit Anhang, hätte ich fast gesagt, mit Hodensack, dem von mir so genannten Rausch, geht? Ist es sein von mir vorausgeahntes Urteil beziehungsweise Vorurteil, das mich hier und jetzt schreiben läßt, die Geschichte mit dem Titel *Rausch* lohnt vielleicht nur dann noch einen letzten Versuch, wenn ich das Material, wie es da vor mir liegt, analysiere und erst dann wieder zur Feder greife, wenn ich mir zutraue, den Text von nun an, natürlich unter Berücksichtigung aller bisherigen Fakten, und seien sie noch so heikel und wacklig, auf konventionelle Art, also ohne ermüdendes Kommentieren und Hinterfragen, zum Abschluß zu bringen, selbst auf die Gefahr hin, daß ein plötzlich nicht mehr kommentierter Text in seiner ganzen Schieflage, in den ich ihn durch heilloses Manipulieren bisher gebracht habe, schließlich ganz in sich zusammenfällt und abstürzt? Darf ich mich, von welchem zukünftigen Leser oder Lektor oder Kritiker auch immer, derart manipulieren lassen, daß ich diesen Leuten plötzlich nach dem Maul schreibe? Ich will, spaßeshalber, falsch, weil ich tatsächlich verunsichert bin, falsch, weil ich mich spaßeshalber verunsichert gebe, den Spagat versuchen und die Geschichte *glatt* zu Ende bringen. Doch garantieren kann ich für nichts.

Irm sitzt vor dem Spiegel in ihrem Zimmer und kämmt sich, Roy sitzt hinter ihr auf dem Bett und schaut ihr zu, Irm ist nackt bis auf ihren Slip, dessen Gummiband Roy hinten in das Fleisch, falsch, die Haut über den Knochen, sich einkerben sieht, Irm hat kein Fleisch auf den Knochen, sie hat, denkt Roy, *Haut* auf ihren Knochen, er schaut ihre Brust im Spiegel und ihren Rücken direkt, ohne ihn im Spiegel gespiegelt zu sehen, an, ich werde, sagt Irm, in Kürze, noch ehe der Hahn dreimal kräht, welcher Hahn? fragt Roy und kratzt sich, dein Hahn, sagt Irm und packt nach hinten, als wolle sie seinen Hahn packen, doch sie packt ins Leere, sterben; sie stirbt, sagt Roy zu David, der ins Zimmer tritt, ehe mein Hahn dreimal kräht, und er steht in seiner Jungenpracht nackt, nackt und schwarz, nahe beim Bett, und David sieht das

Schwarze ragen, sieht, indem er die Augen schließt, das ragende Schwarze höher hinauf in die Luft von Irms Zimmer ragen, das ragende Schwarze ist nicht mehr *Roys* ragendes Schwarzes, sondern, hinter Davids Stirn, *Bobs* ragendes Schwarzes, der in der folgenden Nacht bei Leonie schläft, er in seiner, Leonie in ihrer Betthälfte, und Roy steht vor der Tür von Daisy und kratzt am Holz, doch Daisy, mit offenen Augen in ihrem Bett mit blauem Himmel, zieht sich das Laken hoch bis zum Kinn und hört das Kratzen am Holz und sieht die Klinke sich senken und wieder heben und hört das Knacken und Knirschen der Tür im Schloß, und sie streckt sich wohlig und klemmt beide Hände zwischen die Beine und hört das Holz ächzen und sieht die verschlossene Tür sich biegen und biegt sich im Rhythmus der von Roy gebogenen, gestoßenen, gerammelten Tür, und keiner, weder sie noch ihr Bruder, noch David, noch Franziska haben Irm, die der Autor dieser Geschichte an Krebs leiden läßt und von deren Leid er erzählen wollte, doch nicht erzählt, bisher auch nur ein einziges Mal getröstet, und am nächsten Morgen, wenn der Garten trieft von Tau, denn im Juli triefen nicht nur die schwarzen Schenkel und Brüste und Nacken von Schweiß, im Juli triefen die Bäume und Sträucher und Sonnenblumenwälder vom Tau jener Sommernächte, die die heißesten, drückendsten, duftendsten des Jahres sind, am nächsten Morgen liegen Bob und Roy auf dem Rasen nahe beim Zaun und lassen ihr Schwarz funkeln, lassen es David, der im Nachbargarten hinter dem Zaun kniet und durch ein Loch in der Hecke, das er am Vortag in sie hineingefetzt hat, zu ihnen hinüberspäht, in die Augen funkeln und im Kopf explodieren, und mit den Fetzen seines Kopfs denkt er zum ersten Mal über Schwarzes in der Welt, über das Schwarze im Weltall und das Schwarze auf einem Menschenleib, nach, und das Schwarze im Weltall: Die schwarze Nacht und die schwarzen Löcher und die schwarzen Gedanken des Schöpfers, so es denn einen gibt, erscheinen ihm mager und karg, gemessen an der schwarzen Menschenhaut auf Bob und Roy, die ihm der Inbegriff alles Schwarzen, der Angelpunkt, um den alles Schwarze und

Weiße sich dreht, zu sein scheint, und es sind nicht mehr *zwei* Körper, die er in sich hineinschlingt, es ist *ein* Schwarzes, *ein* Hautgewächs auf *einem* Leib, das er in sich hineinwachsen fühlt, und wenn der eine Schenkel sich strämmt und die eine Schulter sich reckt und die eine Brust sich hebt, dann strämmt und reckt und hebt sich alles Schwarzumhäutete auf der Welt, so Tier wie Mensch wie das von Nacht umhäutete Universum, und dann zwängt er seinen Kopf durch das Zaunloch, das er sich gestern gebissen und gerissen hat, und er, der Weiße, erlebt sich in seinem eigenen Kopf als Rassist gegen sich selbst, als Rassist mit dem Daumen nach unten für alles Weiße und dem Daumen nach oben für alles Schwarze, und alles Weißhäutige ist ihm ein Bleiches, Schleimiges, Klebriges unten am Boden, und alles Schwarzhäutige ein Funkelndes, Strotzendes, Sieghaftes oben am Himmel, und er sieht hinter seinen Lidern die Roy- und Bobwelt wachsen und den Horizont verdunkeln und alles Weiße, sogar alles Schwarze, ersticken, und die ganze mit schwarzer schweißiger Menschenhaut umhäutete Innenwelt seiner Außenwelt und Außenwelt seiner Innenwelt ersäuft, sogar sein rotes Blut, in afrikanischem Schwarz, und wieder hat er nicht an die sterbende Irm, hat er nur an den schwarzen Rausch gedacht, und dann gehen ein weißer Mann und eine schwarze Frau draußen auf der Straße an den Häusern von Bob und Franziska vorbei, und die schwarze Frau bleibt stehen und sieht einen großen schwarzen Jungen mit einem kleinen schwarzen Mädchen im Garten spielen, und das kleine schwarze Mädchen schiebt die große schwarze Hand des großen schwarzen Jungen von ihrem Schenkel und hebt den Kopf und sieht die schwarze Frau am Zaun stehen und denkt *Mutter,* und der weiße Junge, der vom Nachbargarten aus den großen schwarzen Jungen beim Spiel mit dem kleinen schwarzen Mädchen beobachtet, denkt *Vater,* als er den weißen Mann am Zaun stehen und in den Garten, in das Haus mit Irm und Franziska, hineinschauen sieht, und dann denkt der weiße Junge, der vierzehn ist und David heißt, endlich ernsthaft und ohne sich von seinem ernsthaften Denken je wieder ablenken zu lassen, darüber nach, wie er beide, Roy und Bob, den schwarzen Leib von Roy und den schwarzen Rausch von Bob, wie er beides, so, wie er es sich seit seinem Spannen im Erlengebüsch sehnsüchtig-gierig herbeisehnt und per Kopf herbeizwingt, wie er endlich in den Genuß von etwas kommt, das er von Anfang an umkreist hat: das von hinten durch das Tor gespreizter schwarzer Schenkel gesehene und gepackte pendelnde und ragende schwarze Fleisch schwarzer Jungen und Männer, also geht er im Garten auf und ab und hin und her und grübelt.

Ferien, grübelt er: Bob und Roy und David und Daisy sind den ganzen Tag zu Hause, von morgens bis abends laufen sie im Garten hin und her, liegen in Liegestühlen und Hängematten, erfrischen sich per Kopfsprung im Swimmingpool, der seitlich bei den Sonnenblumenwäldern und Spargelfeldern und Grassavannen und Birkenhainen liegt, und die halbnackten schwarzen und weißen Leiber kippen sich von den Sprungbrettern und Zehnmetertürmen und Felsvorsprüngen unermüdlich unersättlich stundenlang tagelang wochenlang von hochoben nach tiefunten in das blaue gleißende glorreiche Wasser – wieso glorreich, fragen wir lieber nicht –, und von Irm und Leonie und Franziska üppig gespeist und mit süßen eiskalten Säften sorglich getränkt, brechen die Männer – das Mädchen binden sie fest oder schlagen es tot –, brechen die Männer, Bob und Roy und David, auf zu herrlichen Fahrten, nicht Fahrten: Entdeckungsreisen quer durch die Wälder und Felder, Wüsten und Savannen der beiden ineinanderverschwimmenden Gartenkontinente, und David, immer voraus und voran, David, der Spieler und Spanner, Schlemmer und Schlucker, David bewegt beim Spazieren und Marschieren quer durch die sommerlichsatte Gartenkulisse in seinem zugegebenermaßen feinen, aber finsteren Kopf nichts als das eine Wort, das wir kennen, das ihn seinen Schritt verlangsamen und nicht mehr *vor*, sondern *hinter* den beiden Schwarzen, Vater und Sohn, herstöbern läßt, so daß er nicht mehr nur ihre Rufe und Schreie in seinem Rücken, sondern ihre Nacken und Schultern und Ärsche und Schenkel in seinen Augen, blauen natürlich, hat, und diese Augen fressen, als es endlich steile Felswände hoch- und tiefe Schluchten hinabgeht und die beiden Schwarzen sich recken und strecken, sich winden und schlängeln, als sie die Beine grätschen und die Schenkel strämmen und die Arschbacken zusammenkneifen, all das in sich hinein, was sie schon immer fressen wollten, doch halt! Denn nichts fressen sie. Nichts, noch immer nichts, kriegen die Augen zu packen. Immer noch äugeln sie an den Jeans- oder Cordstoffen, nagen sie an den Leder- oder Eisenschnallen herum und an ihnen vorbei in gedachte Löcher und Schlitze und Schlüpfe hinein auf der Jagd nach dem einen und einzigen, wonach uns allen, wenn wir diese unglaublichen Schwarzen im Leben oder auf der Leinwand oder auf dem Papier sehen, das Maul wässert, wonach wir alle in unseren hellsten und gleißendsten Träumen fahnden: nach ihrem Rausch, der uns auch jetzt wieder, auf diesen Streifzügen kreuz und quer durch die Länder unserer Sehnsucht, verborgen bleibt, verborgen den Augen des keuchenden, hinter den Schwarzen herkeuchenden und -kriechenden Weißen, dieses öden blöden David als unser aller Stellvertreter, also reißen wir ihn aus der erdachten Szenerie heraus und denken ihn uns in eine steilere und geilere hinein.

Doch erst noch, und zum letzten Mal, ist der oben genannte Komödien- oder Tragödienmechanismus zu bedienen und die Geschichte notdürftig zu Ende zu erzählen. Von Franziska, die eine Hauptrolle hätte spielen sollen, doch nicht gespielt hat, wäre zu berichten, daß sie sich von Irm und David ab- und Leonie und Bob zuwendet, wobei nachzutragen wäre, daß Irm sich immer dann an David, der sie erträgt, weil sie keine Frauen-, sondern eine Männerbrust hat, heranmacht, wenn Franziska sie mit anderen Männern oder Frauen, wie jetzt mit Bob und Leonie, betrügt, wobei korrigierend zu sagen wäre, daß Worte wie *Betrug* und *betrügen* Verlegenheitsworte sind, die in den hier herrschenden Zusammenhängen insofern fehl am Platz sind, als in beiden Häusern – dem weißen, dem schwarzen – Verhältnisse beziehungsweise ein Geist herrschen, die als locker und frei zu bezeichnen wären, was jedoch nicht ausschließt, daß die eine oder der andere, sei es die verstümmelte Irm oder der in Pubertätsnöten brennende David, gleichwohl Gefühle wie Eifersucht, Orientierungslosigkeit, Leere, auch Sehnsucht nach Geborgenheit, kennen, so daß die ganze Gesellschaft, hüben wie drüben, mit einer Melange sowohl psychisch-physischer als auch physisch-psychischer Defekte zu kämpfen hat, die alle in diese Geschichte, *Rausch* genannt, hineingeschrieben gehört hätten, wie zum Beispiel *die* Tatsache, daß David sich, als er Jürgen, seinen Vater, vor dem Haus hin und her gehen und in den Garten hineinspähen sieht, mit einem Schrei auf diesen Vater, den er anders als andere Söhne ihre Väter lieben, liebt, stürzt, so daß dieser Vater durch den Maschendraht seine Arme, falsch, Finger, schiebt, um seinen Sohn überall dort zu berühren beziehungsweise zu streicheln, wo der Sohn schon immer von ihm berührt beziehungsweise gestreichelt hat werden wollen, wobei allerdings zu bedenken ist, daß die Gärten beider Häuser nicht zur Straße, sondern zu anderen Gärten hin liegen, so daß, wie in normalen Geschichten üblich, endlich einmal die Lage der Häuser und aller Zimmer in den Häusern beschrieben werden müßte, doch wichtiger als alle Lagepläne ist der, möglicherweise unbegründete, Verdacht von Leonie, ihre Stieftochter Daisy, weil sie, Leonie, Blut auf ihrem Bettlaken entdeckt hatte, könnte schon, obwohl erst neun, zu einer Art Kindfrau herangereift sein und somit von Roy, ihrem Bruder, von dem sie, Leonie, ahnt, wie er zu seiner Schwester steht, geschwängert werden beziehungsweise geschwängert worden sein, wie andererseits sie, Leonie, seitdem sie mit Roy gefickt hat, das, was sich in ihrem Leib demnächst regen wird, sich sowohl den Lenden Roys als auch denen von Bob entflossen denken kann, so daß wir uns jetzt wieder Irm zuwenden, die, als sie erkennt, daß alle Protagonisten plötzlich ihre eigenen Wege gehen, die alle von ihr, Irm, weg zu anderen, ihnen bis gestern noch unbekannten Protagonisten hinführen, tatsächlich zu jenem berühmten Rasiermesser greift – welcher Mann rasiert sich heutzutage noch mit einem Messer, könnte der zukünftige Leser fragen – und sich, als David eben *Rausch* denkt und Franziska möglicherweise mit ebendiesem Rausch, mit Bobs, spielt, die Kehle durchschneidet, so daß ihr Blut, verkrebst, wie es ist, doch rot nach wie vor, aus ihrer Halsschlagader gegen die Fensterscheibe spritzt, die Daisy, im Garten träumend und mit den Blicken über die Fassade des Nachbarhauses hinweggleitend, rot aufschäumen sieht, das schwarze Kind das bis dahin farblose Fensterglas, doch dieser Gewaltakt ist, so der Autor, ein Verlegenheitsgag mit dem Ziel, dem Komödien- beziehungsweise Tragödienmechanismus endlich Futter zu geben, also, schreibt er, lassen wir ihn schleifen und knirschen wie bisher und wenden uns endlich und endgültig Fakten zu, die uns wirklich auf den Nägeln brennen.

David grübelt. David steht am Fenster seines Zimmers und grübelt in den Samstagnachmittag, in Bobs und Roys Garten, an Leonie und Daisy vorbei in des schwarzen Mannes und des schwarzen Jungen Shorts, Boxershorts, hinein. Denn was will er eigentlich? Was hat der Autor ihn wollen lassen die ganze umständliche Geschichte lang, und warum hat er sein Wollen und Wünschen mit tausend literarischen Tricks verwässert und den eigentlichen Kern der Geschichte immer wieder beiseite geräumt, anstatt ihn zu knacken? Weil man so etwas nicht tut. Was tut man nicht, so der Autor zu sich selbst. Das, was ich eben jetzt zu tun im Begriff bin, nämlich, die Hosen von David und Roy und Bob hinunterzulassen und, schreibt er, vor allem die eigenen. David also grübelt. Er hat die Schnauze voll von all dem Wünschen und Hoffen, Sehnen und Träumen, Händchenhalten und Brüstchenstreicheln, er ist vierzehn und geil, er will an das, was er kürzlich entdeckt und was ihn seitdem im Wachen und Schlafen verfolgt, endlich heran: an das Schwarze auf Menschenleibern, an die schwarze Haut auf muskulösen Rümpfen und Ärschen und Schenkeln, falsch, alles falsch, an die schwarze krause Mitte und das aus der schwarzen krausen Mitte herausragende schwarze Gemächt. Und er schreitet zur Tat. Drüben schmoren Vater und Sohn in welcher Sonne auch immer, afrikanisch ihr Fauchen, europäisch ihr Innehalten und Bravtun, doch nichts mehr, weder die afrikanische Sonne noch die afrikanischen Menschen unter der Sonne, noch der europäische Vierzehnjährige unter der afrikanischen Sonne, hält inne und tut brav, alles faucht aus allen Röhren afrikanisch-heiß in den europäischen Gartenschlamassel hinein, denn jetzt kriecht David durch das Zaunloch auf die beiden Afrikanischen zu und steht neben ihnen und starrt sie an. Er blinzelt nicht. Obwohl die Sonne ihn blendet und seine Augen mit Feuer füllt, hält er sie knapp und kurz an der Leine und scharf auf das Afrikanische gerichtet, das sich unter solchen Blicken windet, dann bäumt, zuletzt strämmt und steht: das Afrikanische dem Europäischen schwarz bei Fuß. Und David, schreibt der Autor, schaut sie sich an. Den Vater, den Sohn. Den Sohn zuerst, mit seinem Kopf, seinem Rumpf, seinen Beinen wie aus weißem Elfenbein geschnitzt, doch das gleißend Weiße mit einem Trompetenstoß aus Elefantenrüsseln ins gleißend Schwarze verdreht. Den Vater danach, mit seinen Schultern wie mehlsäckeschleifende, zementsäckewuchtende, die Schiffsgangway hinauf- und hinunterfedernde Lohnsklaven, schwarz, schreibt der Autor und streicht das mit den Mehl- und Zementsäcken, vor allem aber das mit den trotz ihrer Muskelpracht und Körperkraft die Schiffsgangway hinauf- und hinunter*federnden* Lohnsklaven, schwarz, wieder weg und unterstrichelt es wieder, und dann wendet David sich, falsch, wendet sich nicht, senkt einfach den Blick von den Köpfen zu den Schenkeln, falsch, zu den aus den Boxer-Shorts herausragenden, falsch, herausstrotzenden, alles falsch, schreibt der Autor, denn all das ist Mythos, ist Legende, ist Wunschphantasie heimwehkranker, nach der Wiege der Menschheit, Afrika, heimwehtrunkener, nach dem Starken und Unzerstörbaren sehnsuchtskranker solcher-wie-ich-einer-bin, denn nicht alles, was schwarz ist, ist stark, nicht jeder schwarze Mann ein Stier. Wie, schreibt der Autor, wenn Bob zwar groß und stark, doch schmächtig im Schritt, wenn Roy zwar schlank und mit kleinen Muskeln wie mit glasharten Klickern, doch jungenhaft schmal bestückt wäre, wie, schreibt der Schreiber, wenn mir die Feder in meiner Hand nicht durchginge, sondern einfach nur schriebe, was Sache ist: ein normal gebauter schwarzer Mann mit seinem jungenhaft schmalen Sohn sitzt in seinem mit Bohnen und Erdbeeren bewachsenen Garten, schreibt der Autor und läßt die Feder sinken und denkt: Falsch, alles falsch, denn wieder zerstöre ich mir die eigene Geschichte, den groß gedachten Schluß der Geschichte, zerstöre die mir innewohnende Kraft, erzählen zu können, was ich will, mit der Manie zu erzählen, was ich *nicht* will, setze mein, setze alles Erzählen außer Kraft und erzähle, was möglicherweise der kritische Leser, nicht aber ich, der für die gewaltigen Geschlechtsapparate muskelbepackter Neger entflammte Erzähler, erzählt haben will, also, denkt er, will ich versuchen, meine Geschichte so zu Ende zu erzählen, wie ich mir ihr Ende von Anfang an gedacht habe, daß nämlich David im Nachbargarten vor Vater und Sohn steht und sie sich anschaut. Längst nicht mehr hält er seine Blicke im Zaum, längst nicht mehr hakt er sie an ihren Lippen, ihrem Haar, ihren Brustwarzen, ihrem Bauchnabel fest, längst nicht mehr ist es ihre süße schwarze Haut, von der er mit starren süchtigen Blicken schwärmt, endlich hat er seine Augen, sein Augenmerk, seine hell aufmerkenden Augen auf ihren Schritt gesenkt, wie sie da, erst mit gespreizten, dann mit übereinandergeschlagenen, dann wieder mit um so weiter auseinandergebogenen Beinen in ihren Liegestühlen mehr hängen als liegen und diese Blicke parieren und doch nicht parieren können, denn immer drängender bestürmt David ihre schwarze Mitte, die zu wachsen beginnt, die sich nicht mehr halten kann unter dem Ansturm dieser wie mit Magneten aufgeladenen Augen, die hochreißen, was sie anschauen, und dann, denkt der Autor, werfen wir alle guten Gründe über Bord, die uns daran hindern könnten, zwei auf Frauen und nichts als Frauen programmierte Schwarze, einen Mann, einen Jungen, diesem David auf offener Wiese unter freiem Himmel in die Hand zu spielen, sie seinen Wünschen, falsch, Begierden, falsch, seinen zügellosen Phantasien gefügig zu machen, und um den Kitzel noch ein wenig zu steigern, lassen wir ihn, David, doch nicht auf der Hauswiese, wir lassen ihn auf einer dem Haus angegliederten Feld- und Wiesenwiese, oder, noch besser, in den Furchen eines von schwerer brauner lehmiger Erde strotzenden Ackers zum Zuge kommen, wo sie denn also liegen, der Mann, der Junge, längst nicht mehr Vater und Sohn, längst nicht mehr nur auf Daisy oder Leonie oder Franziska oder Irm gespitzt, sondern auf David, der sie umkreist, falsch, der sich über sie beugt, doch er beugt sich kaum mehr, er hat sich viel zu lange schon gebeugt, jetzt steht er einfach nur da und schaut sie sich an, die beiden Schwarzen, auch Neger, läßt der Autor ihn denken, schweinischerweise sogar Sklaven, doch er, David, sogar er, der Autor, will es schweinisch, will es sklavisch, weil er selbst versklavt ist an diese sich in der Furche biegenden schwarzen, schwarz angeschwollenen Leiber, denen der Lehm die letzte Hülle, die Hose, das Höschen vom Leib gesaugt hat, und jetzt wälzen sie sich, die Schwarzen im Braunen, wälzen sich nicht auf einer grünen Wiese zwischen bunten Blumen unter einem blauweißen Himmel, wälzen sich im Ur, schreibt der Autor und streicht *Ur* wieder weg, und doch, denkt er, wälzen sie sich im Ur-Alten, Ur-Erdigen, Ur-Schlammigen, aus dem sie hervorzukriechen scheinen diesem weichlichen Weißen in die Augen beziehungsweise in die Hände, doch ehe er, David beziehungsweise der Autor, schreibt der Autor, sich hinkniet und zupackt, ehe er sie mit einem einzigen Griff in genau *die* Stellung zwingt, in der er sie liegen, nicht liegen: kriechen sehen und ihnen nachkriechen und wenn nicht in sie hinein-, so doch immer dichter an sie heran- und unter ihrem am Boden schleifenden Rausch herkriechen will, ehe er auch den letzten Panzer abwirft und sich den Schlammigen endlich im Schlamm als Schlammiger hingibt, steht er noch eine kurze Weile mit gespreizten Beinen, der Weiße über den Schwarzen, und genießt, sagen wir: in Reitstiefeln und mit der Reitpeitsche locker am Handgelenk, seine feine weiße impotente Art und Weise, als Krüppel zu herrschen über die, die er zu Krüppeln gemacht hat in den Jahrhunderten seiner Herrschaft, und er ludert sich wippend und seinen Schnurrbart zwirbelnd an sie heran und schnalzt und schnippt mit seinen feingepflegten Fingerspitzen und seinem spitzgeflochtenen

Peitschenzipfel über ihre Rücken und Brüste und Schenkel, dann aber, endlich, schreibt der Autor und reißt sich aus seinen Phantasien und drückt die Feder aufs Papier, endlich geht er hinter ihnen, die schon zu kriechen angefangen haben, ins Knie und kriecht ihnen nach, dem Jungen, dem Mann, die längst noch nicht in eins verschmelzen, die ihm als schwarzer Zwilling, stark und durchmuskelt der eine, schmal und geschmeidig der andere, die Fährte weisen, und er sieht ihre Schenkel und über den Schenkeln die gespaltenen Hügel und über den Hügeln den schwarzen Schwung ihrer Rücken mit den flügelnden Schultern sich heben und senken, heben und senken, und David läßt seine Hand von oben nach unten auf den Jungen, und ich, schreibt der Autor, die meine von oben nach unten auf den Mann fallen, und beide, Bob und Roy, sind uns wie Hunde, schreibt er und streicht *Hunde* wieder aus und schreibt *Menschen* hin, sind uns wie Menschen zu Willen, die mit jeder Faser, jedem Tropfen ihres Bluts auf uns dressiert sind, und er will, was er kopflos hingeschrieben hat, wieder streichen, doch endlich streicht er nichts mehr und schreibt und schreibt, was er schreiben muß, aus dem Kopf aufs Papier, und dann atmen beide, der Autor und David, Mund an Mund den Schwarzen in die Nacken, denn endlich knien sie über ihnen und haben sie, wenn nicht am Zügel, so doch am Zügel ihrer Phantasie, und David weidet ihn ab mit Lippen und Zunge, der Junge den Jungen, und ich, der Autor, schreibt der Autor, schlürfe den salzigen Schweiß, die schwarze salzige Lake, vom schwarzen salzigen Leib des Mannes, und dann, schreibt der Autor und sieht nicht nur die beiden *Schwarzen* als seine Geschöpfe, sieht auch *David* als sein Geschöpf sich winden unter den Hieben seiner Feder aufs Papier, dann packe ich beide, erst Roy, dann Bob, und lasse dem Leib des schwarzen Jungen die Fülle des schwarzen Mannes wachsen, und jetzt kniet er vor uns, der flügelnde Leib des einen mit der prallen Frucht des anderen zwischen den Beinen, kniet in der Furche vor uns Knienden, David und mir, und läßt sich kopfüber auf die Hände fallen und kriecht, kriecht mit gespreizten Schenkeln vor uns her den verfluchten Acker, schreibt der Autor – warum nicht Bett oder Teppich? – bergan auf eine theatralisch beziehungsweise literarisch hinter dem Horizont versinkende Sonne zu, und endlich, jetzt endlich strecken wir, schreibt der Autor, strecken David und ich, falsch, strecke ich mit David in mir den Arm aus und taste den Jungenleib, den kriechenden, ab, und David, der in mir hockt, wie erfundene Geschöpfe in Autoren nun einmal hocken, schwillt in mir an und wird sämig und süß und will platzen und überfließen in mir, doch noch ist der Griff nicht getan, um den es hier geht, ist die Hand nicht zur Schüssel geformt, in die es hineinfallen soll seit vierzig Seiten und immer noch nicht hineinfällt, doch jetzt, endlich, fällt er, der Rausch, in meine und Davids geschüsselte Hand, und er, David, den ich von nun an bis zum Schluß der Geschichte allein agieren lasse, schließt die Hand und würgt, hinter Roy herkriechend, zwischen den Schenkeln des schmalen Jungen das schwere Geglöck von Bob mit zappelnden Fingern, und jetzt, schreibt der Autor, zur Empörung beziehungsweise Enttäuschung aller, die bis hierhin mitgelesen und noch immer auf eine Wendung, auf ein Emporwachsen der Geschichte ins Gleichnishafte oder Allgemeingültige gehofft haben, erhellt sich der Himmel, und nur noch eines geschieht: Die glückliche Hand, die von hinten und unten im Rausch wühlt, öffnet sich und schiebt sich ein Stück voran und hinauf und packt, was bei solchen wie Bob zu packen jeder von uns sich erträumt, packt das Hochragende, hoch bis zum Nabel und über den Nabel hinaus in schwarzer Pracht Strotzende, packt durch das Tor der gespreizten Schenkel, das Handgelenk vom schwarzen Rausch überwachsen, den wippenden Schaft des schwarzen Mannes zwischen den Schenkeln des biegsamen Jungen und bringt ihn, schreibt der Autor und stockt, zum Platzen? fragt er sich: zum Bersten?, und anstatt Bersten oder Platzen hinzuschreiben und sich im Stuhl zurückzulehnen, zerrt er die erste Seite unter dem Stapel der beschriebenen Bögen hervor und liest: RAUSCH oder VOM MÖGLICHEN ENDE DES ERZÄHLENS, und er setzt die Feder aufs Papier und schreibt *Bersten*, und streicht

Bersten weg, und schreibt *Platzen,* und schaut *Platzen* an und
hält die Feder über dem weißen Papier in der Schwebe und

Wahnsinn und Wut

«Man weiß nichts, man tappt völlig im dunkeln», sagt Jörg zu Arno und schiebt sich eine Gabel voll Torte, Havanna-Torte, in den Mund. «Keiner kennt ihn, niemand hat ihn mit dir gesehen, du versteckst ihn vor uns allen. Das ist doch Wahnsinn! Ist das nicht», wendet er sich an Teddy, der mit offenem Mund dasitzt und nickt, «total durchgedreht?»

«Total», sagt Teddy und läßt den Mund klaffen, «total verrückt.»

«Ich hab meine Gründe», schaltet Arno sich ein und bietet Kaffee an, wird aber abgewiesen. «Ich kenn euch, ihr laßt, wenn ich euch Hank vorstelle, kein gutes Haar an ihm», und er lehnt sich im Sessel zurück.

«Hank!» rufen Jörg und Teddy wie aus einem Mund.

«Hank heißt er also», sagt Jörg und schluckt und schmatzt. «Hank ist was? Amerikanisch? Hottentottisch? Ich wette, er ist Amerikaner. Arno», wendet er sich an Teddy, der mit offenem Mund dasitzt und noch immer nickt, «Arno war von Anfang an, solange ich ihn kenne, für das Amerikanische, also das Schlechteste vom Schlechten», und zu Arno: «Nordamerikaner?»

«Nein», sagt Arno.

«Also aus dem Süden!» ruft Jörg und schmatzt. «New Orleans! Mississippi! Teddy», sagt er, «mach den Mund zu.»

«Ich liebe den Süden», sagt Teddy und glotzt. «Pfefferbäume und Orchideen. Paradiesisch!»

«Aber der Gestank», sagt Jörg.

«Hank stinkt doch nicht», entrüstet sich Teddy. «Oder», wendet er sich an Arno, «ist er einer von denen mit dem gewissen Bocks-Aroma?»

«Alles Südliche stinkt», behauptet Jörg. «Nehmt nur die Italiener. Oder die Türken. Je weiter von Deutschland weg, um so verpesteter.»

«Verpesteter was?» fragt Arno.

«Die Luft. Der Atem. Knoblauch und Kümmel. Wo hast du ihn aufgerissen, dein Amerikanisches?»

«Hank hat *mich* aufgerissen.»

«Immer», philosophiert Teddy, «reißt das Amerikanische das Europäische auf. Seit das Europäische vom Amerikanischen überrollt ist, sozusagen, macht das Europäische die Beine breit, und das Amerikanische stößt zu.»

«Hank ist kein Amerikanisches», sagt Arno und schließt die Augen.

«Zustoßen, ja, das können sie», sagt Jörg, «Riesenschwänze, null Seele.»

Arno sitzt einfach so da und hört ihnen zu. Sein Kopf tut ihm weh. Immer, wenn er mit Jörg und Teddy zusammen ist, fängt irgendwann sein Kopf an, verrückt zu spielen. Selbst schuld, denkt er, warum schmettere ich sie nicht ab, wenn sie sich alle paar Wochen selbst einladen. Seine Liebschaft mit Jörg liegt Jahre zurück. Seit Jahren nervt dieser Trottel ihn mit seinem Geschwätz. Wie konnte ich auf diesen Jörg je abfahren, denkt er. Was quasselt er da von Seele?

«Tatsache ist», sagt Jörg, «dieser Eccles, John Carew Eccles, Nobelpreisträger, hat schlagend bewiesen, daß es sie gibt. Alle sagen sie tot, doch in allen ist eine drin, zumindest in mir. Manchmal spüre ich sie, wie man, wenn es mit der Verdauung nicht *so* klappt, wie es soll, den Klumpen Kot spürt, wenn er auf den Schließmuskel drückt und ihn doch nicht sprengen kann.»

«Du hast Verdauungsprobleme?» fragt Arno und schiebt ihm ein frisches Stück Havanna-Torte auf den Teller.

«Ich hab keine Verdauungsprobleme, ich hab Probleme mit der Seele, nicht mit meiner, aber mit den Seelen meiner Mitmenschen. Wenn sie ihre Existenz leugnen. Wenn sie sie in sich nicht finden. Wie zum Beispiel mein Freund Teddy die seine.»

«Ich finde sie nicht», sagt Teddy und versucht dennoch, seelenvoll zu gucken.

«*Du* also hast sie gefunden und spürst sie. Wo?» fragt Arno.

«Was wo?»
«Deine Seele. Wo in deinem Leib? Wir hoffen doch», wendet er sich an Teddy, «sie drückt ihn nicht da, wo ihn der gewisse Klumpatsch drückt», und Teddy wiehert los.

«Die Seele, lehrt uns Eccles», fährt Jörg fort, «wird dem Fötus, jedem, in einer Zeit zwischen der Empfängnis und der Geburt eingepflanzt.»

«Von wem», fragt Arno, «und wo?»

«Noch Descartes will sie in der Zirbeldrüse sitzen beziehungsweise wallen gespürt haben. Eccles hingegen ...»

«Die Seele eine Drüse», fragt Teddy und sitzt mit offenem Mund. «Eine wallende?»

«Eccles hingegen, wenn ich ihn richtig verstanden habe, geht davon aus, daß jedem Menschen ein Ich-Bewußtsein eigen ist, das nicht allein auf die materiellen Hirnvorgänge zurückzuführen ist, sondern umgekehrt diese steuert und beeinflußt.»

«Entschuldige mal», sagt Arno und zerpflückt das Tortenstück auf seinem Teller mit der Kuchengabel, «wenn du die wo auch immer wallende Seele einer übernatürlichen spirituellen Schöpfung zuschreibst» – doch in dem Moment geht das Telefon, und Arno nimmt ab. «Oh», sagt er, «Liebling, bitte, du wirst doch nicht ...» Dann ist er still und hört zu.

«Hank?» fragt Jörg und stopft sich mit Torte. «Dein Amerikanisches?»

«Liebling», sagt Arno, «ich hab Besuch, ja, doch, das macht nichts. Rühr dich nicht vom Fleck. In drei Minuten bin ich bei dir, dann kommst du mit zu mir, und ich mach dir einen Tee. Und wenn du willst, schick ich sie weg, beide. Hank, bitte ...», ruft er und läßt den Hörer sinken. «Aufgelegt», sagt er und läuft zur Tür.

«Du schickst uns weg?» fragt Jörg.

«Ich schick euch nicht weg. Ihr müßt mich nur für zehn Minuten entschuldigen. Hört Platten. Der Puccini liegt obenauf!» ruft er, dann ist er raus und weg.

Draußen herrscht, wie seit Wochen, schwüle Hitze. Arno überquert die Straße, biegt in eine Seitengasse ein, läuft sie hoch und steht vor Hanks Haus. Er hat vergessen, den Schlüssel einzustecken, also klingelt er, und Hanks Stimme tönt aus der Sprechanlage.

«Nein», hört er ihn flüstern, «geh weg, ich will allein sein, ich will dich nicht sehen.»

«Du bist seit Tagen allein. Hank, Liebling, du hast mich gerufen, du heulst ja.»

«Ich heul nicht. Ich will allein heulen. Ich stinke. Hier stinkt alles. Geh weg. Laß mich in Ruh» – doch da geht der Summer.

Arno stößt die Tür auf, findet den Fahrstuhl blockiert, nimmt immer zwei Stufen auf einmal, sieht die Wohnungstür einen Spaltbreit offen, betritt den Korridor und lauscht mit angehaltenem Atem. Dann stößt er die Küchentür auf und sieht Hank am Tisch sitzen, bei geschlossenem Fenster und herabgelassenem Rollo: nackt, bebend, der magere Leib in Schweiß wie unter Öl.

«Still», sagt Arno und bleibt in der Tür stehen, «ich tu dir nichts, nur wenn du willst, komm ich zu dir.»

«Ich will nicht», sagt Hank, «ich will dich nicht.»

«Du mußt mich nicht wollen», sagt Arno, «du schwitzt, ich hol dir, da aus dem Kühlschrank, ich bring dir ein Wasser, ein frisches», und er macht einen Schritt in die Küche hinein.

«Aahh du», stöhnt Hank, dann reißt er sich vom Stuhl, weicht zurück, stößt gegen den Besenschrank und dreht den Kopf zur Seite. So steht er auf Zehen und wimmert. Arno hebt den rechten Arm und läßt ihn, als Hank mit dem Kopf gegen die Schranktür schlägt, gleich wieder fallen.

«Du mußt hier raus.»

«Ich will hier nicht raus.»

«Du mußt hier raus, und wir reden.»

«Es gibt nichts zu reden.»

«Das ist nicht dein Volk. Das sind nicht deine Leute. Du kannst denen nicht helfen, wenn *du* dir nicht helfen läßt.»

«Ich will nicht helfen. Ich brauch keine Hilfe. Ich kann nicht mehr schlafen.»

«Du hast noch nie schlafen können», sagt Arno und hält auf den Eckschrank zu, der mit Medikamentenschachteln und Tablettenhülsen bedeckt ist. «Du frißt dieses Zeug», sagt er. «Wieviel davon?»

«Tausende», sagt Hank und läßt sich von den Zehen auf die Fersen fallen. «Tausende läßt er verrecken. Auch dieser Kabila.»

«Ich weiß», sagt Arno und reißt ein Küchenhandtuch vom Haken und tritt auf Hank zu und trocknet ihm das Gesicht, die Brust, den Bauch und den Rücken. «Tausende», sagt er, «und doch mußt du essen und trinken und dich waschen und das Zeug aus dem Leib lassen.»

«Schwarzer Abhub», sagt Hank und packt nach Arno und leckt sich die aufgerissenen Lippen, «wir alle», sagt er, «Kabila und Mobutu und ich, alles schwarze böse Hunde, Aasfresser, die da drüben und ich hier in Köln.»

«Aber du doch nicht», sagt Arno und füllt ein Glas mit Wasser und hält es Hank an die Lippen, und Hank trinkt gierig. «*Du* bist hier bei mir und ruhst dich jetzt aus», und er zieht Hank an seine Brust und streicht ihm über den Kopf, hastig, mechanisch, und sucht mit den Augen die Küche nach Hanks Klamotten ab, die überall herumliegen.

«Was ist das für ein Besuch bei dir zu Hause?»

«Leute. Nette Leute. Jörg und Teddy. Vor denen mußt du keine Angst haben. Und jetzt ziehst du dich an.»

«Ich stinke. Ich stinke aus den Kleidern heraus diesen Leuten in die Nase.»

«Diese Leute haben keine Nase. Und *wenn* du stinkst, dann wäschst du dich. Komm mit ins Bad. Ich reib dich mit einem schönen kalten schaumigen Lappen ab, von oben bis unten.»

«Waschen!» ruft Hank, befreit sich aus Arnos Umarmung, sucht seine Sachen zusammen und kriecht in sie hinein. «Waschen und cremen und parfümieren und den Kadavergestank mit Kölnisch Wasser übertünchen. Die Eiterbeulen unter Puder begraben. Den Hunger mit hier einem Sack Milchpulver und dort einem Bibelspruch weglügen: Du kotzt mich an!»

«Und du? Was tust du? Verkriechst dich in deine Höhle. Betäubst dich mit Vesparax. Fällst vom Fleisch. Stinkst aus allen Knopflöchern. Ist das die Lösung?»

«Dann laß mich in Ruh!» schreit Hank und reißt sich das Hemd vom Leib. «Dann laß mich verrecken in meiner Höhle und nimm mir nicht das einzige, was ich noch hab», und er drückt Tabletten aus einer Hülse in seinen Mund.

«Idiot!» schreit Arno, hebelt Hank die Kinnlade runter und räumt seine Mundhöhle leer. «Du spielst hier nicht länger den Nigger. Du jammerst nicht rum wie ein altes Weib. *Ich* bin auch noch da. *Ich* hol dich hier raus. Bei mir zu Hause stell ich dich auf die Füße. Also reiß dich zusammen!»

Da sackt Hank seinem Freund in die Arme und quietscht. Arno hält ihn weich im Arm und streichelt ihm wieder den Kopf, hastig, mechanisch. Er greift das Hemd vom Boden und zieht es ihm an, dann führt er ihn zur Tür und nimmt den Schlüssel vom Haken.

«Die Leute», sagt Hank.

«Was ist mit den Leuten?»

«Ich kann den Leuten so nicht unter die Augen. Ich hab das Zittern. Ich kotz dir die Bude voll.»

«Die Leute sind selbst voll Kotze», sagt Arno, schiebt Hank in den Hausflur, packt ihn um die Hüften und fingert den Schlüssel ins Schloß. Dann ziehen sie los.

«Ach du Schreck!» ruft Jörg, als sie das Zimmer betreten. Er ist aufgesprungen und verschlingt Hank mit Blicken. Teddy haut auf den CD-Player, und der Butterfly bleibt der Ton im Hals stecken.

«Hallo», sagt Hank und zittert. Arno stellt ihn den beiden vor. «Na sowas», keucht Jörg, dann hustet er und schlägt sich mit der Faust gegen die Brust. Teddy läßt Hanks Hand gar nicht mehr los. «Pardon», sagt der, «ich klebe.»

«Er hat nämlich Fieber», lügt Arno. «Ihr seid doch nicht böse, wenn ich euch bitte. Weil ich ihn nämlich ins Bett stecke und schwitzen lasse.»

«Um was bittest du uns?» fragt Jörg und setzt sich.

«Aber ja!» ruft Teddy und bewegt sich auf die Tür zu. «Schwitzen und heißen Rum, und Jörg und ich räumen das Feld.»

«Wie hoch», wendet Jörg sich an Hank, «ist Ihr Fieber?»

«Ich glaube», sagt Hank und zittert noch immer, «ich denke, ich geh jetzt lieber», und er drückt sich an Teddy vorbei Richtung Tür.

«Du bleibst!» ruft Arno. Er packt Hank bei den Schultern, führt ihn zu einer Art Schaukelstuhl und bettet ihn da hinein. Der Stuhl, dem eine Kufe fehlt, bebt unter Hanks krampfigem Zittern. Die Kufe ist durch ein hölzernes Standbein ersetzt. Arno zerrt eine Decke unter Hank hervor und deckt ihn damit zu.

«Dein Baby?» fragt Jörg.

«Auch ich», lenkt Teddy ab, «wenn ich Fieber hab, werd von Jörg mit Rum und Spalt-Tabletten verarztet.»

«Sie sind stattlich», stellt Jörg fest und nimmt Hank, wie er da ausgestreckt liegt und die Beine zusammenpreßt und die Arme starr vom Körper weghält, von oben bis unten ab.

«Alle Schwarzen sind stattlich!» ruft Teddy. «Ich liebe Schwarze, sozusagen.»

«Was liebst du an Schwarzen?» fragt Hank und wirft die Decke ab.

«Alles! Die Haare, die Hände mit innen den weißen Oblaten, die Beine bis zu den Schultern hoch, all das Riesige an euch, sozusagen.»

«Teddy!» ruft Jörg.

«Und du?» wendet Hank sich an den, «liebst du auch das Riesige an uns?»

«Daß an euch alles riesig ist, müßt ihr uns erst mal beweisen.»

«Guck seine Finger!» ruft Teddy. «Enorm!»

«Was willst du mir bewiesen haben?»

«Ich will, Sie sollen sich Wadenwickel anpassen lassen. Von wegen dem Fieber.»

«Ich hab kein Fieber», sagt Hank.

«Ich weiß.»

«Aber ja hat er Fieber», ruft Teddy und hält sich den eigenen Puls.

«Schatz! Liebling!» ruft Arno, beugt sich über Hank und fängt an, ihm Schweiß von Gesicht und Hals zu wischen, doch Hank stößt ihn weg. «Er macht sich nämlich Sorgen», sagt Arno.

«Wir alle machen uns Sorgen, sozusagen», gibt Teddy fröhlich retour.

«Sie studieren hier?» fragt Jörg.

«Tatsächlich», sagt Hank. «Wie hast du das erraten?»

«Die meisten von euch, im Gegensatz zu euren Brüdern drüben, in U.S.A., den armen Schluckern, studieren hier, mit irgendwelchen Eltern im Rücken, die es zu was gebracht haben und nicht wissen, wohin mit ihren Millionen.»

«Ich komm nicht aus den U.S.A.»

«Sondern?»

«Uganda.»

«Ach, Sie sind echt?»

«Echt was?» fragt Hank.

«Echt schwarz? Echt afrikanisch?»

«Und deshalb macht er sich auch Sorgen», kommt Teddy die Erleuchtung.

«Wes*halb* machen Sie sich Sorgen?» fragt Jörg.

«Ich mach mir keine Sorgen. Ich bin ganz und gar sorgenfrei. Sorglos.»

«Sorgenfrei», philosophiert Teddy, «meint frei von Sorgen. Sorglos dagegen meint, mit Sorgen sorglos umzugehen.»

«Du bist ein schlaues Kerlchen», sagt Hank.

«Warum nennen Sie ihn *Kerlchen?*» will Jörg wissen.

«Du willst doch nicht sagen, er ist ein *Kerl.*»

«Sind *Sie* ein Kerl?»

«Würde es dir gefallen, wenn ich ein Kerl wäre?»

«Ich hab Sie», sagt Jörg und schiebt sich eine Gabel mit Torte, Havanna-Torte, in den Mund, «heulen hören.»

«Heulen? Sie? Mich?»

«Vorhin, am Telefon, als Sie mit Ihrem Freund, dem da», und er zeigt auf Arno, «telefoniert haben.»

«Du hast spitze Ohren», sagt Hank. «Dein Freund», wendet er sich an Teddy, «hört die Flöhe husten.»

«*Haben* Sie geheult, oder haben Sie nicht geheult?»

«Er hat doch nicht geheult», sagt Arno.

«Aber ja hab ich geheult», sagt Hank und versucht zu schaukeln, bringt aber nur ein häßliches Knarzen zustande. «*Ist* das alles denn nicht zum Heulen?»

«Ihr müßt wissen», sagt Arno, «er hungert seit Tagen. Er schläft nicht, wäscht sich nicht, will niemanden sehen. Ich seh ihn heute zum ersten Mal seit Gott weiß wann.»

«Du wäschst dich nicht?» fragt Teddy und läßt den Mund klaffen.

«Er hat leben wollen, wie die da drüben, in ihrem Flüchtlingselend, ohne Wasser und Brot, ohne zu wissen, wo sie in der nächsten Nacht schlafen.»

«Wohin sie ihr Haupt betten», sagt Jörg.

«Reiß hier keine Witze», droht Hank.

«Was ist daran witzig?»

«Haupt!» ruft Hank. «Betten!» ruft er.

«Was ist witzig daran?»

«Die haben nichts zu betten, und schon gar kein Haupt.»

«Sie wollen sagen, den Kopf Ihrer Leute Haupt zu nennen ist ein Fauxpas?»

«O Haupt voll Blut und Wunden», rezitiert Teddy.

«Sie wollen sagen, Ihre Leidensgenossen haben Köpfe, Schädel, aber keine Häupter?»

«Voll Schmerz und voller Hohn», läßt Teddy seine Stimme anschwellen.

«Die verschwinden», spricht Hank zur Decke hoch, «die verschwinden für Tage, für Wochen, in der Wüste. Kein Mensch weiß, wohin die verschwunden sind. Ganze Trecks. Ganze Clans. Die verhungern und verdursten lieber. Denn wenn sie wieder auftauchen, werden sie massakriert.»

«Wissen Sie eine Lösung?» fragt Jörg.

«*Was* soll ich wissen?» fragt Hank Arno.

«Die Lösung ist, wir machen jetzt Schluß und ruhen uns aus, und ihr geht heim.»

«Wenn ihr zulaßt», sagt Jörg, «daß einer wie dieser Mobutu die Leute da im Kongo jahrzehntelang auslutscht, was wundert ihr euch, wenn eines Tages alles zusammenkracht.»

«Du meinst, es kracht alles zusammen, weil wir, die dummen, faulen, analphabetischen Nigger, unser Haupt nicht erhoben und das Schwein nicht verjagt haben?»

«Genau das meine ich.»

«Du meinst, wir hätten uns aufrecken sollen gegen Gott und die Welt, um das Vieh zu schlachten?»

«Nicht gegen Gott und die Welt, aber gegen das Vieh, ja.»

«Gegen ein Vieh, das mit der Queen in einer goldenen Kutsche durch London fährt?, das in Washington mit Reagan diniert?, dem euer Bundespräsident anläßlich seines dreißigjährigen Diktaturjubiläums ein Telegramm mit den Worten: Herzlichen Glückwunsch, Monsieur Mobutu! schickt?, gegen ein solches von der ganzen Welt beschütztes und gestütztes Vieh sollen wir, aus unserem Kral heraus, zum Aufstand blasen?»

«Nur wer sich selber hilft, dem wird geholfen», verkündet Teddy.

«Ist es das, was ihr erwartet: daß die Schwächsten der Schwachen in die Geschütze und Flammenwerfer und Raketenrohre einer Welt hineinrennen, die diesen Mann, dieses System, diesen Unrechtsstaat verteidigt, um abzusahnen, um Afrika weiter auszubeuten, bis es endlich kollabiert?»

«Er hat eine monströse Art, die Dinge beim Namen zu nennen, dein Freund», sagt Jörg zu Arno. «Wo haben Sie das gelernt, sich wie ein Scharlatan in Wortblasen zu suhlen?»

«Du hältst mich für einen Scharlatan?»

«Ich halte Sie für einen Schwätzer.»

«Und was muß ich tun, um dich zu überzeugen?»

«Verkriechen Sie sich nicht in diesem Schaukelstuhl. Kämpfen Sie!»

«Und wie? Und mit wem?»

«Zusammen mit Herrn Kabila, zum Beispiel.»

«Weißt du, wer das ist, dein Herr Kabila?»

«Ich? Nein. Und ich muß das auch nicht wissen. *Sie* sind der, dem man aufs Haupt schlägt.»

«Würdest *du* hinter einem Kerl herlaufen, von dem schon Castro gesagt hat, er versteht sich mehr aufs Saufen und Huren als aufs Kämpfen? Der die Massaker seiner Truppen absegnet? Der jede humanitäre Geste von vornherein abwürgt und ganze Flüchtlingstrecks verhungern läßt? Würdest du dich aus einem Löwenrachen in einen Wolfsrachen stürzen?»

«Das ganze Afrika», sagt Jörg mit sanfter Stimme, «ist nun mal eine Kloake. Alles Afrikanische ein Lumpenpack. Hirnlos. Herzlos. Seelenlos.» Und nach einer Pause. «Schwarz.»

«Wahnsinn und Wut!» ruft Teddy.

«Bitte», sagt Arno, «ich bitte euch ...»

«Um was bittest du uns?» will Jörg wissen.

«Morgen diskutieren wir weiter. Jetzt, bitte, macht Schluß.»

«Wir gehn ja schon», lacht Teddy und streckt Jörg die Hand hin, um ihn aus seinem Sessel zu ziehen.

«Aber nein doch», ruft Hank und bringt seinen Schaukelstuhl in Schwung, und das Standbein bricht durch, und er landet auf dem Teppich. Da liegt er und streckt Jörg seine Hand entgegen, und Jörg beugt sich vor und schaut die Hand an.

«Schwarz», sagt Hank.

«Tatsächlich», sagt Jörg.

«Du magst schwarze Hände?»

«Ich mag schwarze Hände nicht.»

«Aber schwarze Schwänze.»

«Ich mag auch schwarze Schwänze nicht.»

«Aber irgend etwas mußt du als guter Christ an uns Schwarzen doch mögen», sagt Hank, packt Jörgs Hand und schlört sich an ihn heran. «Du *bist* doch ein guter Christ?»

«Ich bin ein Christ, ja.»

«Und glaubst an das Gute, das Edle, das Seelenvolle in euch Weißen?»

«Ich glaube an die Seele in uns, tatsächlich.»

«Und in uns?»

«Dafür kenn ich euch zuwenig. Wahrhaftig», sagt er zu Arno, «er stinkt.»

«Ich will, daß ihr euch verpißt. Beide. Auf der Stelle», sagt Arno durch die Zähne.

«Aber nicht doch!» ruft Hank und reißt Jörg aus dem Sessel auf den Teppich und preßt seine vollen Lippen auf die dürren.

«Stinker», stöhnt Jörg.

«So stinken Nigger nun mal», japst Hank und preßt noch immer seinen Mund auf den von Jörg. «Ihr grabt uns das Wasser ab, beißt uns halbtot und laßt uns dann in Dreck und Scheiße stecken. Und so beißen die Gebissenen zurück», und er beißt Jörg in die Lippen, umschlingt ihn mit beiden Armen und drückt Jörgs Hand gegen seinen Schwanz.

«Alle Wetter», sagt Jörg und schaut Hank in die Augen.

«Na, Beweis genug, daß an uns alles riesig ist?» fragt Hank. «Und jetzt herrscht Flaute hier drin. Komm wieder, wenn's stürmt», und er gibt Jörg frei.

«Kotzwürg», sagt Jörg zu Arno und setzt sich.

«War's schön da?» fragt Teddy seinen Freund.

«Wo soll's schön gewesen sein?»

«Im Paradies, sozusagen», wendet Teddy sich an Hank. «Alle sagen, was ihr zu bieten habt, ist nur was für Auserwählte.»

«Möchtest du ein Auserwählter sein?»

«Ich möcht da mal schnuppern dürfen, sozusagen. Aber keine Angst», wendet er sich an Arno, «ich schleck ihn dir nicht vom Löffel.»

«Teddy!» warnt Jörg seinen Freund.

«Du schleckst ihm *was* nicht vom Löffel?» fragt Hank.

«Dich, mein Lieber.»

«Du meinst, ich bin ein Schleckerli?»

«Aber ja bist du ein Schleckerli. Solche wie du werden bei uns wie Gold gehandelt, wie Rohdiamanten.»

«Teddy!» ruft Jörg.

«Menschenhandel», sagt Hank.

«Sozusagen», sagt Teddy, «weil ihr», und er packt Hank beim Kopf und setzt ihm einen Schmatz auf die Lippen, «weil ihr so toll bestückt sein sollt.»

«Was ihr als Seele in der Brust habt, haben wir als Schwanz in der Hose», sagt Hank zu Jörg.

«Mein Freund Teddy redet heute noch mehr Stuß als sonst», sagt Jörg zu Arno. «Mach uns noch einen Kaffee, Schatz.»

«Ich mach euch keinen Kaffee mehr, Schatz», sagt Arno.

«Aber ja rede ich Stuß», sagt Teddy. «Alle frustrierten Juffern reden Stuß.»

«Aber du doch nicht», sagt Hank und gibt Teddy den Schmatz zurück. «Wer einen wie den da», und er zeigt auf Jörg, «zum Ficker hat, ist keine frustrierte Juffer und auch nicht bar einer Seele, wie es biblisch heißen könnte.»

«Hören Sie auf, uns die Seele aus der Brust zu schwatzen», sagt Jörg.

«Wer sonst nichts zu bieten hat», sagt Hank, «protzt mit Sachen rum, von deren Existenz oder Nichtexistenz sich kein Mensch überzeugen kann.»

«Die Seele ist keine Sache.»

«Sondern was? Ein Hirngespinst?»

«Für solche wie Sie möglicherweise», sagt Jörg. «Für uns ist sie die Wahrheit und Klarheit an sich.»

«Und wie äußert sie sich, deine Wahrheit und Klarheit? Das Wahre und Klare liegt für gewöhnlich auf der Hand: meßbar, wiegbar, zählbar.»

«Sind nicht ein Goethe, ein Beethoven, ein Shakespeare, ein Leonardo Beweis genug für das Seelenvolle in uns», sagt Jörg zu Arno, «sind ihre Werke nicht Abbild und Inbild dessen, was in uns Europäern als *Das Ewige* umgeht?»

«Könnte es nicht sein, daß sie ein Schrei sind, eure großen Werke?» fragt Hank.

«Was soll ein Schrei sein?»

«Ein Schrei nach Seele, die für mich aber nur ein Wort ist, ein Köder, von den Religionen der Welt in euch hineingeheimnist?»

«Was weiß einer wie Sie von den Zeugnissen unseres Geistes, also unserer Seele? Ihr habt doch nur eure Trommeln und Totems und wie die Dinger alle heißen.»

«Könnte es nicht sein, daß beispielsweise das gesamte Werk eurer Galina Ustvolskaja ...»

»Unserer Galina was?»

«... einer eurer großen europäischen Komponistinnen ...»

«Galina wie?»

«... der großen russischen Gottsucherin ...»

«Komm mir nicht mit Russen!»

«... könnte es nicht sein, daß beispielsweise ihre sechs Klaviersonaten ...»

«Seit wann hören solche wie Sie Klaviersonaten?»

«... daß ihre paranoid hetzenden, immer um einen nicht vorhandenen Mittelpunkt kreisenden Trillerfolgen im letzten Teil der vierten Sonate, beispielsweise, ein vergeblicher Schrei eures Kopfes nach Seele, also nach Gott sind?»

«Ich kenn deine Galina nicht und will sie nicht kennen. Tatsache ist, daß Sir John Eccles ...»

«Ach der», lacht Hank. «Komm mir nicht mit dem. Über den grinst mittlerweile Gott und die Welt.»

«Du kennst Eccles? Du kennst den Nobelpreisträger John Carew Eccles, den großen Neurophysiologen? Du?»

«Stell dir vor, den kenn ich.»

«Hat er nicht das Wesen des Geistes, also der Seele, schlüssig erklärt?»

«Erklärt hat er, und auch das nur mangelhaft, die Reizleistung in Nervenzellen.»

«Aber mit dir diskutier ich doch nicht!» schreit Jörg. «Du versuchst hier, mit deinem Negerkauderwelsch meine Sicht auf die Dinge, meine von Eccles angetretenen Beweise von der Existenz einer europäischen Seele, mit deinen afrikanischen Hornkrallen zu zertrampeln!»

«Nicht ich zertrample deinen Eccles, die Creme der europäischen und amerikanischen Geisteswissenschaft zertrampelt seine unhaltbare These von den sogenannten Quantenfeldern, die unser Bewußtsein möglicherweise, so Eccles, mit dem Weltgeist, also mit Gott, verbinden.»

«Sie leugnen auch Gott?»

«Ich möchte auch mal was sagen», sagt Arno.

«Sie leugnen, von einem Gott geschaffen und mit einer Seele begabt und aus Ihrem afrikanischen Busch in dieses Zimmer Ihres Freundes Arno geführt worden zu sein?»

«Jetzt dreht er total durch, dein Typ», sagt Hank zu Teddy.

«Ich möchte auch mal was sagen dürfen», läßt Arno nicht locker.

«Stör uns hier nicht!» schreit Jörg ihn an. «Klaviersonaten! Kritischer Rationalismus! Habt ihr Schwarzen nichts Besseres zu tun, als euch in unser Intimstes zu mischen? Was habt ihr in unseren Seelenkammern, in den Trillerketten dieser Galina Sowieso zu suchen? Habt ihr keine eigenen Probleme? Steht euch das Wasser nicht bis zum Hals?»

«Das predige ich ja unermüdlich», sagte Hank zu Arno.

«Was, Liebling, predigst du? Warum schmeißen wir die Leute nicht einfach raus und machen uns einen netten Tag?»

«Warum», fährt Jörg seinen Freund Teddy an, «warum ist einer wie der hier und nicht dort?»

«Wo dort?»

«Warum», wendet er sich an Arno, «liegt er in deinem Bett und nicht in Ketten für sein Land? Für endlich mal ein bißchen Licht und Luft und Demokratie in seinem Kongo?»

«Das ist nicht sein Kongo. Er hat mit diesen armen schrecklichen Leuten nichts zu tun.»

«Aber ja hab ich mit diesen armen schrecklichen Leuten zu tun, und zwar eine ganze Menge! Ich fühle mich dafür verantwortlich, daß achtzig Prozent der schwarzen Bevölkerung Afrikas Analphabeten sind.»

«Pfui!» ruft Teddy.

«Achtzig Prozent wesen dumpf und stumpf und arbeitslos und notgedrungen kriminell und asozial vor sich hin.»

«Bravo!» klatscht Jörg.

«Warum sitze ich nicht, anstatt hier mit dir im gleichen Schaukelstuhl», und er stößt Jörg und sich selbst in den Stuhl, und beide kippen, «warum hocke ich nicht in irgendeinem Klassenzimmer und bringe der schwarzen Brut das ABC bei? Warum kann ich alle möglichen Shakespeare- und Rilke-Sonette runterleiern, weiß ich eine Menge über

Einsteins Energie-Masse-Relation, hab ich ‹Die Welt als Wille und Vorstellung› intus, und mein Volk, meine Völker, der ganze schwarze Kontinent duckt sich unter der Geißel Armut, Dummheit, Mord und Totschlag?»

«Wahrhaftig», ruft Jörg und umarmt Arno, «dein Typ imponiert mir. Champagner auf diesen Schreck!»

«Verpiß dich», sagt Hank.

«Wer sich hier zu verpissen hat, bist doch wohl du.»

«Keiner», macht Arno sich endlich Luft, «keiner hier hat meinem Freund Hank die Tür zu weisen. Ich allein weiß, wie er unter den Zuständen in seinem Land, in diesem entsetzlichen Afrika, leidet und fast krepiert. Ich höre ihn Tag und Nacht seine Angst, seine Verzweiflung, seine Ohmacht aus sich herausrufen. Er ißt nicht, er schläft nicht, er fickt mich nicht mal mehr», schreit er und schlägt seine Stirn an Hanks Schulter, die er gepackt hat, rot. «Ich hasse diese afrikanische Höllenfahrt und wie das zum Himmel stinkt in seiner ganzen verlotterten und verluderten Erbärmlichkeit, ich fick mich», und er packt Hank bei den Schultern und stößt ihn vor und zurück, «in Zukunft selbst!»

«Er heult, weil ich ihn nicht mehr ficke», sagt Hank und schiebt seinen Freund beiseite. «Für ihn ist Ficken das Wichtigste.»

«Aber ja ist Ficken das Wichtigste!» ruft Arno.

«Ein fetter schwarzer Schwanz, und seine Welt ist in Ordnung, seine», sagt Hank, «und folglich auch meine, aber», wendet er sich an Teddy, «ist das tatsächlich so, Dicker?»

«Sag nicht *Dicker* zu ihm», warnt Jörg.

«Die Welt bleibt Matsche, so oder so», sagt Teddy.

«Da hörst du's», sagt Hank zu Arno, «deine Fickproblemchen sind Matsche.»

«Alles ist Matsche», sagt Arno. «Du kannst alles zu Matsche erklären, dein ganzes Afrika mit all seinen Mobutus und Idi Amins und den anderen Finsterlingen. Das alles geht mich einen Scheißdreck an, sogar dich. Hier, an diesem Kaffeetisch, in diesen Schaukelstühlen», und er versetzt dem Stuhl einen Tritt, «mit dieser Torte, Havanna-Torte, im Schlund ...»

«Pfui!» ruft Jörg.

«Was pfui?»

«Havanna-Torte! Fidel-Castro-Matsche!»

«... in diesem Paradies auf Erden, Deutschland, Groß-Deutschland, wird alles, je weiter weg es sich ereignet und je toller es sich gebärdet, zu Matsche, Matsche auf unseren Bildschirmen, Matsche in unseren Köpfen. Aber ob du», und er versetzt Hank einen Stoß vor die Brust, «mich fickst oder nicht, mir im Arsch steckst oder nicht: Das juckt mich bis in die Därme, bis tief in den Schädel hinein, das ist mir direkt auf die Haut geklatscht, auch als Matsche, okay, doch mit der kann ich was anfangen, nicht mit deinem Kongo oder Zaire oder wie die Matsche da heißt.»

«Schau einer an», sagt Jörg zu Hank.

«Was soll ich mir anschaun?»

«Den Trümmerhaufen, auf dem du hockst.»

«Wieso Trümmerhaufen?»

«Ja bist du denn taub? Hast du nicht gehört, was er von sich gibt? Und an so was hängst du dich? Auf so was baust du?»

«Ich baue auf niemanden.»

«Nicht mal auf dich?» fragt Jörg Arno. «Wußtest du das?»

«Ich weiß nur, wenn ihr nicht bald abhaut, schmeiß ich euch raus.»

«Auch keine Lösung. Probleme haben es an sich, durch Hintertüren wieder reinzuschlüpfen.»

«Du bist nicht mein Problem.»

«Aber Hank ist dein Problem.»

«Meine Probleme mit Hank löse ich mit Hank, nicht mit dir.»

«Deine Fickprobleme?»

«Auch die.»

«Aber Hank hat keine Fickprobleme.»

«Ich geh jetzt», sagt Teddy und verläßt das Zimmer.

«Er hat Probleme mit *dir*, weil du die Probleme, die *er* hat, nicht siehst.»

«Ich sehe seine Probleme.»

«Aber?» fragt Jörg.

«Ich kann ihm dabei nicht helfen», sagt Arno, dreht den Kopf zur Wand und geht, Teddy hinterher, aus dem Zimmer.

«Da geht er hin, der aufgeblas'ne, schlechte Kerl», rezitiert Jörg.

«Und kriegt das hübsche junge Ding, und einen Pinkel Geld dazu ...», singt Hank, dann schweigen sie. Von draußen dringt das Flüstern der beiden Abgetauchten zu ihnen herein. Im Zimmer ist es heiß. Die Reste der Havanna-Torte sind zu einem Häufchen Matsch zusammengefallen. Die Sonne malt Kringel auf Decke und Wände.

«Tatsächlich, ich bewundere dich», bricht Jörg das Schweigen.

«Was machst du eigentlich beruflich?» fragt Hank.

«Goldschmied. Du hast das gesamte westeuropäische, sogar osteuropäische, das gesamte kulturelle Europa, verdammt noch mal, in deinem schwarzen Schädel. Man gibt im Busch den ‹Rosenkavalier›?»

«Ringe?» fragt Hank. «Armbänder? Ketten? Du *verkaufst* das Zeug nicht nur, du machst es, als Goldschmied, selbst? Aus Goldklumpen, sozusagen?»

«Du kommst aus deinem Uganda mit Hofmannsthal und Richard Strauss im Schädel, und wir, die verstaubten Europäer, die sich einbilden, das Wissen der Welt mit Löffeln gefressen zu haben, lernen von dir die sechs – es waren doch sechs? – Klaviersonaten dieser Galina Sowieso kennen und schämen uns.»

«Ustvolskaya», sagt Hank.

«Wie?»

«Ustvolskaya heißt die Tante. Mann, ich ersticke in dem Hemd hier.»

«Zieh's aus, verdammt noch mal. Du mußt was essen.»

«Essen? Ich? Wieso?» fragt Hank und zieht sich das Hemd über den Kopf.

«Schmelztiegel», lallt Jörg und starrt den halbnackten Schwarzen an, «Afrika, Höllenglut, und so was schmilzt weg unter nordischer Sonne, sozusagen. Das macht der leere Magen.»

«Sorg dich nicht um meinen Magen», sagt Hank, streckt die Beine aus und liegt, mit geschlossenen Augen, wie leergeblutet, im Sessel.

«Man sorgt sich aber», sagt Jörg, springt auf, kratzt den Rest Havanna-Torte auf einen Teller und hockt sich neben Hank auf den Teppich. «Mündchen auf», sagt er, und Hank reißt wahrhaftig den Mund auf, «ein Löffelchen für na wen denn?» fragt Jörg und stößt eine Gabel voll Kuchenmatsche in Hanks Mund, und Hank schluckt, «und noch ein Löffelchen für den lieben Arno», und Hank schluckt auch den, «und das nächste Löffelchen für den lieben Kabila», und Hank, gurgelnd, schluckt runter, «und den letzten Gabelbissen, vergiftet natürlich, für den bösen Mobutu», und er legt seine Hand auf Hanks Brust und stößt ihm die volle Gabel in den Mund, und Hank spuckt ihm den Kladderadatsch ins Gesicht.

Jörg rührt sich nicht und tut keinen Mucks. Er kniet neben Hank und schaut ihn an. Dann beugt er sich über ihn und flüstert: «Leck's ab», und Hank, tatsächlich, stößt die Zunge vor und leckt in Jörgs Gesicht, und auch Jörg spitzt die Zunge, und beide Zungen umkreisen und treffen und verhakeln sich, doch da geht die Tür auf, und Arno sagt: «Macht's Spaß?»

«Was macht Spaß?» fragt Teddy und schubst Arno über die Schwelle.

«Das freut mich ja, daß ihr es mittlerweile könnt miteinander», sagt Arno, richtet den Schaukelstuhl auf, setzt sich hinein und hält ihn in heikler Balance.

«Komm jetzt!» sagt Teddy zu Jörg und reibt sich, mit Blick auf Hank, den Bauch.

«Hau ab, Mann», sagt Jörg, löst sich von Hank und wischt sich das Gesicht. «Und ewig lockt der Kerl.»

«Bist wohl auf den Geschmack gekommen», sagt Arno und knartscht mit dem Stuhl.

«Daß einer wie du von so was aufgerissen wird», sagt Jörg.

«Blindes Huhn findet auch mal ein Korn», sagt Arno und knartscht. «Drüben, wo er herkommt, laufen solche wie er, halbnackt, sogar nackt, alle Straßen und Wege rauf und runter. Als ich ihn noch nicht gekannt habe, hab ich immer solche Kulturfilme, Quatsch, Dokumentarfilme mit nackten Negern angeguckt. Jeden Tag gibt es auf irgendwelchen Sendern irgendwelche Kulturfilme mit nackten Negern ...»

«Unkultur», sagt Jörg.

«Was?» fragt Arno. «Richtig, Unkulturfilme. Alles haben sie aus den Ländern mit Schwarzen exportiert oder rausgeschaufelt, wie Hank immer sagt: Gold, Diamanten, Eisenerz, Salpeter oder wie das Zeug alles heißt, nur an Neger kommt kein Mensch mehr ran, seit Schluß ist mit der Sklaverei. Und ich brauch euch doch, ich bin verrückt nach schwarzem Fleisch», sagt er zu Hank. «Aber du treibst es, kaum bin ich aus dem Zimmer, mit diesem Kretin da!» schreit er und legt den Kopf auf die Lehne des Schaukelstuhls und heult, möglicherweise.

«Ausbeutung», sagt Teddy zu Hank. «Erst schlachten sie dein Land aus, dann schlachten solche wie Arno und Jörg *dich* aus. Warum ziehst du dich nicht *nackt* aus, damit sie mehr von dir haben, die Arschlöcher. Dein bißchen Brust lockt in einer Konsumgesellschaft wie der unseren doch keinen Schwulen mehr hinterm Ofen hervor. Kürzlich, in der Sauna, hab ich an der Theke beim Kölsch einen sagen hören: Nur *ein* schwarzer Schwanz in der Schnauze ist doch Schitt. Von euch Niggern», wendet er sich an Hank, «stellt man zwei Gesicht gegen Gesicht, kniet sich zwischen euch, schluckt euch beide auf einmal und spielt ein bißchen Ersticken, wenn man auf Ersticken steht, wie der Kerl in der Sauna auf Ersticken gestanden ist, denn an euch, sagt der Kerl, erstickt man am komfortabelsten. Jetzt biste baff», wendet er sich an Jörg, «daß ich auch ohne dich in die Sauna gehe und mehr in den Hals kriege als du je kriegst, du Arsch.»

«Drei Jahrzehnte lang hat Mobutu das Kongobecken geplündert» sagt Hank. «In einem der ärmsten Länder der Welt hat er ein Privatvermögen von vier bis fünf Milliarden Dollar an sich gerafft.»

«Sag mal, spinnst du», sagt Teddy, «ich erzähl dir was vom Ersticken an euch, und du kommst mir mit dem seinen fünf Milliarden.»

«Und jetzt», sagt Hank, «wo sein Reich zusammenkracht, stehen die neuen alten Ausbeuter schon wieder oder noch immer Gewehr bei Fuß. Nicht umsonst hält der US-Vizebotschafter, dieser Dennis Hankins, diplomatische Verbindungen mit den Rebellen.»

«Was jucken mich», schreit Teddy, «deine Rebellen! Sieh ihn dir an, wie er da steht», und er zeigt auf Jörg, «wie er dich angiert, als hättest du gleich zwei in der Hose, die berühmten zwei», und er mimt Würgen und Ersticken.

«Und warum laßt ihr euch das gefallen?» fragt Jörg. «Was seid ihr für ein Menschenschlag, der einen Mobutu drei Jahrzehnte lang auf seinem Thron prunken und prassen läßt und tatenlos zuschaut, wie er euch ins Elend, in die Verelendung stürzt.»

«So was soll's geben», sagt Hank.

«Was soll's geben?»

«Daß ein ganzes Volk zuschaut, wie ein einzelner es ins Elend stürzt.»

«Ja», sagt Jörg und setzt sich. «Götterdämmerung. Weltenbrände. Doch das alles ist mir eine Nummer zu groß. Aber», sagt er, steht wieder auf und nähert sich Hank, «du und ich, schwarz und weiß, *das* ist unser Thema und sollte es bleiben.»

«In Washington», sagt Hank und schaut Jörg in die Augen, «sind die Weichen längst gestellt. Die Amis haben das wirtschaftliche Potential Afrikas entdeckt, einen Zukunftsmarkt mit ein paar hundert Millionen Verbrauchern und einer enormen Nachfrage nach Konsumartikeln, Investitionsgütern, Dienstleistungen. Allein der Getränkemarkt ...»

«Coca-Cooola», singt Arno.

«Allein der Getränkekonsum ...»

«Weißt du die Sache von Strawinsky?» fragt Arno Teddy.

«Allein die Millionen durstiger Kehlen unter einer Sonne wie nirgendwo sonst auf der Welt ...»

«Welche Sache soll ich von Strawinsky wissen?» fragt Teddy.

«Strawinsky hat in einer seiner Sinfonien, genau gesagt in der Sinfonie in drei Sätzen, und zwar im letzten Satz, ein

Motiv erfunden beziehungsweise hineinkomponiert, das genau das Wort Coca-Cola nachäfft, den Klang von Coca-Cola, wenn man Coca-Cola sinfonisch ausspricht, nämlich Coca-Cooola! Genau so!» ruft Arno und singt «Coca-Cooola» mehrmals hintereinander. «Wußtest du das?» fragt er Hank.

«Coca-Cola hat damit Werbung machen wollen», sagt Hank, «aber Strawinsky beziehungsweise die Erben von Strawinsky haben mehr dafür absahnen wollen, als selbst Coca-Cola dafür hat zahlen wollen oder können», und er singt «Coca-Cooola» und, daran anknüpfend, die Fortsetzung der Sinfonie.

«Es gibt wohl nichts, was du *nicht* weißt», sagt Jörg.

«Stört dich das?»

«Im Gegenteil, es amüsiert mich. Wenn du hier fertig bist, mit deinem Studium, mit Arno, gehst du dann zurück?»

«Was studiert der hier eigentlich?» fragt Teddy Arno.

«Mit mir», sagt Arno zu Jörg, «wird er nie fertig, das versprech ich dir.»

«Gehst du dann zurück und stellst dein Afrika vom Kopf auf die Füße?» fragt Jörg.

«Alles», sagt Hank zu Teddy, «ich studiere alles. Ich hetze von einer Vorlesung in die nächste. Ich mach auf Jus, höre aber an einem Vormittag über Astrophysik, Stefan George, Baudrillard und Luftröhrenkrebs.»

«Du verzettelst dich», sagt Jörg.

«Mein Land kann alles brauchen, meine Länder.»

«Also *gehst* du zurück?»

«Er geht *nicht* zurück», sagt Arno. «Wenn es möglich wäre, würde er die deutsche Staatsbürgerschaft erwerben und hier seine Praxis eröffnen und mich als seine Vorzimmerdame in seinem Vorzimmer installieren.»

«Du redest Stuß», sagt Hank.

«Hast du mir nicht ins Ohr versprochen, mich, wenn es soweit ist, als deine Vorzimmerdame in deinem Vorzimmer zu installieren?»

«Du gehst mir auf die Eier mit deinem Stuß!» schreit Hank.

«Hast du ihm nun versprochen, ihn als Vorzimmerdame in deinem Vorzimmer zu installieren, oder hast du nicht?»

«Ja», sagt Hank, «ich hab ihm versprochen, ihn in meinem Vorzimmer als Vorzimmerdame zu installieren, verdammt noch mal!»

«Armes Afrika», sagt Jörg. «Deshalb also heulst du.»

«Warum heule ich?»

«Weil du dein Afrika im Stich läßt.»

«Ich heule», sagt Hank und setzt sich zu Arno in den Schaukelstuhl, und beide kippen, «weil ich mein Afrika und meine Leute in Afrika verrate. Bist du jetzt zufrieden?»

«Guck seine Brustwarzen», sagt Teddy zu Jörg.

«Nicht *ich* muß zufrieden sein, *du* mußt dir noch in die Augen gucken können, wenn du Arno in deiner deutschen Praxis in deinem deutschen Vorzimmer als deine deutsche Vorzimmerdame installiert hast.»

«Was hackt ihr auf *mir* rum», schreit Arno, «nicht *ich* desertiere, sondern er!»

«Da möchte man Pfeile durchbohren und Ringe reinhängen, in die Brustwarzen», sagt Teddy. «Bei euch macht man sogar durch die Lippen Pfeile. Sogar durch den Penis, hab ich mir sagen lassen. Hat er», wendet er sich an Arno, «irgendwo Ringe drin?»

«Frag deinen Jörg.»

«Mein Jörg hat ihm noch nicht in die Unterplinte geguckt.»

«Was nicht ist, kann noch werden», sagt Jörg. «Mit anderen Worten, du hast die Schnauze voll von deinen Leuten.»

«Sieh sie dir an, seine Leute», sagt Arno. «Er hat mir die wahnsinnigsten Geschichten erzählt von seinen Leuten. In Wahrheit sind seine Leute nicht seine Leute. Die Leute *hier* sind mehr seine Leute als die Leute da. Seine Leute, sagt er, sind Leute auf dem Niveau von Das-kann-ich-gar-nicht-wiederholen. Die Leute *hier* sind Leute, mit denen er sich intellektuell auf der gleichen Ebene trifft. Nicht wo man geboren ist, sagt er, hat man seine Heimat. Seine Heimat, sagt er, ist hier in Deutschland, nicht in seinem Uganda, auf der Weide, nicht in der Wüste.»

«Und so was», sagt Jörg, dreht Arno die Arme auf den Rücken und stößt ihn gegen Hank, «so was liebst du?»

«Ja», sagt Hank und schaut, über Arno hinweg, Jörg in die Augen, «so was hab ich geliebt, denn so was frißt all den Humbug, den ich verzapfe, mit Löffeln.»

«Von tausend Neugeborenen sterben zweihundertdreißig, hab ich gelesen», sagt Jörg zu Hank und läßt Arno frei.

«Mehr», sagt Hank, noch immer Auge in Auge mit Jörg.

«Dann heul hier nicht rum», sagt Teddy. «Komm jetzt, Jörg!»

«Geh doch», sagt Jörg.

«Dann winsel uns hier nicht die Ohren voll, wenn du alles weißt und doch nichts tust!» ruft Teddy.

«Verpißt euch, alle!» sagt Hank.

«Warum ziehst du nicht auch noch die Hose aus?» fragt Jörg.

«Die Hose?»

«Du hast deine Brust doch nur freigemacht, weil du uns zeigen wolltest, mir!, was für einen tollen Body du hast, und du *hast* einen tollen Body, die Schultern, der Rücken, die Brust wie ein Boxer, du kokettierst doch mit deinen Muskelpaketen und willst, wie ihr alle das wollt, daß uns das Wasser im Maul zusammenläuft, wenn wir von euren Muskelpaketen auf euer Paket in der Hose schließen. Also runter damit!»

«Was bezweckst du eigentlich?»

«Womit?»

«Daß du mich reizt? Bis aufs Blut?»

«Ich reize dich, weil ich dich reizend finde. Reizend dein schwarzes Fell. Reizend deine schwarze Seele, die seelenlos deine Seelenverwandten, deine Seelenkrüppel in deinem unseligen Afrika, im Stich läßt und sich hier, bei mir, mit uns, unselige Seelenkumpanei erschleicht. Du reizt mich», sagt Jörg und tritt zu ihm hin, «dir in die Fresse zu spucken und gleichzeitig vor dir hinzuknien und Afrika bis zur Wurzel zu schlucken», und er kniet hin und schaut Hank an.

«Könntet ihr beiden mal verschwinden», sagt Hank zu Arno.

«Wer wir beiden?» fragt Arno.
«Du und Teddy.»
«Und was dann?»
«Könnt ihr, oder könnt ihr nicht?»
«Du meinst, du willst mit Jörg allein sein.»
«Genau das meine ich.»
«Und du», wendet Arno sich an Jörg, «was willst *du?*»
«Dich nicht.»
«Mich nicht», sagt Arno zu Teddy, «und dich auch nicht.»

«Mich hat er ja», sagt Teddy, «und Neger will er nicht, Neger stinken ihm, mit Negern will er nicht mal an ein und derselben Theke stehn, er haßt Kneipen, in denen auch Neger verkehren, er haßt», wendet er sich an Hank, «alles Negroide, sozusagen.»

«Stimmt», sagt Jörg.

«Besonders, wenn einer stinkt, wie ich stinke», sagt Hank.

«Besonders, wenn einer lügt, wie du lügst», sagt Jörg.

«Ich bin», wendet Hank sich an Teddy, «der verlogenste Nigger weit und breit.»

«Ach, du doch nicht», lacht Teddy und greift Hank ins Haar.

«Ich esse nicht, ich schlafe nicht, ich ficke nicht. Und alles ist Lüge. Meine Enthaltsamkeit, meine Trauer, mein ganzes verfluchtes Sosein.»

«Sosein», sagt Jörg und knarzt.

«Sosein frohsein lichterlohsein», sagt Hank und verbeugt sich.

«Bravo», sagt Jörg, «du *sprichst* nicht nur perfekt deutsch, du *dichtest* auch perfekt deutsch. Wer hat dir das beigebracht?»

«Mein Kindermädchen. Deutsch. Evangelisch. Strohblond.»

«Du hattest ein Kindermädchen.»

«Ich habe von goldenen Tellern gegessen und aus silbernen Pokalen getrunken und in seidenen Gewändern meine Messen zelebriert, weiße Messen natürlich, denn alles *an* mir und *in* mir war weiß und strohblond, ich war der weißeste

Nigger, wo Afrika am schwärzesten ist. Ich bekenne mich», und er küßt Arno, «schuldig.»

«Galgenhumor», sagt Arno zu Jörg und gibt Hank den Kuß zurück.

«Womit aber die Frage noch immer nicht geklärt ist», wendet Hank sich an Teddy und Arno, «wann ihr beiden endlich mal verschwindet.»

«Willst du, daß wir verschwinden?» fragt Arno Jörg.

«Ich will nicht, daß ihr verschwindet», sagt Jörg zu Teddy, erhebt sich aus seinem Schaukelstuhl, nimmt Teddy in den Arm und baut sich mit ihm vor Hank auf.

«Okay, okay», sagt Hank, «wir können auch zu mir, ich hab eine schnucklige Wohnung keine fünf Minuten von hier, ich lad dich ein.»

«Dann ist das also doch nicht nur ein Gerücht», sagt Jörg.

«Was soll kein Gerücht sein?» fragt Hank.

«Daß ihr Schwarzen alles und jedes, rücksichtslos nur auf den eigenen Schwanz konzentriert, kaputtmacht.»

«Ich bin nicht nur auf meinen Schwanz konzentriert.»

«Aber auf meinen.»

«Lächerlich», sagt Hank,

«Deine Liebe zu Arno, sogar meine Liebe zu Teddy, alles machst du kaputt. Kaputt für einen billigen Fick zwischen Tür und Angel.»

«Ich will dich nicht ficken», sagt Hank.

«Du willst mit mir in deine Wohnung, um *was* zu tun außer ficken?»

«Reden.»

«Reden worüber?»

«Worüber ich mit Arno nicht reden kann. Du kennst ihn. Mit ihm kann man nicht reden.»

«Und warum kannst du mit Arno nicht reden?»

«Weil er keine eigenen Gedanken hat. Weil er alles nachplappert wie ein Papagei.»

«Und du glaubst, ich *hab* eigene Gedanken?»

«Möglicherweise», sagt Hank und wischt sich das Gesicht.

«Du glaubst, *ich* kann dir aus der Patsche helfen?»

«Mir kann keiner helfen», sagt Hank, stützt sich auf den Schaukelstuhl, reißt ihn zu Boden und stürzt auch.

«Du steckst in der Scheiße und willst, daß ich dich da rauszerre. Du verzweifelst an deinem Afrika, an dir selbst, und willst, daß ich dir die Hand hinstrecke. Du klammerst dich an mir fest und reißt mich, möglicherweise, in deine Scheiße mit hinein.»

«Ihr habt uns noch nie die Hand hingestreckt.»

«Wer *ihr?* Kommt jetzt dein beschissener Geschichtsunterricht: Die Spanier, die Portugiesen, die Engländer, die Holländer, die Deutschen, alles Schweine, die euch in die Scheiße hineingeritten haben, die euch versklavt und ausgelutscht und weggeschmissen haben und euch jetzt in eurem Elend hocken lassen – ist es das, was du uns hier verklickern willst?»

«Wahnsinn und Wut!» ruft Teddy und legt sich Arnos Arm um die Schulter.

«Ja», sagt Hank, «nein», sagt er und rappelt sich vom Boden hoch, dann stehen alle vier mitten im Zimmer – die Uhr an der Wand schlägt Viertel vor sechs – Arno mit Teddy im Arm, Hank neben dem umgekippten Schaukelstuhl, Jörg seitlich beim Schreibtisch mit Blick auf Hank, und der Schreibtisch ist mit Reiseprospekten überhäuft, denn Arno ist Reisefachmann, jeden Tag bringt er aus seinem Reisebüro neue Prospekte mit nach Hause und betrachtet, hineingeräkelt in seinen Schaukelstuhl, gelbkörnige Strände mit Palmen am Ufer entlang und halbnackten Schwarzen unter den Palmen, und alle sind groß und schlank mit Taillen wie Tänzer und Schultern wie Leichtathleten und blitzenden Zähnen zwischen den aufgeworfenen Lippen und einer roten Zunge zwischen den Zähnen, und jetzt dreht Jörg den Kopf und liest: *Freundliches heimisches Dienstpersonal,* und liest: *Pflückt Ihnen die Wünsche von den Augen,* und liest: *Cocktails am Rande des Swimmingpools,* und Jörg wechselt das Standbein und dreht den Kopf und sieht Hank das Standbein wechseln und gegen die Wand schauen, an der Kalenderbilder gelbkörnige Strände mit fächelnden Palmen und schwarzen nackten Leibern zwischen den Palmen zeigen, und die schwarzen Leiber verheißen Genuß ohne Reue, denn sie bleiben, sobald die Saison zu Ende ist, wo der Pfeffer wächst, und posieren, wenn sie von den Urlaubern noch nicht völlig ausgelutscht sind, für neue Reiseprospekte mit endlosen gelbkörnigen Stränden und Palmen am Ufer entlang und nackten Schwarzen unter den Palmen, und Arno, mit Teddy im Arm, nimmt sich vor, Hank auch weiterhin zu beknien, mit ihm noch in diesem Jahr einen Urlaub an einem der Strände zu buchen, wo er aufgewachsen ist und wo freundliches heimisches Dienstpersonal den Gästen die Wünsche von den Augen pflückt und kühle Cocktails am Rande von Swimmingpools serviert, und Hank fühlt sich todmüde und am Ende seiner Kräfte, und Teddy, noch immer im Arm von Arno, sieht Hank den Kopf von der Bilderwand wegdrehen und Arno anschauen und denkt, er schaut Arno an, weil er mit Arno allein sein will, wie auch ich mit Hank allein sein will, und Jörg scheucht eine Fliege weg, die hartnäckig um seinen blonden Kopf herumkreist, denn Jörg ist hellblond und erst vierundzwanzig und sehr schlank und, denkt Teddy, für Hank ein gefundenes Fressen, denn Schwarze mögen Blonde, Strohblonde, denkt er, nicht solche wie mich, aschblond und fett um die Taille und mit einem Hinkebein vor lauter Fettleibigkeit, und Hank sieht die Blicke von Teddy auf sich gerichtet und lächelt Teddy an, obwohl Teddy seinerseits *nicht* gelächelt hat, und er fragt sich, welchen Beruf dieser Fettkloß wohl ausüben mag, Konditor oder Fleischhauer oder Imbißverkäufer, und käme nie auf die Idee, daß so einer Steuerbeamter ist, und er schaut die Wanduhr an, die noch immer auf Viertel vor sechs zeigt, nur der Sekundenzeiger, rot, ist weitergezuckt und zuckt auf die 9 zu, noch fünfzehn Sekunden, denkt Hank, dann ist es *vierzehn* vor sechs, und in dieser Sekunde platzt in seinem Kopf wieder die Granate, die er gestern auf dem Bildschirm einen Landsmann hat zerfetzen sehen und die seitdem in unregelmäßigen Abständen in seinem Kopf immer wieder platzt und einen Schwarzen zerfetzt, und er wechselt wieder das Standbein, und als jetzt der Minutenzeiger von Viertel vor sechs auf vierzehn vor sechs springt, beginnt er von einer Aufführung der Mozartschen c-Moll-Messe in einer Kirche seines Heimatorts zu erzählen, einer Aufführung, die sein Vater organisiert und gesponsert hat und wo der gesamte Chor und drei der vier Solisten Weiße gewesen sind und nur der erste Sopran eine Schwarze, eine fette Schwarze mit einer Stimme wie ein Engel, ein weißer Engel, und er erzählt, wie, als sie zu ihrem berühmten «Laudate Te» angesetzt und die berühmten Koloraturen aus sich herausgesungen hat, ein kleines schwarzes Mädchen sich von seiner Mutter losgerissen und sich auf die fette Schwarze geworfen und sie mit Fäusten traktiert hat und sie vom Podium hat runterzerren wollen, bis es, das kleine Mädchen, selbst auf dem Podium hingestürzt ist und das Konzert abgebrochen werden mußte, und wie, als man das Kind in der Sakristei wieder beruhigt hat, dieses schwarze Kind unter Schluchzen hervorgebracht hat, daß eine so schöne Musik nicht von einer so häßlichen schwarzen Frau, daß eine so schöne Musik überhaupt nur von Weißen gesungen werden dürfe – und hier bricht Hank seine Erzählung ab und hockt sich auf die noch heile Kufe des umgekippten Schaukelstuhls und läßt seine Blicke kreisen, von Arno zu Teddy zu Jörg, und Jörg wechselt das Standbein und räuspert sich und öffnet den Mund und

Inhalt

Menschenfleisch 7

Kauri 35

Nevil 53

Mit Winden und mit Wellen, mit Blumen und mit Quellen . . 89

Der Kerl gehört gekillt und nicht der Hund 99

Rausch oder Vom möglichen Ende des Erzählens 111

Wahnsinn und Wut 151

Walter Foelske
Wahnsinn und Wut
Schwarze Geschichten

© MännerschwarmSkript Verlag
Hamburg 1998
Umschlaggestaltung: Carsten Kudlik, Bremen
unter Verwendung des Gemäldes «Desmond»
von Rainer Fetting
Satz: Heinz Vrchota, Hamburg
Druck: Interpress, Ungarn
1. Auflage 1998
ISBN 3 928983 61 X

MännerschwarmSkript Bartholomae & Co.
Neuer Pferdemarkt 32 • 20359 Hamburg